KB251850

시작을 위한
에필로그

시작을 위한 에필로그 책과 삶에 관한 비평적 에세이

초판 1쇄 인쇄 2009년 4월 25일
초판 1쇄 발행 2009년 4월 30일

지은이 정선태 펴낸이 공홍 펴낸곳 케포이북스 출판등록 제22-3210호
주소 서울시 서초구 서초동 1599-2 엘지에클라트 302호
전화 02-521-7840 팩스 02-6442-7840 전자우편 kephoibooks@korea.com

값 15,000원 ⓒ 정선태, 2009
ISBN 978-89-960412-4-5 03810

이 도서의 국립중앙도서관 출판시도서목록(CIP)은 e-CIP홈페이지(http://www.nl.go.kr/ecip)에서 이용하실 수 있습니다.
(CIP제어번호:CIP2009001273)

이 책은 저작권법의 보호를 받는 저작물이므로 무단전재와 복제를 금하며, 이 책의 전부 또는 일부를 이용하려면
반드시 사전에 저작권자와 케포이북스의 동의를 받아야 합니다.

영산홍 붉은 그늘에 잠드신 아버님께
산과 들의 풀잎 향기 가득 간직하신 어머님께

책과 삶에 관한 비평적 에세이

시작을 위한 에필로그

정선태 지음

　한 번쯤 마침표를 찍고 싶었습니다. 끝없이 이어지는 활자들의 행렬을 박차고 나온 마침표로 다시 시작하고 싶었습니다. 그러나 그렇게 쉬운 일은 아니더군요. 여기저기 흩어져 있던 시간의 조각들을 흉터인 양 쓰다듬으며 한참을 망설였습니다. 시간의 파편들이 실어나르는 미안한 기억에 응답할 자신이 없었던 까닭인지도 모르겠습니다. 어떤 식으로든 그 타전에 응답하지 않고서는 삶의 난간에 기댈 수 없을 것이라는 초조감이 자꾸만 자라났습니다. 그럴수록 나는 자꾸만 움츠러들었습니다.

　사람들의 눈길에선 매운 바람이 일었습니다. 그 바람 속으로 걸어들어갈 용기가 없었습니다. 공동묘지=서재에 늘어선 관=책 속이 거의 유일한 피난처였습니다. 나는 그곳에서 영락없는 묘지기, 그러니까 선득한 시간에 둘러싸여 부접을 하지 못하는 희미한 그림자였습니다. 잿빛 입자들이 무시로 일렁대는 그곳에서 출구를 찾기란 정말이지 난망한 일이었습니다. 출구란 처음부터 없었는지도 모릅니다. 있지도 않은 출구를 찾아 떠도는 자에게 마침표라니, 어디 가당키나 한 일이겠습니까.

　딱하기 짝이 없는 이 묘지기의 꿈이란 애시당초 실현될 가망이 없을 터입니다. 그럼에도 꿈을 포기할 수 없는 것은 그것이 없이는 살아갈 자격은 물론 세상을 뒤로 할 힘마저 빼앗기고 말 거라는 근거 없는 두려움 때문입니다. 그 황당무계한 꿈이 살아가는 이유라고 우기는 어느 유배자가 조금은 친근하게 다가오기도 합니다. 그에게도 마침표의 시간이 있었을까요. 아니면 데드마스크의 침울한 표정이 그것을 대신했을까요. 아직은 잘 모르겠습니다. 언제가 알게 될 거라는 기대 따위는 접어두는 편이 현명한 처사일 것입니다.

그래도 마침표는 꼭 찍고 싶었습니다. 환멸의 심연에서 허우적대는 묘지기의 허상을 '낙서'들로 뭉개고 싶었습니다. 이 역시 추상=관념에서 한 발짝도 나아가지 못한, 망상이나 다를 바 없다는 것을 모르지 않습니다. 현실이 미망이고 추상이 현실적이라는 그럴듯한 위로의 말은 피하기 어려운 유혹입니다. 그 유혹의 손짓에 또 얼마나 헤맬지, 아마도 죽음을 갈망하는 시간만이 알 것입니다.

벌써 '시작을 위한 마침표'라며 들이미는 조각들을 앞에 놓고 허허로운 웃음을 지을 모습들이 곁에 와 있습니다. 그 환청이 마침표를 의미하는 것은 아닐까요?

2009년 3월 20일
광교산을 훑고 내리치는 바람 소리를 들으며
정선태 적음

제2부/ 어느 '묘지기'의 꿈

제3부/ 책의 비판, 책의 상상

제4부/ 세상의 풍경

제 1 부

번역으로 만난 근대

'지극히 선하고 아름다운' 세계에 이르는 길
『서양사정』에서 『서유견문』으로

서로 다른 전통을 지닌 세계상이 만나거나 충돌할 때 사람들은 '기행문'이라는 글쓰기를 빌어 자신의 욕망을 투사하고, 독자들은 이를 매개로 하여 새로운 세계를 상상한다. 다시 말해 기행문이 그 힘을 발휘하는 것은 지금 – 여기의 삶이나 사유와 전혀 다른 세계를 발견하는 매체media로 활용될 때이다. 서양에서는 오래 전부터 『동방견문록』을 비롯하여 수많은 기행문들이 간행되어 다른 세계를 향한 욕망을 구성했으며, 각종 연행록이나 통신사들의 기록에서 볼 수 있듯 한국에서도 예외는 아니었다. 특히 근대에 이르러 기행문은 폭발적으로 증가한다. 이는 독서대중들의 새로운 세계에 대한 호기심이 높아졌다는 반증이라 할 수 있을 것이다.

서구의 근대를 가장 발빠르게 받아들인 일본의 예를 보면, 메이지유신1868을 전후한 시기에 '견미사절단'과 '견구사절단' 등을 파견하였으며, 이들 사절단은 서구의 제도와 풍습 등을 방대한 분량의 기록으로 남겼다. 이 시기 일본의 대표적인 계몽사상가인 후쿠자와 유키치는 자신의 서양 경험을 토대로 하여 『서양사정西洋事情』이라는 책을 써서 일대 센세이션을 불러일으킨 바 있다. 흔히 '근대의 출장소'라 일컬어지는 일본을 통해 근대를 수용한 한국의 계몽적 지식인들은 이 책을 통해 서양의 실상을 대체적인 윤곽이나마 이해할 수 있었다. 그 대표적인 증거가 『서유견문』인데, 이 책의 저자인 유길준1856~1914은 후쿠자와 유키치의 『서양사정』을 참조하여 자신의 서양 경험을 재구성했다.

『서유견문』은 한국 근대사상에 관심을 갖고 있는 사람이라면 누구나 들어본 바는 있지만 그 전모를 파악하고 있는 이는 극히 드문 텍스트이다. 『서유견문』은 근대 정치·사회 사상의 입문서였을 뿐만 아니라 일종의 백과사전이었으며, 동시에 근대적 개념어의 보고寶庫이기도 했다. 근대계몽기 신문과 잡지 등 각종 매체는 1895년에 발간된 이 '교과서'를 토대로 하여 다양한 층위의 '계몽의 담론'을 전개했다. 그런 의미에서 『서유견문』은 '계몽의 담론'을 견인한 텍스트였다고 할 수 있을 것이다.

그렇다면 『서유견문』에 투사된 유길준의, 아니 계몽적 지식인의 욕망은 무엇이었을까. 세계지리에서부터 국가의 권리와 인민의 교육, 인민의 권리, 교육과 양병養兵, 법률과 화폐제도, 학술 및 종교에서부터 의례와 매너에 이르기까지 서양 세계의 제도와 습속 등을 망라하고 있는 이 책이 지향하고 있는 것은 서구 즉 문명개화의 세계이다. "개화란 인간 세상의 천만 가지 사물이 지극히 선하고도 아름다운 경지에 이르는 것을 말한다"는 '명제'가 보여주듯이 문명개화야말로 '지극히 선하고도 아름다운 경지'였으며, 이 경지에 도달하는 방법 또는 길이 『서유견문』을 관통하고 있다.

문명개화를 향한 욕망은 이를 방해하는 모든 제도와 습속 나아가 인간성까지 배척하고자 한다. 개화 – 반개화 – 미개화라는 위계질서 속에서 개화는 모든 것을 재단하는 예리한 칼날이다. 『서유견문』 전체를 통틀어 이

칼날을 비켜가는 지점을 찾기란 쉽지 않다. 예컨대 개화된 세계에 사는 사람들이란 이러하다. "개화한 자는 천만 가지 사물을 연구하고 경영하여 날마다 새롭고 또 날마다 새로워지기를 기약한다. 이와 같이 하기 때문에 그 진취적인 기상이 웅장하여 사소한 게으름도 없고, 또 사람을 접대할 때에도 말을 공손히 하고 몸가짐을 단정히 하여, 능한 자를 본받고 능치 못한 자를 불쌍하게 여긴다. 그러면서도 깔보는 기색을 보이지 않으며 야비한 모습을 나타내지 않음으로써 지위의 귀천이라든가 형세의 강약에 의해 인품을 구별하지 않는다. 국민이 그 마음을 하나로 합하여 여러 가지의 개화에 힘쓰는 자들이다." 이 문장은 일종의 '명령'이다. '지극히 선하고 아름다운 경지'에 도달하기 위해서라면 문명세계에서 살아가는 '개화한 자'의 모든 것을 학습해야 한다는 것이다. 즉, 날마다 새로워져야 하고, 사소한 게으름도 부리지 말아야 하며, 자신보다 잘난 사람을 기꺼이 본받고, 신분의 귀천에 구애되지 않아야 한다.『서유견문』곳곳에는 이러한 명령을 수행하지 못할 때 우리는 반개화의 상태를 벗어날 수 없을 것이라는, 불안감이랄까 초조감이 짙게 배여 있다.

밝은 빛을 거느린 문명세계를 바라보는 조선의 지식인 유길준의 시선이 우리의 주목을 끄는 이유는, 그것이 유길준 개인에게만 한정된 것이 아니라 서구를 모방함으로써 '지극히 선하고 아름다운' 근대 세계에 도달할 수 있을 것이라는 욕망을 가진 사람들의 시선을 대표하기 때문이다. 기행문은 여행을 하는 자가 자신의 입장에서 대상을 내려다보는 시선을 선택하는 경우가 많다. 그런데『서유견문』은 서양을 선망의 대상으로서 올려다보는 쪽을 택하고 있다. 이는 서로 다른 두 세계상이 만나는 과정에서 승패가 이미 결정되어 있었다는 것을 뜻한다. 동양적 전통의 퇴적층 위에 서 있는 조선은 강력한 외부의 충격을 견딜 만한 내구성을 갖추고 있지 못하다는 판단, 그러니까 시대의 대세인 서구화근대화를 전면적으로 수용하지 않고서는 살아갈 방도를 찾을 수 없을 것이라는 위기감이 이러한 시선을 '선택'하는 데 결정적인 영향을 미치고 있는 것으로 보아야 온당하다.

이를 두고 우리는 '오리엔탈리즘의 내면화'라 부를 수도 있을 것이다. 서양 제국주의가 동양의 지배를 합리화하기 위해 양산한 동양에 대한 부정적 이미지를 그대로 받아들이고, 이를 근거로 하여 서양을 하나의 도달점으로 간주하는 시선을 내면화했다는 점에서 『서유견문』은 한국적 근대성의 하나의 원형이라 할 수 있다. 뿐만 아니라 다양한 사례와 통계 등을 동원하여 서구를 중심으로 한 세계의 모습을 보여주고 있는 이 책은 『독립신문』을 비롯한 많은 신문들과 교과서, 잡지 등 각종 인쇄매체에 중요한 지침서였다는 점을 고려해야 한다. 많은 지식인들은 『서유견문』에 기대어 문명개화의 필연성을 역설했는데, 이렇게 보면 기행문의 형식을 띤 이 책이 몰고 온 파장이 만만치 않았음을 알 수 있다.

흔히 기행문이라 하면 여행자의 감상이나 느낌, 이국적 풍물에 대한 인상 등이 주조를 이루게 마련이지만, 『서유견문』에서 우리는 유길준 개인의 심정을 직접적으로 읽어내기란 쉽지 않다. 그것은 그가 개인의 자격이 아니라 선각자로서 조선의 문명개화를 어깨에 짊어지고 있다는 사명감에 짓눌려 있었기 때문일 것이다. 그런 그는 서양이라는 거울에 조선의 모습을 투사해보고, 거울에 비친 조선과 조선인의 모습을 '개조'해야 한다는 강박감에 시달리고 있었던 것으로 보인다. 『서유견문』은 문명세계와 반문명세계의 접점에 서 있었던 한 계몽지식인의 고민을 펼쳐 보인 것이라 해도 부당하지는 않을 것이다. 그리고 현재의 시점에서 보아도 그의 고민의 폭과 넓이는 시대를 훌쩍 앞선 것이었다.

『서유견문』을 다시 펼치면서 우리는 시대를 앞선 지식인 유길준이 고민했던 것이 무엇이고, 그의 욕망이 향한 곳이 어디었는지를 되물어야 한다. 문명의 빛에 현혹되어 그 문명이 거느린 어둠을 보지 못했다고 비난할 수는 있을 것이다. 그러나 이와 함께 우리는 '약육강식의 바다를 힘겹게 헤쳐가고 있는' 조선이라는 배를 구원할 방도를 마련하기 위해 서구의 제도와 문물을 비교적 정확하게 제시한 점, 서양또는 일본이라는 '등대'를 발견하는 과정에서 조선이 처한 현실을 되돌아보지 않을 수 없었을 것이라는 점을 눈여겨 보아야 한다. 그리고 유길준이 그려 보이는 행로를 따라 많은 지식인들이 서양을 간접 체험했고, 그 체험 과정에서 조선을 재발견했을 것이라는 점도 충분히 고려해야 할 것이다.

새삼스러운 말이지만 여행은 '나'의 모습을 새롭게 발견할 수 있을 때 의미를 지니게 마련이다. 『서유견문』의 저자 유길준이, 아니 『서유견문』을 읽은 당대의 독자들이 조선의 모습을 '어둠'으로 묘사했다면 그 이유는 어디에 있었을까. 어둠 속에 안주하고 있을 것인가, 아니면 어둠을 뚫고 빛 속으로 나아갈 것인가라는 갈림길에 서 있었던 근대계몽기 지식인들에게, 왜 부나방처럼 빛만 보고 내달렸느냐는 물음은 별 의미가 없을지도 모른다. 중요한 것은 『서유견문』이 걸었던 길을 따라가면서 '지금 우리에게 서양은 무엇인가'를 묻는 능력이다. 지금도 서양으로 대표되는 '선진국'을 '지극히 선하고 아름다운 세계'로 설정하고 이를 모방하려는 욕망이 우리들을 초조하게 하고 있지는 않은지, 우리들의 초조감과 유길준의 그것 사이의 차이는 과연 무엇인지, 정직하게 대답해야 할 것이다.

현실의 '쓴맛'을 감춘 당의정의 보고
새뮤얼 스마일즈, 『자조론』

거침없이 밀려드는 서구적인 사고를 전면적으로 수용하기가 힘에 부쳐서였을까, 이 시기의 지식인들은 '격언' 또는 '금언'이라는 형식을 빌어 새로운 사상을 압축된 형태로 전파하는 데 많은 힘을 기울인다. 1910년 7월 15일에 간행된 『소년』은 '격언특집'을 실으면서 무더운 여름을 격언과 함께 하라고 권한다. 왜 격언인가. 편집자는 이렇게 말한다. "탁월하고 위대한 사상은 인간의 꽃이라. 참 진귀하고 희한한 꽃이라. 이 꽃이 열매를 맺은 것이 격언이니, 격언은 사상의 정수精粹의 결정이요 인류의 가장 고귀한 노작 중 가장 고귀한 결과이니라." 그야말로 격언은 '온갖 좋은 것을 다 포괄한 영혼의 샘'과도 같다는 말이다.

이 특집은 동서고금의 격언들을 망라하여 원문과 함께 소개하고 있다. 예컨대 이런 식이다. "모든 사람을 사랑하고, 약간 사람만 믿고, 아무에게든지 못된 일을 하지 마시오.—셰익스피어"[원문] "Love all, trust a few, do wrong to none.-Shakespeare" 1896년 4월에 창간된 『독립신문』이 1898년부터 1면 제호 바로 밑에 '각국명담'이라 하여 본격적으로 소개하기 시작한 이래, 격언은

일러스트레이션 | mqpm서영경

사상을 흡수하고 삶의 좌표와 지침을 발견하는 과정에서 빼놓을 수 없는 일종의 '고농축 영양제'였다. 바야흐로 '격언의 시대'가 도래한 셈이다.

이러한 상황에서 번역은 새로운 '장르'로 떠오른 격언을 공급하는 데 혁혁한 공을 세운다. 완역이 거의 불가능했던 시대에 '역출譯出'이나 '초출抄出'이라는 형식으로 외국의 저작을 소개해야 했던 계몽적 지식인들에게 격언이라는 형식은 충분히 매력적이었을 것이다. 새뮤얼 스마일즈1812~1905, 지금의 우리에겐 조금은 낯선 이 저술가의 책이 적잖은 인기를 누렸던 것도 저간의 사정을 고려한다면 어렵지 않게 이해할 수 있다. 플라톤·세네카·셰익스피어·나폴레옹·칼라일·에머슨·프랭클린 등등 일일이 헤아릴 수 없는 '위인'들의 말과 함께 그의 한 마디 한 마디는 새로운 가르침에 목말라 하던 사람들의 갈증을 가시게 하는 '영혼의 샘물'이 되기에 부족함이 없었다.

1859년 영국에서 간행된 그의 대표적인 책 『자조론Self-Help』이 처음으로 소개·번역된 것은 1906년 7월 1일에 간행된 잡지 『조양보』를 통해서였다. 물론 부분 번역이었다. 이어서 근대계몽기의 대표적인 학회지 중 하나인 『서우西友』 1907년 11월호 '논설'에 그의 사상이 집중적으로 소개되고, 아울러 이 책의 제1장 '국민과 개인'이 번역 연재되지만 미완으로 끝난다. 『서우』의 논설은 『자조론』의 주된 목적이 "청년을 고무하여 바른 사업에 근면케 하여 노력과 고통을 피하지 않고 극기와 자제에 힘써 타인의 도움이나 비호를 의지하지 않고 오로지 자기의 노력에 의지함에 있다"고 밝히고 있다.

그리고 『소년』 1909년 10월호에는 『자조론』 『검약론』 『의무론』과 함께 그의 4대저서라 일컬어지는 『인격론』이 '스마일즈선생의 용기론'이라는 제목으로 발췌 번역된다. 1910년대에 들어서도 그의 저작들은 지식인들의 관심권에서 벗어나지 않는다. 드디어 1918년 이 시대 최고의 번역가 육당 최남선이 『자조론』을 단행본으로 발간한다. 일본어 번역본을 중역重譯한 것

此書가出하 〔原著譯說〕

崔南善君善 〔스마일쓰일博士〕

自助論

（五號密字精印雅裝二百八十餘頁 定價六十五錢 郵稅六錢）

卷　上

- 128 -

- 129 -

西友學會月報 （第十三號）

論　說

自助論

第一章 （國民及個人）

自助論

195

새뮤얼 스마일스(위)의 『자조론』은 1907년 당시 대표적 학회지 『서우』에 번역·연재됐다(왼쪽). 맨 위는 『청춘』에 실린 『자조론』 단행본 광고.

이었다. 일본에서는 이미 1906년 아제가미 켄조^{畔上賢造, 1884~1938}에 의해 상 중 하 세 권으로 번역되어 선풍적인 인기를 누린 바 있었다. 이 가운데 최남선이 번역한 것은 상권뿐이었다. 1907년 처음으로 소개된 이후 일부분이긴 하지만 단행본으로 발간되기까지 10년이 넘는 시간이 걸린 셈이다. 이 시기의 대표적인 잡지 『청춘』은 『자조론』의 간행을 축하하며 5면에 걸쳐 대대적인 광고를 싣는다. '현대문명의 심사^{心史}, 천고위인의 신수^{神髓}'를 펴내는 감회가 남달랐기 때문이었으리라.

『청춘』의 광고는 『자조론』을 "무수한 전기^{傳記}의 집합이요, 절요^{切要}한 격언의 유취^{類聚}요, 인생의 대문제에 대한 가장 절실한 답안이요, 문명발달과 인사성패^{人事成敗}의 파노라마요, 수제치평^{修齊治平}에 관한 일대 논문"이라고 평가한다. 광고가 흔히 그렇듯 어느 정도의 과장을 감안한다 하더라도 이 평가는 동시대인들의 감각을 반영하고 있는 것으로 보아야 할 것이다. 지금 보아도 알 수 있듯 『자조론』에는 서양인들의 '석세스 스토리'가 총집결되어 있으며, 곳곳에 격언들이 진을 치고 있다. 성공한 자들의 후일담 치고 즐겁지 않은 게 어디 있겠는가. '실패는 성공의 어머니'인 것을.

성공한 나라의 국민 스마일즈는 아니 『자조론』의 수많은 격언들은 조선사람들을 향해 거침없이 말한다. 사람을 저주하는 것은 게으름이지 노동이 아니며, 게으름이 개인과 국민의 마음을 잠식하고 또 부식하는 것은 마치 녹이 쇠를 갉아먹는 것과 다름없다고. 어려움은 아무런 기력을 갖지 못한 사람을 위협하게 마련이지만 용기와 과단성을 갖춘 사람에게는 도리어 유익한 권도^{權道}가 된다고. 게으르고 의타심이 강할 뿐만 아니라 용기라곤 찾아볼 수 없는 조선인의 '민족성'에 절망하고 있던 계몽지식인들에게 스마일즈의 이 말은 '애정 어린' 질책이 되고도 남았을 터이다.

그런데 신문 편집인이자 전기작가이기도 했던 스마일즈의 이 책은 19

세기 빅토리아시대 부르주아지의 엄격한 윤리관을 예증하는 것으로 일관하고 있다. 그의 견해에 따르면 외부의 지배는 그다지 중요하지 않다. 모든 것이 자기 자신이 어떻게 하느냐에 달려 있기 때문이다. 진짜 노예는 폭군에게 지배되는 자가 아니라 자기 자신의 도덕적인 무지와 이기심 및 악덕의 노예가 되는 사람이라는 주장에서 보듯 그의 논의는 철저하게 탈정치적이다. 여기에서 조금만 논리를 치고 나간다면 식민지로 전락한 것도 전적으로 도덕적 무지와 이기심 그리고 악덕 때문이라는 자책과 자조自嘲로 귀결되고 만다. 봐라, 위대한 서양인들의 인내와 용기와 근면과 검약과 신사도를. 이런데 어찌 실패를 맛볼 수 있겠느냐. 조선 청년들은 책상 앞에 그의 '훈계'를 걸어놓고 자못 비장하게 다짐했으리라. 모든 것은 내 잘못이다, 그러니 배워야 한다, 자신을 수양하고 도덕적으로 재무장해야 한다, 스마일즈선생이 우리를 지켜보고 있지 않은가.

한 시대를 풍미했던 격언 그리고 격언의 보고寶庫였던 『자조론』은 사태의 심각성을 진정시키는 데 효력을 발휘하는 '충격요법'과 같은 것이었는지도 모른다. 아니면 현실에 대한 깊이 있는 탐색을 차단하고 문제의 심각성을 은폐하는 데 효과적인 '쓴맛을 감춘 당의정'이었는지도. 조선의 청년들은 이러한 격언을 좌우명으로 삼아 자본주의의 윤리를 신체에 새기려 애썼을 것이다. 그리고 우리도 그들을 따라잡아야 한다는 조바심 때문에 엄혹한 현실로부터 고개를 돌리고 '자기수양'에 매진해야 한다며 자신을 다잡았을 터이다. '젊어서 고생을 하면 늙어서 인생을 즐길 수 있다'는 스마일즈의 교훈이 무엇을 뜻하는지를 알고 있다고 우리는 믿는다. 그러나 전후 맥락을 고려하지 않고서야 그 말이 담고 있는 자본주의적 또는 제국주의적 훈육의 논리를 어찌 알았겠는가.

'천국'에 이르는 길은 어디에 있는가

존 번연, 『천로역정』

이광수는 1917년 잡지 『청춘』에 기고한 「야소교의 조선에 준 은혜」라는 글에서 기독교가 조선 사회에 끼친 영향을 다음과 같이 여덟 개 항목으로 나누어 설명하고 있다. ① 서양 사정의 전파, ② 도덕의 진흥, ③ 교육의 보급, ④ 여성의 지위 향상, ⑤ 조혼의 폐단 교정, ⑥ 한글의 보급, ⑦ 사상의 자극, ⑧ 개성의 자각 또는 개인의식의 자각. 일목요연하다. 길게 말할 필요도 없이 그가 보기에 기독교는 '문명의 서광'을 조선에 선물한 '큰 은인'이었다. 이광수만이 아니라 계몽적 열정으로 자신을 주체할 수가 없었던 많은 지식인들이 서양문명의 원천이 무엇인지를 찾아 헤매다 발견한 것이 바로 기독교였다.

서재필과 윤치호 등 기독교 세례를 받은 『독립신문』의 필진들은 물론 전통적 교양에 뿌리를 둔 신채호와 박은식 등도 '기독교의 힘'을 높이 평가하는 데 조금도 인색하지 않았다. 예컨대 신채호를 비롯한 진보적 지식인들이 대거 포진해 있던 근대계몽기의 대표적인 신문 『대한매일신보』에 실린 「서호문답」의 필자는 기독교와 애국심, 기독교와 국가의 부강이 떼려

일러스트레이션 | mqpm서영경

야 뗄 수 없는 관계에 있다고 역설하면서 다음과 같이 말한다. "상제上帝로 대주재大主宰를 삼고, 기독으로 대원수를 삼고, 성신聖神으로 검을 삼고, 믿음으로 방패를 삼아 용맹 있게 앞으로 나아가면, 누가 죄를 자복自服하지 아니하며, 누가 명을 순종하지 아니 하리오. 지금 예수교로 종교를 삼는 영·미·법프랑스·덕독일국의 진보된 영광이 어떠하뇨. 우리 동포들도 이것을 부러워하거든 그 나라들의 숭봉崇奉하는 종교를 좇을지니라." 이처럼 기독교는 일개 종교의 차원을 훌쩍 뛰어넘어 도탄에 빠져 신음하고 있는 민족을 구원하고 국민의 사상을 개조할 강력한 '정신적 무기'로 인식되고 있었던 것이다.

  잘 알려져 있듯이 종교의 전파는 번역을 빼놓고는 생각할 수 없다. 중국의 불경 번역과 성서의 대대적인 번역을 떠올리는 것만으로도 분명하게 드러나거니와, 번역사의 관점에서 보았을 때 종교 경전의 번역은 문화의 교류를 주도하는 핵심적인 요소였으며, 한국의 기독교 역시 예외가 아니었다. 교단의 전폭적인 지원과 선교사들의 종교적 열정이 번역을 추동하는 힘이었다는 것은 새삼 말할 것까지도 없다. 개신교로 좁혀 말한다면, 근대계몽기 한국에서 그 어느 신도나 전도사보다 번역에 깊은 관심을 기울인 사람이 바로 캐나다 출신 선교사 게일James S. Gale, 1863~1937이었다. 역대 선교사 중 타의 추종을 불허하는 한국어 실력을 갖추고 있었던 그는 한국의 문화 전반에 걸쳐 폭넓은 식견을 지니고서 왕성한 번역활동을 펼친다. 게일은 『춘향전』 『심청전』 『흥부전』 등 고전문학을 비롯하여 『조선풍속지』 『조선근세사』 등을 영어로 번역했으며, 한국에 관한 저서를 여러 권 쓰기도 했다. 특히 1897년 그가 편찬한 『한영자전』은 한국의 사전 역사에서 단연 독보적이라 할 수 있다.

  출중한 번역가 게일은 한국의 고전들을 영어로 번역했을 뿐만 아니라

『성서』를 비롯한 기독교 관련 서적들을 한국어로 옮기기도 했다. 그야말로 '쌍방향 번역'을 능숙능란하게 수행한 번역의 대가였던 것이다. 그런 그가 자신의 아내와 함께 번역하여 1895년 원산에서 간행한 『천로역정*The Pilgrim's Progress*』은 『성서』와 더불어 한국에서 기독교를 전파하는 데 중요한 공헌을 한 책으로 손꼽힌다. 영국의 작가 존 버니언John Bunyan, 1628~1688이 쓴 이 작품은 주인공 '크리스천'이 처자를 버리고 성서 한 권을 들고 파멸의 도시를 떠나 낙담의 늪, 죽음의 계곡, 허영의 거리 등에서 수많은 유혹과 시련을 통과하여 천국의 도시에 이르는 여정을 그리고 있다. 요컨대 '천국으로 가는 사람들이 지나는 길'이라는 뜻을 지닌 제목대로 신앙의 형성 과정을 형상화한 종교적 우의소설寓意小說이라 할 수 있다.

그런데 원문에는 없는 삽화김준근 작를 곁들인 한국어본 『천로역정』은 종교적 영향력 못지 않게 번역사에서도 중요한 위치를 차지하고 있다. 왜냐하면 영어로 된 텍스트를 직접 한국어로 옮긴 '희귀한' 사례이기 때문이다. 근대계몽기의 번역은 중국어한문나 일본어로 번역된 텍스트를 다시 한국어로 옮긴 것이 대부분이며, 서양의 원전을 번역한 예를 발견하기란 풀섶에서 바늘 찾기만큼이나 어렵다. '제국'의 힘은 번역에서 나온다고 했던가. 메이지시대 일본이 인적 · 물적 자원을 총동원하다시피 하여 '서양'을 직접 번역한 것에 비해, 한국은 일본을 경유하여 '서양'을 중역重譯하는 게 운명이라면 운명이었다. 일본을 통해 근대를 바라보아야 하고 또 배워야 하는 운명! 이를테면 제국과 식민지의 구도가 번역과정에서 이미 그려지고 있었던 것이다. 그런 상황에서 '서양=영어'를 직접 번역했다는 것은, 조선시대 한글 소설을 떠올리게 하는 문체적 특징에도 불구하고, 결코 과소평가할 수 없는 의의를 지닌다.

하지만 번역자가 한국인이 아닌 외국의 선교사였다는 점에서 또 다른

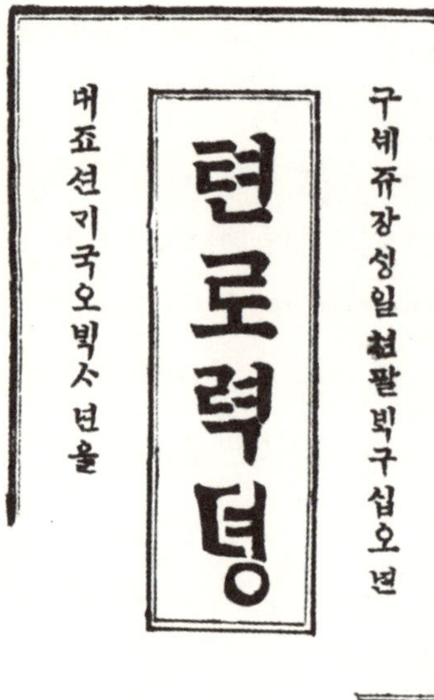

1895년 간행된 『천로역정』의 표지와 삽화(위). 왼쪽부터 원작자 존 버니언과 한국어 번역자 제임스 게일(아래).

'운명'을 예감하지 않을 수 없다. 번역자의 국적이나 피부색이 뭐 그리 중요하겠는가마는, '제국'을 아버지로 둔 사람의 시선에 포착된 텍스트와 '반식민지'에서 나고 자란 사람의 눈이 발견하는 텍스트는 엄연히 다를 게 아닌가. 게일은 한국에 대한 폭넓은 이해를 갖고 있었으며, 한국인을 깊이 동정했다고들 한다. 분명히 그랬을 것이다. 그러나 그의 '이해'와 '동정'은 우월한 자가 열등한 자에게 보이는 그것과 조금도 다를 바가 없는 것이어서 지속적인 신뢰를 보내는 데에는 많은 망설임이 따른다. 윤치호의 말마따나 '조선 고금 명현과 역사와 명문집에 능통한 조선학의 거인'이었던 최고의 번역가 게일. 그런 그가 '조선의 다양한 정령'들을 '성정이 악하여 인간에게 불길함과 비애를 가져다준다'고 평가하는 대목『코리언 스케치』에 이르면 망설임은 의혹으로 바뀌고 만다. 한국 근대의 태생적인 숙명을 번역이라는 창을 통해 바라볼 수 있다고 말하는 것은 이 때문이다.

『천로역정』은 천국에 이르는 길을 제시한 '종교소설'이다. 그럼에도 『성서』와 짝을 이룬 '전도용' 책자였다고 치부해 버리기엔 뭔가 아쉬움이 남는 이유는 무엇인가. 앞서 말한 대로 한국의 계몽적 지식인들은 기독교를 '은인'으로, 문명을 떠받치는 힘으로 인식하고 있었다. 그렇다면『천로역정』에서 주인공 '크리스천'이 간난신고 끝에 도달한 '천국'을 저 빛나는 '문명세계'의 비유로 읽을 수도 있지 않을까. 사실 근대계몽기 담론 공간에서 지옥 · 천당 · 죄와 벌 등 기독교적 수사학이 곳곳에서 출몰하는 것도 이와 무관하지 않다. 그들에게 문명세계는 천국이었고, 그 나머지는 악귀가 출몰하는 지옥이었다. 기독교적 수사학은 '크리스천'이 되어 악귀들이 들끓는 야만의 땅을 벗어나지 않는 한 지옥으로 떨어져 마땅하다는 경고의 메시지를 전달하는 데 대단히 효과적이었다. 따라서 "만약에 일본이 아니었더라도 분명히 20세기라는 시대는 단독으로 황제를 무너뜨리고 그가 대표하는 모든 것을 상실케 했을 것"이라는 게일의 발언은 결코 돌출적인 게 아니었던 셈이다.

월남의 망국을 기억하라
량치차오 · 판 보이 차우, 『월남망국사』

1905년 일본 요코하마에서 청말의 저명한 개혁사상가이자 문인이기도 했던 량치챠오梁啓超, 1873~1929와 베트남의 대표적인 독립운동가 판 보이 차우潘佩珠, 1867~1940가 만난다. 열강의 세력 다툼의 소용돌이 속에서 반식민지로 전락한 청나라를 떠나 망명생활을 하고 있던 량치차오는 왕성한 저술활동을 통해 새로운 중국을 꿈꾸고 있었으며, 이미 1883년에 프랑스의 식민지로 떨어진 베트남의 혁명가 판 보이 차우는 자금과 무기를 얻기 위해 일본과 중국을 오가며 동분서주하고 있었다. 어느 날, 어렵사리 얼굴을 대면한 그들은 날이 새는 줄도 모르고 얘기를 나눈다. 식민지 베트남의 현실에 대해서, 중국이 직면한 위기에 대해서, 일본은 무엇을 어떻게 할 것인가에 대해서, 그리고 조선은 장차 어떤 길을 갈 것인가에 대해서.

둘 사이에 오고간 얘기를 일종의 '대담집' 형식으로 묶은 『월남망국사』가 간행된 것은 1905년 9월 중국 상하이에서였다. 1905년이라면 '을사조약'과 함께 망국의 위기감이 현실로 다가오고 있던 시점이 아닌가. 80여 면에 불과한 이 책에서 두 망명객의 착잡한 심경과 고뇌를 읽어내기란 어렵지 않다. 그들의 고뇌가 결코 '남의 얘기'가 아니라는 것을 절감하지 않을 수 없었을 한국의 지식인들은 이 책자에 적잖은 관심을 보인다. 그리고 1년 후, 지식인들 사이에서만 떠돌던 이 책이 『황성신문』을 통해 선을 보인다. '소남자'의 망국의 기억을 부분 연재한 것이었다.

일부 번역만으로는 부족하다고 생각해서였을까. 그로부터 두 달이 지난 1906년 11월, 근대계몽기의 저명한 번역가이자 저술가이기도 했던 현채玄采, 1856~1925가 이 책을 국한문체로 번역하여 독자들의 폭넓은 호응을 얻는다. 이어서 1907년 말에는 현채의 국한문본을 순국문으로 다시 번역한 『월남망국사』가 간행된다. 번역자는 주시경周時經, 1876~1914과 이상익李相益, 1881~?이었다. '주시경본'과 '이상익본'은 표

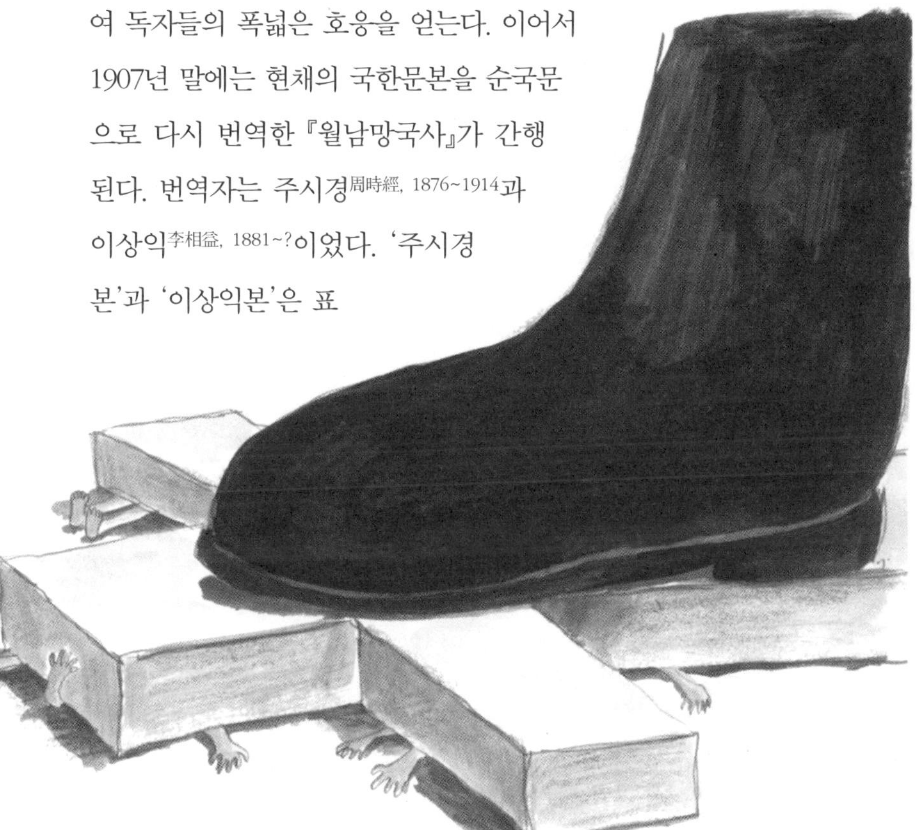

기법이나 내용의 가감 등 차이를 보이긴 하지만, 큰 틀에서는 그렇게 달라보이지 않는다. 어찌됐든 '을사조약'과 1907년의 '정미7조약' 등에 의해 망국의 수렁으로 빠져들고 있던 절체절명의 상황에서 번역된 『월남망국사』는 수많은 독자들을 사로잡는다. 적어도 1909년 새롭게 제정된 '출판법'에 의거, '사회의 안녕질서와 풍속을 저해한다'는 이유로 '금서'가 되기까지는.

『월남망국사』가 폭넓게 일반독자층을 확보하고 있었을 뿐만 아니라 사립학교의 교과서로 채택되기도 했다는 점을 고려하면, 풍속을 몰라도 '안녕질서'에 심대한 타격을 가할 만했다는 것을 미루어 짐작할 수 있다. 번역자와 간행자의 의도는 망국을 눈앞에 둔 상황에서 저항의 그 불씨를 제공하는 데 있었을 터, '주시경본'의 서문에서 노익형은 이렇게 말한다. "월

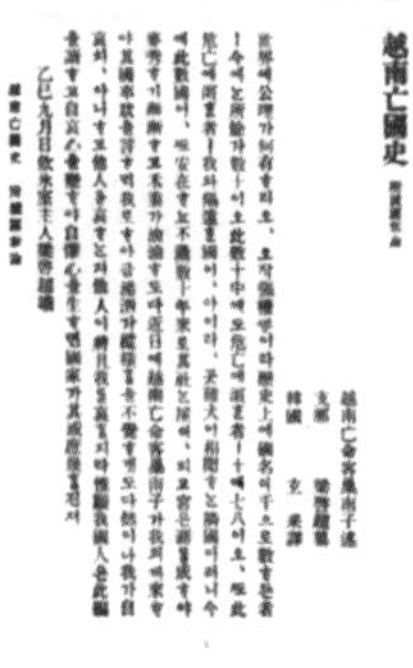

량치차오와 주시경(왼쪽부터). 아래는 현채가 번역한 『월남망국사』 표지와 앞장. 주시경이 순한글로 번역한 것이다.

1908년 『경향신문』에 실린 『월남망국사』 서평.

남이 망한 사기는 우리에게 극히 경계될 만한 일이라. 그러나 이제 우리나라 사람들이 물론 귀천남녀노소하고 다 이런 일을 알아야 크게 경계되며 시세의 깊은 사실을 깨달아 우리가 다 어떻게 하여야 이 환란 속에서 생명을 보전할지 생각이 나리라. 이러므로 한문을 모르는 이들도 이 일을 다 보게 하려고 우리 서관에서 이같이 순국문으로 번역하여 전파하노라." '반역'을 이끄는 '번역'! 그러나 한 권의 책이 '생명보존'을 위한 불길로 타오를 수도 있다는 것을 영악한 제국의 심복들이 몰랐을 리 만무하다. 어찌 이를 보고만 있을 수 있었겠는가.

그런데 '출판법'에 따라 『월남망국사』가 '금서'로 낙인 찍혀 지하로 스며들기 전, 당시 천주교 기관지였던 『경향신문』에서 '근래 나오는 책을 평론'이라는 서평란을 통해 17회에 걸쳐 대대적인 공세를 펼친다. 이유는 간단하다. 일주일에 한 번씩 발간한 『경향신문』의 발행인 겸 주필이 바로 프랑스인 신부 안세화安世華, Florian Demange였으며, 당연하게도 이 신문은 베트남을 지배하고 있는 프랑스인들과 프랑스의 종교로 인식되고 있던 가톨릭을 싸잡아 비판하는 『월남망국사』를 용납할 수가 없었을 것이다. '왜 일본은 조금 미워하고 법국프랑스 사람들만 증오하느냐'라는 게 이 신문의 반문이었다. '문명'의 은혜를 전파한다는 사명을 안고 '오지'에서 선교에 애쓰고 있는 사람들을 비난하느냐는 얘기인 셈이다. 더구나 전도하는 사람들까지 교회에서 이 책을 토대로 '찬미 예수'를 외치는 것을 어떻게 견딜 수가 있었겠는가. 『경향신문』은 분명하게 말한다. 이 책은 거짓으로 가득 찬 '소설'이자 천주교를 죽이려는 '독소'라고.

'제국' 프랑스의 국민일 수밖에 없는 신부가 주도하는 신문의 집요하고도 신랄한 비판은 『월남망국사』의 영향력이 얼마나 컸는지를 반증한다. 굳이 영화 〈미션〉을 들먹이지 않아도 '기독교'와 '서양'이 공모하여 제국을 경영했다는 것은 누구나 아는 사실이다. 『월남망국사』의 저자들도 이 사실을 분명히 알고 있었다. '소남자'는 말한다. "우리나라가 망하기 전에 창귀^{倀鬼:미친 귀신}된 자가 사사이익을 위하여 법국 사람을 인도하니 첫째는 천주교 하는 사람들이요, 둘째는 아첨하여 부동^{附同}하는 무리들이라. 이 무리들이 임금이 사로잡히고 나라가 망할 줄을 어찌 미리 알며 법국이 월남을 다 차지한 후에는 저희 무리들도 필경 법국에게 해를 당할 줄을 어찌 미리 알았으리오."^{주시경본}

이렇듯 독립혁명가 '소남자'가 보기에 기독교는 제국의 앞잡이였다. 그렇다면 당시 한국에 와 있던 기독교는 뭐란 말인가. 일본의 식민지로 전락할 위기에 처한 '조선'을 위해서 파견된 제국의 구원자라는 것을 알아달라고? 이 물음표를 지우기란 그렇게 쉽지 않다. 단, 근대국민국가는 필연적으로 '제국'을 욕망하기 마련이고, 선교사들도 그 국민인 이상 제국의 욕망에서 자유롭지 못했을 것이라는 점만은 분명히 말할 수 있다.

어김없이 '망국'의 시점이 다가오고 있었다. 약육강식과 우승열패^{優勝劣敗}의 논리가 지배하던 시대, 제국의 거친 숨결이 근대의 문턱에서 허우적대고 있던 조선을 엄습하고 있었던 것이다. 그 상황에서 아직 의식이 깨어 있던 조선인들은 『월남망국사』를 읽으며 무슨 생각을 했을까. 폴란드의 비참한 역사『파란말년사』나 이집트의 고난에 찬 역사『애급근세사』와 구별되는 이웃나라의 참담한 역사를 되짚으면서 어떤 감회에 젖었을까. '제국 일본'이 내세운 '아시아는 하나'라는 슬로건 아래 뭉칠 것인가, 아니면 기약 없는 힘겨운 싸움에 몸을 맡길 것인가라는 난제를 두고 고민을 거듭하지는 않았을까.

불행하게도 '제국의 욕망'은 아니 '근대의 폭력성'은 조선을 비껴가지 않았다. 그리고 신산한 망명의 계절, 많은 사람들은 황량한 벌판으로 발길을 옮겼다. 그들 중 많은 사람들은 '불귀의 객'이 되어 아직껏 어딘가에서 떠돌고 있을 것이다. 베트남의 망명객 '소남자'의 모습에 신채호의 얼굴이, 김구의 얼굴이, 여운형의 얼굴이 포개지는 것도 우연은 아니리라.

한국인들은 왜 톨스토이에 열광하는가
톨스토이 열풍의 기원

얼마 전, 어느 방송국의 교양오락 프로그램에서 『톨스토이단편집』이 '권장도서'로 선정되면서 러시아의 작가 톨스토이[1828~1910]는 다시 한번 화려하게 '부활'하여 한국의 독서계를 강타하고 있다. 지상파 방송의 영향력을 충분히 감안해야겠지만 몇 개월이 지난 후까지 '고전주간베스트 1위'를 놓치지 않고 있는 톨스토이의 위력에 새삼 놀라움을 감추기 어렵다. 이 단편집뿐만 아니라 그의 3대걸작이라 일컬어지는 『전쟁과 평화』『안나 카레니나』『부활』을 비롯하여 자전소설 3부작, 『인생론』과 『종교론』까지 300종을 웃도는 그의 저작들이 꾸준히 간행되고 있다는 사실을 생각하면, 톨스토이가 출판계와 독서계에서 어떤 위치를 차지하고 있는지를 어렵지 않게 짐작할 수 있을 것이다.

시대를 조금 거슬러 1970년대에 '알만한 사람들' 또는 '교양 있는 사람

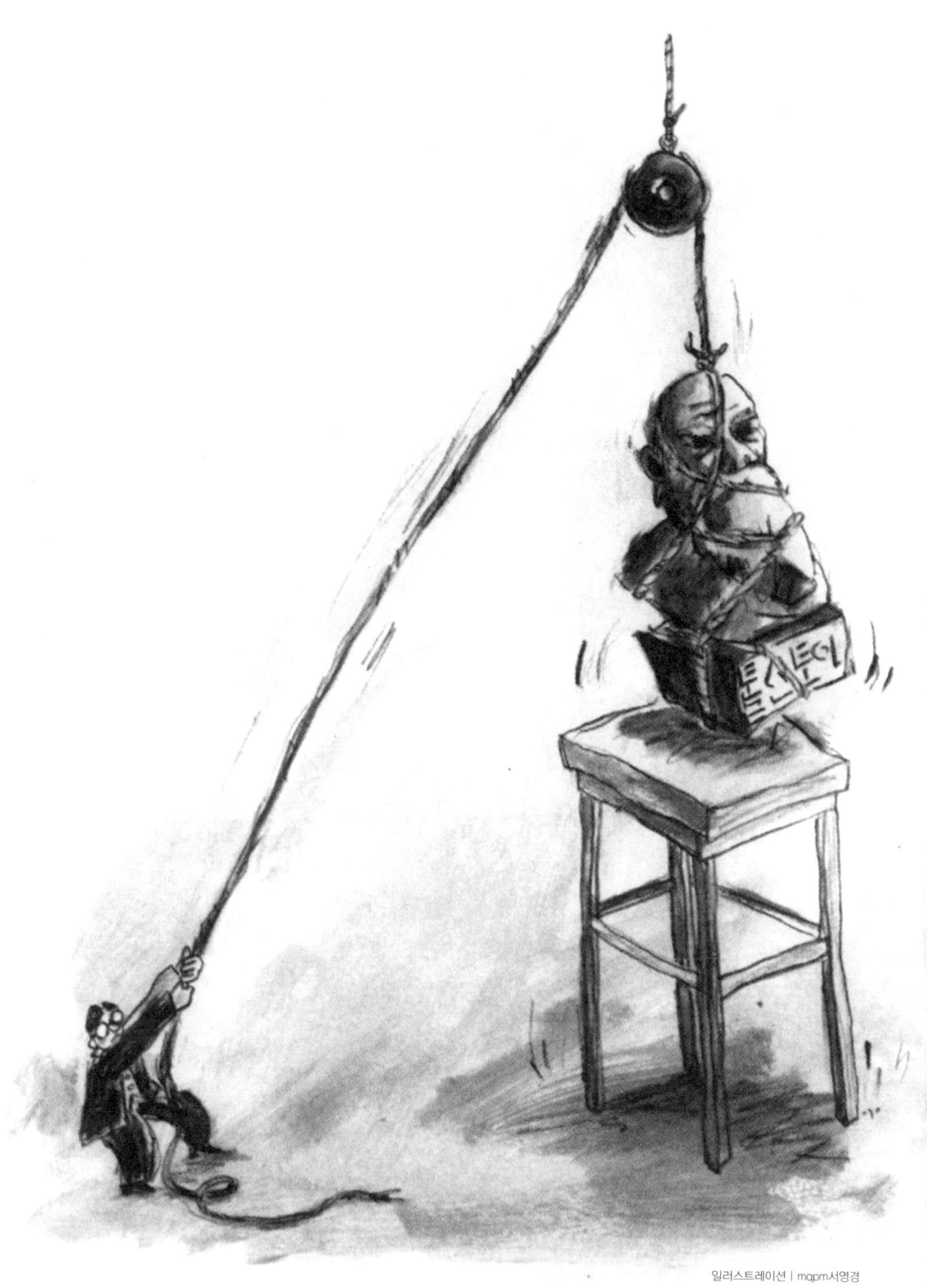

일러스트레이션 | mqpm서영경

들'의 책꽂이를 장식했던 100권짜리 정음사판 세계문학전집에 실린 작품들의 면면을 보면 요즘의 '톨스토이 바람'이 전혀 우연이 아니라는 것을 알 수 있다. 전집을 '편집'하는 과정에 '문학 권력'이 개입하게 마련이라는 점을 고려한다 하더라도, 총 100권 가운데 9권이 톨스토이의 작품들로 이루어져 있다는 것은 그만큼 그의 작품이 한국 독자들의 감수성에 호소하는 어떤 '특별한 성분'을 지닌 것으로 보아도 큰 잘못을 아닐 것이다. 셰익스피어, 발자크, 도스토예프스키, 토마스 만, 로망 롤랑 등 쟁쟁한 경쟁자들을 제치고 '세계문학'의 중심으로 우뚝 서 있는 톨스토이!

톨스토이가 이 땅에서 그 정도의 영향력을 미칠 수 있었던 이유는 무엇일까. 그의 작품이 지닌 문학성을 들 수도 있고, 작품의 주제가 갖는 의미에 무게를 둘 수도 있을 것이며, 그의 문장이 지닌 매력이 타의 추종을 불허했기 때문이라고 말할 수도 있을 것이다. 그러나 이러한 점들만으로는 그가 한국에서 그 어느 작가보다 압도적인 다수의 독자를 거느리고 있는 이유를 온전히 설명할 수가 없다. 어딘가 수상쩍다는 느낌이 쉽사리 지워지지 않는다. 그렇다면 다시 묻기로 하자. 취향은 사람 수만큼이나 다양할 터인데 톨스토이는 어떻게 이렇듯 '독점적 권위'를 확보할 수 있었던 것일까.

이 물음에 답하기 위해서는 톨스토이의 작품을 비롯한 서양문학이 일본을 경유하여 밀물처럼 소개·번역되기 시작한 근대의 '원점'으로 돌아갈 필요가 있다. 톨스토이가 한국에 처음 본격적으로 소개된 것은 '최초의 근대적 잡지'라 일컬어지는 『소년』을 통해서였다. 처음에는 육당 최남선이, 나중에는 이광수와 신채호 등이 가세하여 1908년 말부터 1910년 말까지 서양의 문학과 문화를 왕성하게 번역·소개했던 이 잡지에서 가장 깊은 존경을 표한 작가가 바로 톨스토이였다. 예컨대 『소년』 1909년 7월호에서는 톨스토이가 깊은 병이 들었다는 '놀라운' 소식을 접하고 「현시대 대도사大導師 톨스토이 선생의 교시敎示」라는 글을 권두에 싣는다.

이 글에서 필자는 톨스토이를 '현시대의 최대 위인' '그리스도 이후의 최대 인격'이라 극찬하면서 이렇게 그의 업적을 찬양한다. "톨스토이! 이것이 별것이 아니라 자모음을 결합한 심상尋常한 네 글자라. 그러나 한번 무엇하고 불러볼 때에 대강 그의 행사를 아는 사람은 다 숭고하고 장엄하여 입으로 말하기도 어렵고 붓으로 그리기도 어려운 특별한 감동이 일어나지 않을 이 없으니 그는 무슨 까닭이뇨." 형언할 수 없을 만큼 숭고하여 장엄한 감동을 주는 위대한 작가 톨스토이 선생, 이는 한국의 외국문학 수용사에서 참으로 보기 드문 경의의 표현이라 아니할 수 없다. 이러한 '외경의 염念'을 품고 있던 『소년』의 필자는 『전쟁과 평화』나 『안나 카레니나』

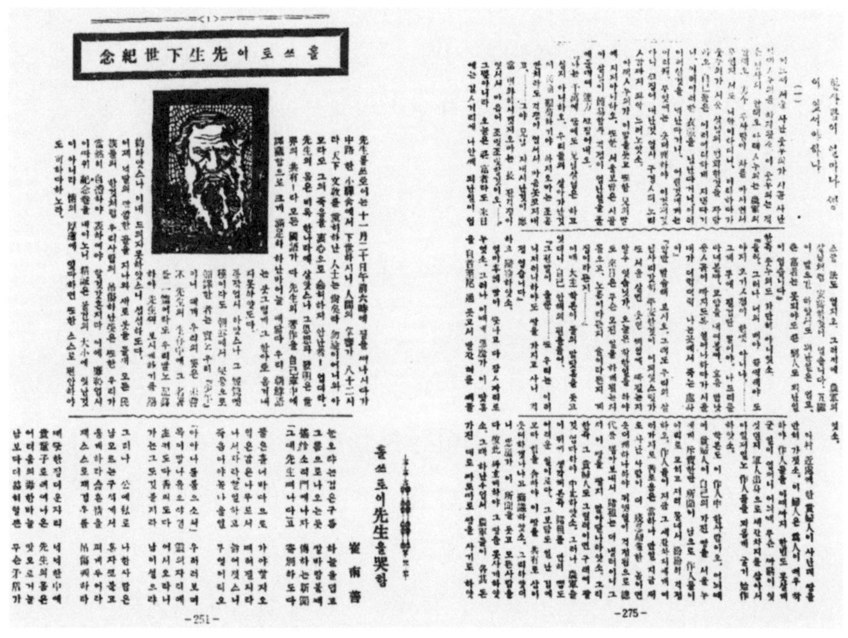

1910년 톨스토이 사망을 애도하는 글을 실은 『소년』

보다 종교적 색채가 짙은『부활』을 타의 추종을 불허하는 귀중한 '만세불후의 대작'으로 꼽는다.

　『소년』의 톨스토이에 대한 외경에 가까운 존경은 그가 귀족적 특권을 버리고 수백만 농민들의 삶으로 돌아간 전기적 행적을 서술하는 대목에서 종교적 경배의 수준으로 격상한다.『참회록』이후 톨스토이가 보여준 삶의 행적 즉 신으로의 귀의, 전제주의 비판과 농민에 대한 사랑 등이『소년』의 필자를 사로잡은 결정적인 이유였다. 한마디로 톨스토이는 신 앞에서 인간의, 인도주의 정신의 화신이었던 셈이다. 이러한 찬양에서 한 걸음 더 나아가 1910년 12월에 간행된『소년』은 톨스토이의 죽음을 기리는 일종의 특집호로 꾸며져 있다. 이 특집호에서 최남선은 '톨스토이선생을 곡함'이라는 제목으로 모두 72연에 이르는 '8·5조' 장시를 게재한다. 이 추도시에서 최남선은 "그 생각이 움직이면 비단이 되고 / 그 먹똥이 떨어지면 구슬이 되니 / 손은 애써 예술인을 자랑하거늘 / 고개로만 홰홰둘음 무슨 모순가"라고 노래하면서 톨스토이 작품의 위대성과 그의 인간적 겸손을 칭송해마지 않는다.

　아울러 이처럼 위대한 작가의 작품을 번역하지 못하는 조선의 상황을 부끄러워하면서 톨스토이에 대한 '송구스러움'을 다음과 같이 전한다. "선생의 몸은 비록 한 나라에 살았으나 그 사상과 발명은 세계의 공유라. 모든 국어가 다 선생의 저작을 자기 고중庫中에 역장譯藏함으로 크게 만족히 하는 바이늘 애달프다, 우리 조선어는 부끄럽게 그 하나도 옮겨내지 못하였도다. 종작없이 하였으나 그 단편 몇 종이라도 조선에서 꽃등으로 번역한 자는 실로 우리『소년』이니 대개 우리의 뜻은 미상불 선생의 생존 중에 그 명저를 일편이라도 우리말로 기록하여 선생께 보시게 하기를 기약하였으나 이내 드리지 못하였으니 섭섭하도다." 뿐만 아니라 이 특집호에서는 톨스토이의 상세한 전기와 연보 그리고 그를 낳은 러시아를 사진과 함께 소개하고 있다. 그리고 미안함과 송구스러움을 면하기라도 하듯 단편「한 사람이 얼마나 땅이 있어야 하나」「너의 이웃」「다관茶館」을 번역 게재한다.

이렇게 해서 '그리스도 이후의 최대의 인격' 톨스토이가 본격적으로 독자층을 넓혀가기 시작했다. 여기에는 한국 근대 최고의 작가 이광수의 영향도 적지 않았다. 톨스토이를 정신적 스승으로 섬긴 그의 많은 글들이 톨스토이의 인도주의적 사상에서 감화를 받은 것이라는 점은 잘 알려진 바와 같다. 따라서 도스토예프스키, 투르게네프, 고리키, 고골리, 체홉 등 기라성 같은 러시아 작가들과 함께 소개된 톨스토이가 그 어느 누구보다 폭넓게 이 땅의 독자들의 정신을 사로잡은 이유가 무엇인지에 대한 대답 하나를 최남선이 주도하고 이광수가 뒷받침한『소년』에서 찾을 수 있다고 해도 큰 잘못을 아닐 것이다. 지금까지 계속되고 있는, 다른 '세계적 작가'들을 능가하는 톨스토이의 열풍을 목격하면서 감수성 역시 '보이지 않는 권력' 또는 '역사적으로 만들어진 권위'에 기대고 있다는 생각을 지우기 어렵다. 그 권력과 권위의 기원을 찾아 정당성을 재확인하는 작업, 그것은 바로 새로운 작가를 발견하는 일과 그다지 다르지 않을 것이라고 말하면 지나친 비약일까?

'구국의 영웅'을 기다리며

『비스마르크전』

난세가 영웅을 만든다고 하지만 어려운 시대일수록 영웅을 기다리는 사람들이 많아진다고 고쳐 말하는 게 옳을 성싶다. 난세일수록 험난한 이 세상을 '평정'할 영웅을 기대하는 것이 당연지사일 터이니까. 한국의 근대계몽기가 그러했다. '휘황한 문명'의 너울을 뒤집어 쓴 제국주의가 이 땅을 덮칠 듯이 밀려오는 상황, 그 격랑을 헤쳐나갈 영웅을 향한 갈망이 처절한 울림이 되어 이 시기 담론 공간을 가득 채우고 있다. 『대한매일신보』의 논조를 빌면, "국가는 누란累卵의 위기에 처해 있고 인민은 고해苦海로 추락하고 있는 가장 위험하고 가장 비통한 시대"를 맞이하여 "국가를 태산같이 튼튼하게 하고 인민을 낙원으로 인도하여 쾌락장엄快樂莊嚴한 시대를 만들" 영웅을 기다리는 절절한 소원을 담아 이 시기의 지식인들은 수많은 동서고금의 위인들을 불러들인다.

그들에게 영웅은 세계를 창조한 성신聖神이었으며, 세계는 영웅이 활동하는 무대였다『대한매일신보』 1908년 1월 4일자 논설 「영웅과 세계」. 이 시기, '누란의 위기'에 처한 '대한제국'을 구원할 영웅상을 찾는 것이 번역과 번안의 주요한 사명이자 의무이기도 했다. 바야흐로 '영웅전기' 또는 '위인전기'의 시대가 열린 것이다. 알렉산더와 나폴레옹을 위시한 '정복영웅', 마치니처럼 사방 팔방으로 찢긴 조국을 통일한 '건국영웅', 역경을 딛고 미합중국의 대통령이 된 카필드, '강력한 지도력'으로 후진국 프러시아를 문명대국으로 이끈 명재상 비스마르크, 잔다르크와 롤랑부인 등 조국을 위기에서 구원한 '구국의 영웅', 러시아를 계몽의 시대로 인도한 표트르대제, 그리고 콜럼버스처럼 풍랑을 뚫고 새로운 세계를 발견한 '모험영웅' 등등 수많은 영웅들이 번역과 번안을 통하여 이 땅에 등장한다. 그렇다면 이들 가운데 가장 강력한 영향력을 행사한 이 시대의 영웅은 누구였을까.

　　최초의 신소설이라 일컬어지는 『혈의루』에는 일본을 거쳐 미국으로 유학을 떠나는 두 인물, 김옥련과 구완서가 등장한다. '일청전쟁'으로 폐허가 된 고향을 뒤로 하고 '이상적인 문명국가' 미국으로 향하는 두 젊은이의 마음은 위기에 처한 '조선'을 구하려는 뜨거운 열정으로 가득 차 있다. 노예나 다름없는 조선의 여성을 교육하여 이 나라의 미래를 열어가겠노라고 다짐하는 김옥련과 "공부를 힘써 하여 귀국한 뒤에 우리나라를 독일국 같이 연방국을 삼되 일본과 만주를 하나로 합하여 문명한 강국을 만들고자 하는 비사맥 같은 마음"을 품고 있는 구완서. 조선의 청년 구완서를 사로잡고 있는 '비사맥'은 나폴레옹과 더불어 근대계몽기 지식 청년들의 꿈의 표상이자 우상이었다.

　　당시 프로이센의 황제였던 빌헬름 1세에 의해 총리로 임명된 '철혈재상鐵血宰相' 비스마르크 Bismarck, 1815~1898는 수많은 정적들을 물리치면서

'번역된 영웅', 철혈재상 비스마르크

자신의 강경정책을 추진했고, 의회의 반대를 뿌리치고 군비를 증강하여 덴마크, 오스트리아, 프랑스 등과의 전쟁을 승리로 이끌었다. '비사맥'이라 불린 비스마르크, 그는 '피'와 '대포'의 힘을 빌어 총체적 난국을 극복하고 강력한 문명국가 독일을 수립한 영웅으로서 근대계몽기 지식인들과 젊은 이들을 매료시키기에 모자람이 없었다. 특히, 다른 유럽 국가들에 비해 뒤 늦게 근대적 국민국가를 완성하는 과정에서 비스마르크가 보여준 '탁월한 지도력'은 메이지유신[1868]과 함께 '국민국가건설 프로젝트'에 총력을 기울 이고 있던 일본 정치지도자들의 귀감이기도 했다.

　실질적으로 '메이지 일본'을 기획하고 조종한 이토 히로부미[伊藤博文]가 근대 독일을 모델로 삼았다는 것은 잘 알려진 바와 같다. 그런 그가 '철혈 재상' 비스마르크에게서 무엇을 배우고 어떻게 실천에 옮겼는지는 일본근 대사의 전개를 보면 어렵지 않게 확인할 수 있다. '일본의 비스마르크 이 토 히로부미'. 사실, 통감부가 설치되기 전까지만 해도 이토 히로부미는 문 명국 일본을 건설한 주인공으로서 조선 지식인들 사이에서 주목의 대상이 었다. 비스마르크만큼은 아니었지만. 내외적으로 심각한 어려움에 직면해 있던 당시 '대한제국'의 상황을 고려한다면 충분히 수긍할 수 있는 일이 다. 이리하여 후진국 프러시아를 일약 문명대국의 반열에 올려놓은 비스 마르크는 일본과 한국에서 수많은 '숭배자들'을 거느리기에 이른다.

　'하늘이 내린 전투아[戰鬪兒]' 나폴레옹과 함께 독일을 '축복의 세계로 이 끈 철혈재상' 비스마르크가 근대계몽기 조선 청년들의 이상적인 모델이 될 수 있었던 이유는 무엇보다 '개인'보다 '국가'나 '민족'을 앞세웠기 때 문이다. 얼마나 단단하게 '국가정신' 또는 '애국정신'으로 무장했느냐가 영 웅의 가치를 평가하는 절대적인 기준이었다. 개인으로서의 권리나 자유 등은 철저하게 금기시된다. 다시 『대한매일신보』 1909년 11월 21일자 논설 「개인주의로 생을 구救치 말지어다」의 표현을 빌자면, 일신상의 안위만을 꾀하는 "개인주의는 사람을 죽이는" 사악한 것이었다. 민족경쟁의 시대, 그러니까 먹느냐 먹히느냐는 절체절명의 상황에서 개인주의라니 어디 되기나 할 말인가. 이 신문의 논설진들은 말한다. 모든 사치를 끊으라고. 모든 '마괴魔魁'와도 같은 개인적 욕망을 던져버리라고. 오로지 '국가사상'으로 가슴을 채우라고.

이처럼 근대계몽기에는 금욕주의로 무장하고 오로지 국가와 민족을 위해서 희생하는 자들만이 영웅의 반열에 오를 수 있었으며, 비스마르크나 나폴레옹은 대표적인 상징이 되어 대한제국의 앞날을 걱정하는 사람들의 가슴에 새겨진다. 그리고 '번역된 영웅'들이 등장하면서 '조선의 영웅'들도 새롭게 발견되기 시작한다. 광개토왕, 을지문덕, 강감찬, 이순신 등등. 이들 역시 정복영웅이거나 구국의 영웅이었다. 거센 폭풍우 앞에 촛불처럼 위태로운 국가와 민족을 구원하고자 하는 열망들이 이 영웅들에게 투사된다. 해방 후 전쟁과 분단으로 이어지는 역사의 소용돌이 속에서도 이들은 의연히 '구국의 영웅'으로서 우리의 교과서와 '위인전기전집'에서 그 영향력을 잃지 않았으며, 지금도 그러하다.

19세기 영국의 저술가 토마스 칼라일은 『영웅숭배론』에서 모든 사람들이 영웅이 되는 세상을 꿈꾸었다. 그는 북유럽 신화의 주인공 오딘과 이슬람의 예언자 마호멧, 시인 단테와 셰익스피어, 사상가 루소와 나폴레옹 등을 대표적인 영웅으로 꼽고 있다. 그런데 칼라일의 이 책을 어떤 경로를 통해서든 참고했음에 틀림없는 근대계몽기 지식인들의 눈에 정복 영웅과 구국의 영웅을 제외한 다른 영웅들은 보이지 않았던 듯하다. 아니, 볼 여유가 없었을 것이다. 어느 시대에나 그 시대가 기다리는 '영웅'이나 '위인'은 존재하게 마련이다. 그렇다면 우리 시대의 영웅상은 누구에게서 발견

할 수 있을까. '피'와 '대포'로 무장한 영웅 대신, 민족과 국가를 넘어 진정
으로 평화를 사랑하고 함께 하는 삶을 꿈꾸었던 영웅을 찾을 수는 없을까.
근대계몽기에 '번역된 영웅'들의 면면을 살펴보면서 한국적 근대의 그늘
이 참으로 짙다는 생각을 지울 수 없는 건 왜일까.

소년이여, 파도를 타고 문명의 세계로!

대니얼 디포, 『로빈슨 크루소』

잘 알려져 있진 않지만 11월 1일은 1908년 최초의 근대적 잡지라 일컬어지는 『소년少年』의 창간을 기념하여 제정된 '잡지의 날'이다. 이는 잡지사雜誌史에서 『소년』이 차지하는 위상을 말해주는 것이라 할 수 있을 터인데, 실제로 대표적인 계몽사상가 육당 최남선1890~1957이 이끈 이 잡지는 '최초의 근대적'이라는 수식어를 충분히 감당하고도 남을 만큼 체제와 문체 그리고 내용의 측면에서 이왕의 잡지와는 확연히 구별된다. 열아홉의 나이, 청년 최남선은 그야말로 자신의 모든 것을 잡지 『소년』과 '대한의 희망'인 '소년들'에게 바친다.

그리고 창간호 맨 앞에 '철……석, 철……석, 척, 쏴…… / 때린다, 부순다, 무너버린다'로 시작되는 신체시 「해海에게서 소년에게」를 싣는다. 이 새로운 형식의 시는 진시황과 나폴레옹까지 굴복시켜버린 바다가 '담 크고 순정한' 대한의 소년에게 보내는 사랑의 메시지라 할 수 있다. '공륙公六'이라는 필명으로 최남선 자신이 직접 연재한 「해상대한사海上大韓史」를 비롯하여 「북극탐색사적北極探索事蹟」 등 바다와 관련된 글들을 보면 알 수 있듯

일러스트레이션 | mqpm서영경

 시작을 위한 에필로그

바다와 바다의 이미지가 잡지『소년』을 관통한다.

왜 바다였을까. 바다는 '야만'을 제압하고 길들이는 '문명', 자유와 평등과 우애에 기초한 '선량하고 온화하며 신성한' '진보'를 전파하는 통로이다. '해가 지지 않는 제국' 영국을 보라. 뿐이랴, 문명세계의 극락 미국을 보라. 그리고 일본을 보라. 어디 바다를 경영하지 않고서, 바다를 통과하지 않고서 문명을 꿈꿀 수나 있겠는가. 그랬다. 바다는 '문명'이라는 거센 물결의 다른 이름이었다. '소년들'에게 이 물결을 헤쳐나갈 수 있는 담력을 키워주고 모험심을 북돋워주기 위해, 나아가 그들이 문명인이 되어 세계를 주름잡길 바라면서『소년』은 바다의 이름으로 '대한의 희망'을 품으려 했던 것이다.

거센 바다를 헤치고 '문명의 왕국'을 수립하도록 소년들을 독려하기 위해서는 좌표가 필요했으리라.『소년』은「해상대한사」와 함께 조너선 스위프트의『걸리버여행기』와 대니얼 디포의『로빈슨 크루소』를 연재한다. 특히 '로빈손 무인절도표류기無人絶島漂流記'라는 제목으로 여섯 번에 걸쳐 연재된 대니얼 디포1660?~1731의『로빈슨 크루소』는 의미 있는 좌표가 되기에 충분했다. 온갖 역경을 뚫고 '생존게임'에서 살아남아 자신의 왕국을 건설하는 로빈슨 크루소는 기존의 국가적 영웅들과는 그 성격이 판이한 평범한 개인이어서 각별한 매력을 지닌 인물로 다가왔을 터이다.

200자 원고지 약 170장 정도의 분량으로 초역抄譯된 이 작품의 연재에 앞서 편집자는 번역 동기와 의도를 다음과 같이 밝히고 있다. "우리는 장쾌壯快한 것을 좋아하니 그러므로 해천海天을 사랑하며 우리는 영특英特한 것을 좋아하니 그러므로 모험적 항해를 즐겨하며 해천을 좋아하고 항해를 즐겨함으로 표류담 · 탐색기探索記적 문학을 탐독하는지라. 금今에 이 성미는 나로 하여금 이 불세출의 기문자奇文字『로빈슨 크루소』를 번역하여 우

리 사랑하는 소년 제자諸子로 더불어 한가지로 해상생활의 흥취興趣와 항해
모험의 취미를 맛보게 하도다." 이리하여 '세계에서 가장 진기한 책'『로빈
슨 크루소』는 근대문명의 파도를 타고 이 땅에 상륙한다. 번역자는 반문한
다. '세계사의 거센 기운' 바다를 마주한 '신대한의 소년'이 어찌 이 글을
읽지 않을 수 있겠는가. 그리고 대답한다. '결단코 없으리라.'

대니얼 디포를 일약 18세기 위대한 작가 중 한 사람으로 바꾸어놓은
『로빈슨 크루소』1719는 쥘 베른의 『15소년 표류기』『80일간의 세계일주』
『해저 2만리』 등과 더불어 근대계몽기와 식민지 시기 소년들을 사로잡은
해상모험소설이었다. 중산층의 안온한 삶을 거부하고 끊임없는 모험을 선
택하는 로빈슨 크루소는 수많은 소년 독자들의 가슴을 휘어잡은 동경의
대상이었다. 근대자본주의가 지리상의 발견에 의해 촉발되었다는 것은 잘

로빈손無人絶島漂流記

나는 西曆 一千六百三十二年에 쌕리탠國 요옥府에서난 로빈손, 크루서란 … 그러나 우리 父親쎄서는 性質이 매우 溫順하고 더욱 남들파 갓히 自己子息도 편한 工夫를 하고, 便한돈을 엇어 便한 밥을 먹게하랴난 바람이 잇난故로 恒帝 法律工夫를 하야 辨檢사나 辨護士갓흔것을 되라고 勸하시난지라 그사람이온데 내가 經歷한 말삼을 여러렴으로 이런말삼을 하기만 하면 구레분압해서 배픔은 참 榮光스럽게 아난

『소년』에 번역돼 연재된 『로빈손 무인절도표류기無人絶島漂流記』 첫 부분과 삽화. 원작자 대니얼 디포(왼쪽 위)와 번역자 최남선(왼쪽 아래).

알려진 바와 같거니와, 새로운 세계 또는 낯선 '풍경'의 발견은 많은 사람들을 부추겨 바다로 내몰았고, 로빈슨 크루소의 삶의 역정이 보여주는 바와 같이 그들의 모험은 충분히 매혹적이었다. 물론 그들이 배에 싣고 간 것은 '돈이 될 만한' 상품만이 아니었다. 선교사와 총 그리고 합리성이라는 자본주의의 이념을 함께 실어 날랐다. 바다가 있는 한 거칠 것이 없었다. 중국과 일본 그리고 한국의 근대가 항구를 열어 서양의 근대문명을 받아들이면서 첫발을 내디딘 것도 전혀 이상할 게 없다.

그뿐만이 아니라 바다는 '재미의 주머니요 보배의 곳간'이었다. 그리고 바다는, 최남선이 「바다를 보라」는 글에서 예찬하고 있듯이, '가장 완비完備한 형식을 가진 백과사전'이자 '가장 진실한 재료로 이루어진 수양비결修養秘訣'이기도 했다. 소년들을 계몽으로 이끌어야 한다는 사명에 불타는 장수

將帥 최남선은 소년들을 향해 바다로 나가라고 독려한다. "가서 보아라! 바다를 가서 보아라! 큰 것을 보고자 하는 자, 넓은 것을 보고자 하는 자, 기운찬 것을 보고자 하는 자, 끈기 있는 것을 보고자 하는 자는 가서 시원한 바다를 보아라! 응당 너희들의 평일에 바라던 것 이상을 주리라!" 이런 바다를 어찌 바라만 보고 있을 수 있겠는가.

『소년』은 이렇게 말하고 싶었으리라. 소년들이여, 바다를 통한 교역에서 돈을 벌어들인 로빈슨 크루소처럼, 브라질에서 식민 농장을 경영하여 거금을 손에 쥐었던 로빈슨 크루소처럼, 노예상태에서 탈출하여 절해고도絶海孤島에서 이성의 힘에 기초한 과학적 사고로 자신의 왕국을 건설한 로빈슨 크루소처럼, 세계로 저 드넓은 세계로 나아가야 하지 않겠는가. 이처럼 모든 역경을 물리치고 제국을 경영하는 대영제국의 표상을 형상화한 『로빈슨 크루소』는 근대문명의 세례를 받지 못한 '대한의 소년'들을 향한 일종의 웅변이자 복음이 되어 근대계몽기 위태로운 조선땅에 울려 퍼지고 있었다. 웅대한 바다, 근대적 상상력의 보고!

그 울림이 너무 커서, 아니면 바다문명를 향한 열정이 너무나도 뜨거워서였을 것이다, 『소년』이 『로빈슨 크루소』에 잠복해 있는 폭력성을 읽어낼 여유를 갖지 못했던 것은. 과학적 합리성과 기독교 신앙으로 똘똘 뭉친 로빈슨 크루소가 '원주민' 프라이데이를 '길들이지' 않았던가. 야만인에 대한 근거 없는 두려움을 '하느님의 이름으로' 총을 쏘아 잠재우고 그들을 '절대적인 군주이자 입법자'의 시선으로 바라보지 않았던가. 장대한 자연을 자신의 소유물로 여기며 기꺼이 새로운 땅의 '영주'를 자처하지 않았던가. 로빈슨 크루소'들'이 프라이데이'들'의 땅 조선의 지배자가 될지를 그들은 몰랐을까. 아마, 그랬을 것이다. 문명을 대한 믿음이 하도 깊어서……

뿌리내릴 토양을 잃어버린 정치사상의 굴절

루소, 『사회계약론』

"인간은 본래 자유인으로 태어났다. 그럼에도 불구하고, 인간은 어디에서나 쇠사슬에 얽매어 있다. 보다 더 심한 노예상태에 처해 있는 이도 자신을 다른 사람들의 지배자로 믿고 있다. 어떻게 하여 이런 뒤바뀜이 생겨났는지 모를 일이다. 그럼 무엇 때문에 그것이 당연한 것으로 보여질 수 있는가? 나는 이 질문에 대답을 줄 수 있다고 생각한다." 근대 프랑스의 계몽사상가이자 문인이었던 루소J.J. Rousseau, 1712~1778의 대표적 저작 『사회계약론』1762의 서두에 나오는 유명한 말이다. 태어날 때부터 자유로울 권리를 지닌 인간을 '쇠사슬'로 얽매고 있는 전제주의에 저항하고, 협약協約에 기초한 공동체 실현의 방향을 모색했던 『사회계약론』의 '혁명적 선언'은 근대계몽기 한국뿐만 아니라 일본과 중국의 진보적 지식인들을 사로잡았다. 그들은 루소의 이 저술을 통해 새로운 인간관계에 토대를 둔 세계를 상상할 수 있었고, 이를 현실로 옮기기 위해 힘겨운 투쟁을 전개한다.

'사회계약'을 통해 자연적 신분에서 시민적 신분으로 옮겨간다는 이 책

일러스트레이션 | mqpm 서영경

의 선언은 프랑스혁명의 슬로건으로서 그 영향력을 유감 없이 보여주었으며, 그 여파는 번역을 통해 각국으로 퍼져나갔다. 그리고 1875년 일본의 계몽사상가이자 민권운동가이기도 했던 나카에 초민中江兆民이 『사회계약론』을 『민약론民約論』이라는 이름으로 번역하면서 루소는 동아시아 근대 지성사에 본격적으로 그 이름을 내민다. 먼저 일본의 경우, 나카에 초민에 의해 번역된 『사회계약론』은 1870년대 후반부터 1880년대에 걸쳐 전개된 자유민권운동의 이론적 기반이 되었으며, 그 결과 헌법제정과 국회개설 등을 쟁취하기도 했다. '아시아의 모범생'으로서 근대국가를 '성공적으로' 만들어가고 있는 메이지 일본의 동향을 예의 주시하고 있던 중국과 한국의 진보적 지식인들은 자유민권운동의 추동력 중 하나가 『사회계약론』이라는 것을 놓치지 않았다.

　번역된 책 한 권이 혁명적 상황을 초래할 수도 있다는 예상이 현실로 다가온 순간이 아닌가. 그렇다면 '혁명적 변화'를 꿈꾸고 있던 중국과 한국의 내로라하는 지식인들이 번역 문제에 깊은 관심을 보인 것은 조금도 이상할 게 없다. 무술정변이 실패로 돌아간 후 일본으로 망명하여 왕성한 저술활동을 펼치고 있던 량치차오梁啓超도 그런 사람 중 하나였다. 1901년 그는 나카에 초민의 번역본을 토대로 하여 『사회계약론』을 요약·정리한 『로사학안盧梭學案』을 간행한다. 이 글에서 량치차오는 루소의 '민약'을 인민의 자유와 평등을 근간으로 하는 것이라고 설명한다. 이어서 이렇게 주장한다. "이 자유는 권리의 근본이고 책임의 근원인 까닭에 책임은 피할 수 없고 권리는 버릴 수 없는 것이다. 자유권은 도덕의 근본이며 이것 없이는 인간이 인간일 수 없다. 노예일 따름이다." 이러한 내용을 담고 있는 책이 지식인들의 필독서가 되면서 루소는 일약 근대계몽기 한국의 '정신계'를 뒤흔드는 인물로 떠오른다.

　『사회계약론』이 '로사민약'이라는 제목으로 번역되어 선을 보인 것은 1909년 8월 4일 『황성신문』을 통해서였다. 모두 4부로 구성되어 있는 『사회계약론』 가운데 1부만을 번역하여 연재1909년 9월 8일까지한 글이지만, 지금까지 간접적이고 단편적인 인용이 고작이었던 상황에서 저널리즘을 통해 루소 사상의 중요한 내용들을 비교적 체계적으로 소개했다는 점을 고려하면, 그 의의는 결코 만만치 않다. 사실 근대계몽기 한국에서 '법국法國'이라는 이름으로 등장하는 프랑스는 낯선 나라가 아니었다. 1900년에 '법국혁신전사法國革新戰史'라는 제목으로 프랑스혁명사가 소개되면서 볼테르·디드로·몽테스키외 등등이 이미 알려져 있었으며, 프랑스가 낳은 나폴레옹은 '구국의 영웅'을 갈망하던 한국인들의 최고 '스타'였다. 이들 가운데 '민심

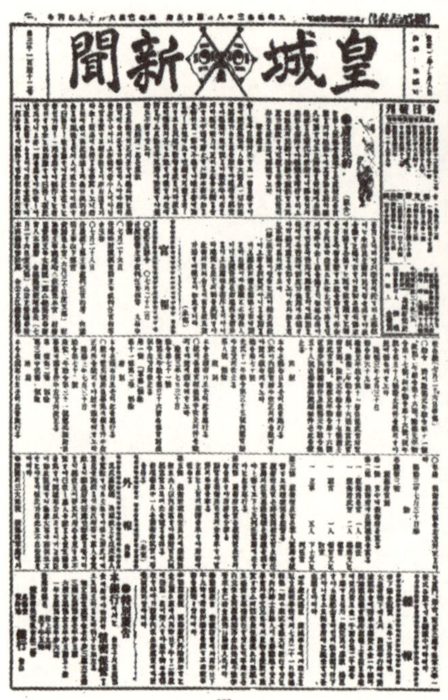

'로사민약'이라는 제목으로 번역된 『사회계약론』이 1면에 실린 1909년 8월 4일자 『황성신문』(왼쪽)과
『사회계약론』으로 프랑스혁명의 정신적 토대를 제공한 프랑스 계몽사상가 장자크 루소(오른쪽).

을 고동鼓動하는 법국의 명사' 루소가 속해 있었던 것이다. 그러나 나폴레
옹의 전기를 빼면 프랑스 계몽사상가의 저작이 소개의 차원을 넘어 부분
적이나마 번역된 것은 극히 예외적이다. 결국 『황성신문』의 번역은 루소의
『사회계약론』에 보인 높은 관심을 반증하는 것이라 할 수 있다.

자유 · 평등 · 권리 · 책임 등등의 말을 우리는 '자연스럽고' '자명한' 것
으로 알고 사용하지만, 이 용어들이 처음 '번역'되었을 때의 당혹감이란
우리의 상상을 훨씬 뛰어넘는다. 이러한 개념들을 감당할 정신적 '인프라'
가 부재한 상황에서 이 말들을 실감으로 받아들인다는 건 불가능에 가까
웠을 터이다. 서양의 근대가 생산한 개념어를 번역하는 과정에서 수많은

시행착오를 겪었던 일본의 사례를 보면 알 수 있듯이, 번역어 하나가 제자리를 잡기 위해서는 참으로 많은 시간이 필요했다. 그러나 당연하게도 번역된 말은 서양의 '원개념'과 정확히 대응하지 않는다. 역사적 사회적 상황에 따라 굴절할 수밖에 없는 것이 '번역어의 숙명'이라면 숙명이기 때문이다. 그런데 1910년 일본에 의해 강제병합되면서 근대계몽기에 그 맹아를 보였던 이러한 '정치적 성격'의 번역어들은 뿌리내릴 토양을 상실해 버린다. 일본을 거쳐 다시 중국으로 건너간 『사회계약론』을 어렵사리 번역한 『황성신문』의 「로사민약」도 수면 아래 숨어 인고의 시간을 기다린다.

　하지만 루소는 아직 식민지 조선의 정신계를 떠나지 않고 있었다. 이번에는 『사회계약론』이나 『인간불평등기원론』 등 '정치적' 저작을 쓴 루소가 아니라 『에밀』과 『참회록』의 작가 루소였다. 개인의 자유와 평등에 입각하여 새로운 세계를 구상했던 루소가 사라진 자리에 교육과 정육情育을 전도하는 루소가 이광수를 비롯한 '개량적 지식인'들의 의식에 들어선다. 근대계몽기에도 최남선을 중심으로 한 지식인들에 의해 『참회록』의 내용이 '격언' 또는 '처세훈'의 형식으로 소개되긴 했으나, 정치사회적 운동이 차단된 식민지시기에 들어서면서 루소 사상의 정치적 성격은 자취를 감추어 버린다.

　자연주의자 또는 낭만주의자로 변신한 루소는 식민지 조선인들의 비정치적인 '상식'에 대한 갈증을 달래는 역할을 수행하는 것으로 그 임무를 바꾼다. 예컨대 엄정일은 1922년에 발표한 「기독교와 자연주의」라는 글에서 루소의 자연주의를 "자연주의자들은 현실의 충족을 힘써 도모하며 이상에 구속되는 것이 이익이 되지 않는다고 하여 인생의 오탁汚濁과 사회의 번잡煩雜을 벗어나 자연의 무구無垢한 본체를 추구하며, 인생의 진실을 발휘하는 것"이라고 정의한다. 루소의 자연주의가 과연 그런 것인지는 다시 물

어야겠지만, 그가 번잡한 사회에서 벗어나 때묻지 않은 자연을 추구한 자
연주의자로 이해되고 있었다는 점만은 기억할 필요가 있다.『무정』에 등
장하는 '낭만적 계몽주의자' 이형식이 읽었던 것도 루소의『에밀』과『참회
록』이 아니었던가.

식민지 조선을 눈물로 적신 이수일과 심순애의 사랑

오자키 고요, 『곤지키야샤』

1969년 신상옥이 이끄는 '신필름'에서 〈장한몽〉이라는 제목의 영화를 제작한다. 감독은 신상옥, 주연은 신성일과 윤정희 그리고 남궁원이 맡았다. 이 영화는 유신정권의 서슬이 퍼렇던 1970년대에 이르기까지 수많은 대중들의 사랑을 받으며 전국 곳곳에서 상영된다. 뿐만 아니라 1970년대 말과 1980년대 초 연극계의 최대 히트작 중의 하나가 극단 가교의 〈이수일과 심순애〉였다. 그 이름도 유명한 '이수일과 심순애'는 이 땅에 처음으로 그 모습을 드러낸 지 70년이 다 된 시점에서도 의연히 그 매력을 잃지 않고 있었던 것이다. 아니 지금까지도 이수일과 심순애의 '황금을 넘어선 숭고한 사랑'은 다양한 모습으로 변주되어 우리의 눈물샘을 자극하곤 한다. 한국인의 감성을 장악해버린 이수일과 심순애의 사랑, 그렇다면 그 기원은 어디에 있는가.

1910년 8월 29일 조선은 일본의 '공식적'인 식민지로 전락한다. 제국주의 일본은 조선을 '접수'하기가 무섭게 모든 언론을 통폐합하여 『매일신보』라는 총독부 어용기관지로 언로를 일원화하고, 판매부수를 확장하

일러스트레이션 | mqpm서영경

기 위해 대대적으로 소설을 연재한다. 독자를 유인하는 가장 강력한 판매 전략 중의 하나가 연재소설이었던 것이다. 그런데 식민지 조선과 제국주의 일본의 관계를 드러내기라도 하듯, 『장한몽』『쌍옥루』·『국의향』 등 그 연재소설의 대부분이 메이지 시대 일본 소설의 '번안'이었다. 그리고 일본 소설 번안 분야에서 가장 왕성하게 활약한 인물이 조중환趙重桓이었다.

　조중환이 번안하여 당시 조선의 독서계를 강타한 소설이 바로 이수일과 심순애를 주인공으로 한 『장한몽長恨夢』이다. 『장한몽』의 원작은 일본 메이지시대의 작가 오자키 고요尾崎紅葉, 1867~1903의 '황금 두억시니'라는 뜻의 『곤지키야샤金色夜叉』이다. 이 소설은 토쿠토미 로카의 『불여귀』와 함께 일본근대문학사에서 이른바 '언문일치'의 확립에 중요한 역할을 한 작품으로 꼽힌다.　자유민권운동이 실패로 돌아간 후 일본이 러일전쟁을 향해 치닫고 있던 상황에서 선풍적인 인기를 모으기도 했던 이 소설은 '돈과 사랑'이라는 통속소설의 전형적인 소재를 바탕으로 일본대중들의 관심을 돌려놓는 데 성공한 것으로 평가받고 있다.

　『곤지키야샤』를 저본으로 한 『장한몽』은 1913년 5월 13일부터 10월 1일까지 『매일신보』에 연재되었으며, 같은 해 유일서관에서 단행본으로 발간되어 판을 거듭한다. 몰락한 사무라이 집안의 고아로 입신출세를 꿈꾸는 명문 중학교 학생 하자마 간이치, 은행가의 아들 도미야마 다다쓰구, 간이치를 키워준 은인의 딸 미야가 각각 이수일과 김중배 그리고 심순애로 그 이름을 바꾸고, 공간적 배경도 도쿄에서 평양으로 옮긴 『장한몽』은 그 내용이나 형식면에서 원작과 많은 차이를 보인다. 예컨대 원작에서는 도미야마와 결혼한 미야가 간이치의 용서를 받지 못하고 자결하는 비극으로 끝나는 것과 달리 『장한몽』에서는 이수일과 심순애가 재결합함으로써 행복한 결말로 막을 내린다. 원작과의 거리는 번안자의 선택과 독자들의 보

쟝 한 몽 하 권 (長恨夢 下卷)

대일쟝 忠告 (참고)

1913년 단행본으로 출판된 『장한몽』(왼쪽)과 그 원전인
『곤지키야샤』의 삽화(아래).

이지 않는 압력, 문화적 환경과 정서 등이 복합적으로 작용한 결과라 할 수 있다. 따라서 이러한 굴절은 번역과 번안 과정에서 필연적으로 겪을 수밖에 없는 일종의 '운명'이라 해도 지나친 말을 아닐 것이다.

연재 때부터 화제를 모았던 이 작품을 유일단과 혁신단 등 각 연극단체에서는 희곡으로 각색하여 경쟁적으로 무대에 올린다. 소설에서 성공한 『장한몽』은 연극에서도 최고의 레퍼토리로 떠오른다. 한 마디로 '대박'을 터뜨린 셈이다. 신문연재소설에서 단행본으로 그리고 연극과 영화로. 이런 게 먹히는구나 싶자 '문화자본가'들은 앞다투어 안방의 독자들을 시내의 무대로 불러냈다. 그 결과 기존의 독서계를 장악하고 있던 신소설과 고대소설을 역사의 뒤안길로 내몰고 일본소설을 번안한 신파소설이 '새로운 물결'을 주도하기에 이른다. 조선인들은 기꺼이 그 '새로운 물결'에 자신들의 눈물을 아낌없이 쏟아부었다.

이러한 신파극의 유행에 대하여 『매일신문』은 다음과 같이 그 의미를 평가한다. "조선에서는 재래로 연극이라는 것도 없었거니와, 근일에 신파 연극이 나온 후에 그 재료는 항상 내지=^{일본} 소설을 모범하여 흥행하는 바, 일반인들은 그 진정한 취미를 자세히 알지 못하더니, 요사이로 인민의 지식 정도가 전일보다 진보됨으로 연극도 또한 따라서 진보함은 정한 이치라. 이제 비로소 신소설이라 하는 것을 윤색하여 연극에 올리게 됨은 본 매일신보사도 얼마큼 시세에 권고함이 있어서 이제는 소설로 연극함을 일반이 환영하게 됨은 실로 다행한 일이다." 지식의 진보에 따라 발전하는 신파극, 그 모든 것이 어찌 '대일본제국'의 '은혜'가 아니겠는가! 조중환 역시 일본소설의 번안 이유를 "조선 청년 남녀의 정신적 양식을 주기 위해서 '조선것'으로 옮긴다"과 밝힌 바 있지 않은가.

'돈이 될 성싶으면' 얼마든지 재가공할 만반의 준비를 갖추고 있는 '문화자본'의 속성을 잘 알고 있는 우리에게 그 수순은 그다지 낯설지 않다. 신문·단행본·연극 등 각종 미디어의 지원사격에 힘입어 『장한몽』은 기대 이상의 호응을 얻으며 일약 문화상품의 총아로 떠올랐다. 바야흐로 '신파의 시대'가 그 꽃을 활짝 피우고 있었던 것이다. '신파의 시대', 극장을 나서며 사람들은 '대동강변 부벽루에 산보하는'으로 시작되는 이 연극의 주제곡을 흥얼거렸을 것이다. '낭만적인' 흥에 취해, 돈의 유혹을 숭고한 사랑으로 물리친 이수일과 심순애에 자신의 모습을 투사하면서. 이수일과 심순애의 비련과 물질적 가치에 대항할 수 있는 사랑의 힘을 그 주제로 하고 있다고 얘기되는 이 '신파'에 이어 밀려오는 무시무시한 파도의 정체를 알아챈 사람이 얼마나 됐을까.

식민지 초기 최대의 베스트셀러였던 『장한몽』은 조선총독부기관지 『매일신보』가 조선인의 (무)의식을 장악하기 위해 제작한, 칼과 대포를 능가하는 대단히 효과적인 무기였다. 그 무기가 무엇을 파괴하는 데 기여했을지는 굳이 물을 필요도 없다. 『장한몽』을 비롯한 일본 번안소설의 대대적인 성공과 아직도 그 위세가 수그러들 줄 모르는 '이식된 신파적' 감수성의 진폭. 한국의 근대가 거느린 '식민의 그늘'이 얼마나 깊고 넓은가를 이보다 선명하게 보여주는 예는 많지 않다. 1970년대 초와 1980년대 초에 그랬듯 '수상한 계절'이면 어김없이 '김중배의 다이아몬드가 그렇게도 좋더냐'는 이수일의 절규와 그의 옷깃을 부여잡고 회한의 눈물을 흘리는 심순애의 모습이 끊임없이 리메이크되어 우리의 눈물샘을 자극하곤 했다. 21세기판 '이수일과 심순애'가 지금도 누군가의 기획에 의해 제작되고 있는지 모른다. 그리고 또다시 어룽거리는 눈물에 가려 대중들은 자신의 정신과 영혼이 문드러지는 모습을 애써 피하려 하지는 않을까. 아니면?

문학청년들을 휘감은 '병적' 감수성
베를렌느의 시

지금도 그런지 잘 모르겠지만 중고등학교 시절 이발소에 가면, 예의 '이발소 그림'과 함께 "삶이 그대를 속일지라도/노여워하거나 슬퍼하지 말라"는 지극히 '감동적인' 말로 시작하는 푸쉬킨의 시를 흔히 볼 수 있었다. 그 옆에는 "시몬, 그대는 들리느냐/낙엽 밟는 소리가"라는, 자못 애잔한 분위기를 자아내는 구르몽의 시 「낙엽」이 적힌 액자가 나란히 걸려 있었다. 뾰족지붕집과 빨간풍차와 잔잔한 구름과 낙엽과 고독한 사내……. 그리고 막 사춘기를 지나고 있던 소년은 이유도 모른 채 거리와 들판을 쏘다니곤 했을 것이다. 낙엽 밟는 소리를 듣기 위해서였을까? 삶이 나를 속여도 슬퍼하지 않기 위해서였을까? 알 수가 없다. 다만 정체를 알 수 없는 '불덩이'가 짧지 않은 시간 동안 사그라들지 않았을 것이라는 점과 몰래 쓰는 연애편지_{아, 얼마나 가슴 두근거리게 하는 말인가!}에 이 시를 적어넣곤 했을 것이라는 점만은 분명하다. 그렇게 또 시간이 흘렀을 것이다.

1920년대 초 식민지 조선의 문학청년들도 청춘의 열병에 사로잡혀 있

일러스트레이션 | mapm서영경

었다. 일본제국의 식민지 지배에 저항한 민중들의 함성이 지하로 스며들고 난 후, 1920년 7월에 간행된 문학동인지 『폐허』에는 베를렌느Paul-Marie Verlaine, 1844~1896의 시 20여 편이 잇달아 실린다. 베를렌의 시를 번역하여 식민지 청년들의 가슴에 불을 당긴 사람, 바로 김억金億, 1893~?이었다. 내친 김에 김억이 번역한 베를렌의 시 몇 구절을 읽어보기로 하자. "우는 종소리에/가슴은 막히며/낯빛은 희멀금/지나간 옛날은/눈앞에 떠돌아/암, 나는 우노라"「가을의 노래」. "나무 그림자는 안개 어리운 냇물에/연기인 듯이 스러지고 말아라/이러한 때러라, 하늘을 덮은 가지에는/들비들기가 앉아 울고 있어라"「나무그림자」. "사원은 종은 우러러보이는 높은 하늘에서/보드랍게 한가롭게 울어라/소조小鳥는 우러러보이는 높은 나뭇가지에서/애닯게도 괴롭게도 울어라"「하늘은 지붕 위에」 종도 울고, 들비둘기도 울고, 작은 새도 애닯게 운다. 이처럼 김억은 베를렌의 시를 빌어 '폐허' 위에 서 있는 청춘의 갈망과 고뇌를 노래했던 것이리라.

    잘 알려진 바와 같이 김억은 서양의 시들을 왕성하게 번역함으로써 한국 근대시의 형성에 중요한 기여를 했을 뿐 아니라, 자신이 직접 시를 쓴 시인이었으며, 「진달래꽃」「못잊어」「초혼」 등 절창을 남긴 김소월의 스승이기도 했다. 1912년부터 시를 쓰기 시작한 그는 주간문예잡지 『태서문예신보』1918.9.26 창간, 1919.2.17 종간를 무대로 하여 '태서泰西=서양'의 다양한 시들을 번역하고 서양 시단詩壇의 동향을 소개함으로써 '신체시풍'에서 벗어나지 못하고 있던 한국의 시를 한 단계 끌어올리는 데 견인차 역할을 담당한다. "본보는 저 태서의 유명한 소설·시조·산문·가곡·음악·미술·각본 등 일반문예에 관한 기사를 문학대가의 붓으로 직접 번역하여 발행할 목적"이라는 창간호의 '선언'에서 볼 수 있듯 서구 문예를 본격적으로 번역 소개하기 시작한 『태서문예신보』는 1910년대 문학작품 번역의 산실이었다.

『태서문예신보』에 투르게네프의 산문시 「개」 「거지」 및 단편소설 「밀회」, 베를렌의 「거리에 내리는 비」 「아름다운 밤」, 예이츠의 「꿈」, 구르몽의 「낙엽」 등을 번역했던 김억은 염상섭·오상순·황석우 등과 함께 만든 문예동인지 『폐허』에 두 번에 걸쳐 베를렌느의 시들을 집중적으로 번역하여 싣는다. 그리고 1921년에는 베를렌의 시 21편을 비롯하여 구르몽, 사멩 Albert-Victor Samain, 예이츠, 셸리 등의 시를 묶어 최초의 번역시집 『오뇌의 무도』를 간행하기도 했다. 뿐만 아니라 그는 『키탄잘리』『원정園丁』 등 타고르의 시집을 번역하기도 했으며, 한시漢詩들을 번역하여 『꽃다발』과 『망우초』 등을 펴내기도 했다. 이쯤 되면 그의 번역시들은 가히 동서양을 아우르고 있다고 해도 잘못이 아닐 것이다. 여기에서 머무르지 않고 자신의 창작시집 『해파리의 노래』1923까지 펴낸 걸 보면 그의 창착열 또한 만만치 않았음

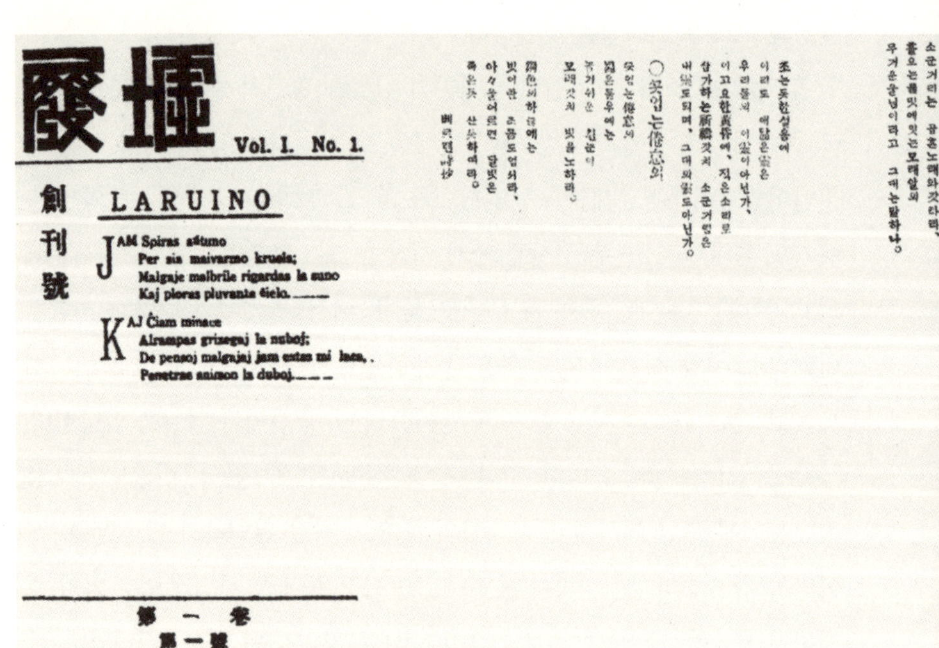

을 알 수 있다.

그런데 그가 베를렌을 비롯한 '낭만적 상징주의' 시들에 많은 관심을 기울인 이유는 무엇이었을까. 독자적인 음악적 리듬과 로코코 취향의 관능미로 근대의 권태를 노래한 그는 보들레르 랭보 등과 함께 19세기 후반 프랑스 시단을 뒤흔든 '반항아'였다. 랭보와 함께 벌인 '사랑의 도피 행각'과 격렬한 언쟁에 이은 권총 발사 그리고 감옥생활과 가정의 파탄. 베를렌은 말 그대로 타오르는 청춘의 불덩이를 이기지 못해 자신의 생명을 난도질하고 극도의 가난 속에서 죽어간 '저주받은 시인'이었다 영화 〈토탈 이클립스〉에서 그 일면을 엿볼 수 있다. 그는 이렇게 노래한다. "네 이마를 내 이마에, 네 손을 내 손에 있게 하여라 / 명일明日이면 잊어버릴 달콤한 맹세를 하여라 / 이렇게 눈물 흘리며 아침빛을 맞게 하여라 / 열병에 걸린 어린아이여!"「권태」

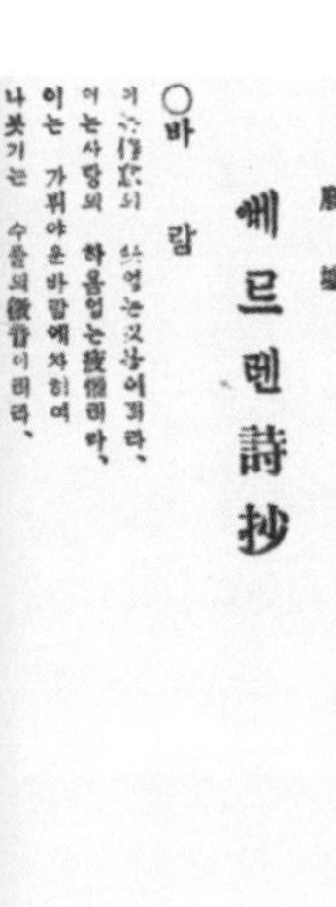

서양시들을 왕성하게 번역하고 『해파리의 노래』 등을 펴내 많은 시를 썼으며, 소월의 스승이기도 했던 김억(오른쪽). 왼쪽은 김억·염상섭 등이 함께 만든 문예동인지 『폐허』 창간호와 김억이 번역한 베를렌의 시 「바람」.

김억이 번역한 베를렌은 이처럼 '권태' 속에서 '열병'을 앓고 있었다. 그리고 갈망하고 있었다. "아아, 산령山靈의 님프여, 오랜 날의 내 사람이여! / 아아, 금발, 푸른 눈! 그리고 꽃의 피부여! / 그 자태는 젊은 육체의 가득한 방향芳香 안에 / 사랑의 생각조차 부끄러워하여라"「갈망」

　이러한 감각적인 언어가 새로운 세력으로 등장한 문학청년들의 감수성을 사로잡았을 것임에 틀림없다. 이들은 기성세대와 분명히 달랐다. 즉 최남선과 이광수 등 이른바 '계몽의 열정'으로 무장한 기성세대의 '훈계'를 비웃기라도 하듯, 새로운 언어의 세례를 받은 식민지의 문학청년들은 자신들의 개인적 갈망을 토로하는 데 주저하지 않는다. 『폐허』에 이어 나도향 · 현진건 · 이상화 · 박영희 · 박종화 등을 주축으로 하여 1922년에 간행된 문예동인지 『백조』에서 문학청년들의 열병은 더욱 깊어진다. 나도향의 번역으로 투르게네프의 산문시들이 실려 있는 『백조』를 휘감고 도는 것은, 「나의 침실로」이상화 「월광으로 짠 병실」박영희 「사死의 예찬」박종화 등 익히 알고 있는 시들만 보아도 알 수 있듯, 사랑과 죽음과 질병과 환락을 향한 목마른 호소이다.

　이들 문학청년들을 싸잡아 병적 낭만주의에 찌든 부랑아라고 꾸짖는 점잖은 문학사가들이 많다. 민족이 도탄에 빠져 신음하고 있는데 이 따위 문학 나부랭이로 장난질이나 하고 있다니. 그렇게 얘기할 수도 있다. 또 근대의 길을 제대로 밟지도 않은 상황에서 무분별하게 '서양것들'을 흉내내는 데 여념이 없었던 이들을 두고 짐짓 엄숙한 표정으로 혀를 차는 '어른'들도 적지 않을 것이다. 물론 그럴 수도 있다. 그러나 '수입된 언어'를 흉내내어 자신의 감수성을 표현하고자 했던 문학청년들의 '치기'를 나무라는 어른들에게 그들은 이렇게 물을 것이다. 당신들은 청춘시절을 어떻게 보냈느냐고. 그토록 힘겨웠던 갈증과 갈망의 시간을 어떻게 추스렸느냐고. 처음부터 무르익는 과일이 어디 있느냐고. 번역된 언어를 통해 감춰져 있던 열정을 들춰내고, 그 언어를 흉내내면서 감수성을 키우고 열병을 치유했을 그들에게 누가 돌을 던질 것인가. 나중에 '민족시인'으로, '계급문학이론가'로, '리얼리즘작가'로 나아간 이들 문학청년들의 진통을 눈금이 '정확하게' 새겨진 잣대로 잰다는 것은 정말이지 부질없는 짓이다.

내가 아니 우리가 그랬던 것처럼, 푸쉬킨과 구르몽과 투르게네프와 베를렌과 롱펠로우 등등 '출처불명'의 시들에서 연애편지에 끼워넣을 '폼나는 말'들을 찾아 헤매던 '목마른 청춘'의 계절을 경험하지 못한 사람이 아닌 다음에야 이들의 '과장된 제스처'를 그렇게 간단히 질책할 수는 없을 것이다. '주옥같은 구절'들을 뽑아 '별이 빛나는 밤에'에 보낼 엽서를 쓰던, 까만 교복 입은 자신의 모습쯤은 이미 지워버렸다고 말할 수 있는 사람이라면 모를까.

인간해방의 신호탄을 쏘다

헨릭 입센, 『인형의 집』

'내가 인형을 가지고 놀 때 / 기뻐하듯 / 아버지의 딸인 인형으로 / 남편의 아내 인형으로 / 그들을 기쁘게 하는 위안물 되도다 / (후렴) 노라를 놓아라 / 최후로 순수하게 / 엄밀히 막아논 / 장벽에서 / 견고히 닫혔던 / 문을 열고 / 노라를 놓아주게'.

근대 최초의 여성 서양화가이자 소설가이기도 했던 나혜석이 시를 쓰고 작곡가 김영환이 곡을 붙인 〈인형의 집〉이라는 노래 중 1절과 후렴이다. 화가이자 작가로서 명성을 날리다 행려병자로 외롭게 죽은 나혜석의, 그야말로 파란만장한 삶이 증명하듯, 이 시는 여성 역시 합리적 이성을 지닌 자율적 인간임을 선언한 한 선각자가 어떤 길을 걸어야만 하는지 예언한 노래였다. 3·1운동의 폭풍이 한바탕 휩쓸고 지나간 1920년대 초, 나혜석을 비롯한 몇몇 신여성들은 이렇게 남성중심의 권위와 도덕률에 도전장을 던진다. 이들은 기꺼이 남편과 자식에 대한 의무라는 장벽을 넘어서 인간으로서의 여성을 발견하려는 고난에 찬 여정을 선택했던 것이다.

여성은 남성의 '인형'이자 '장난감'에 지나지 않았다는 것을 자각하고

자신의 생명과 삶의 존엄성을 위한 삶을 선택하면서부터 나혜석으로 대표되는 '혁명적 지식인'들은 냉소와 비난과 조롱 등 미시적인 폭력뿐만 아니라 권력과 조직을 동원한 거시적인 폭력까지, 가혹한 시련을 감내해야만 했다. 기득권을 지키려는 남성들의 위협과 엄살을 겸한 '대여성전술'은 지금과 크게 다를 게 없었던 것이다. 그러나 그들 옆에 든든한 정신적 후원자 헨리크 입센이 있었다. 좀더 정확히 말하자면 입센의 대표작『인형의 집』번역이 있었기에 그들은 남성이 지배하는 세계의 모든 권위와 허위로 가득 찬 관념을 전복하고 '여성인간선언'을 감행할 수 있는 힘을 얻을 수 있었다고 해야 옳을 것이다.

'산다는 것은 자신 속에 깃들어 있는 악의 힘과 싸우는 것이며, 창작한다는 것은 자기 자신에게 심판을 내리는 것'이라는 말을 인생과 예술의 에

피그램으로 삼았던 입센은 초기의 종교적이고 낭만적인 경향의 작품들에서 사회적 문제로 관심을 돌려『인형의 집』『유령』『민중의 적』『바다에서 온 부인』등을 잇달아 발표한다. 이 가운데 1907년 도쿄에서 처음으로 무대에 오른『인형의 집』은 새로운 사상에 목말라 있던 지식청년들을 열광의 도가니로 몰아넣었다. 제국의 수도에서 입센을 만났던 중국과 조선의 청년들은 입센이즘을 전파하는 전도사로 나선다. 동아시아의 입센 열풍과 노라 신드롬! 드디어 여성해방의 표상이자 아이콘이기도 했던『인형의 집』의 주인공 노라는 도쿄와 베이징 그리고 경성에서 수많은 '노라들'과 함께 거리를 활보하기 시작한다.

중국에서는 천두슈, 루쉰, 후스 등 이른바 신청년 멤버들이 입센을 적극적으로 소개했으며, 한국에서는 1922년 중국문학자이자 소설가였던 양건식이『인형의 집』을 처음 번역한 것으로 알려져 있다. 당시의 번역은 노라가 인형의 삶을 청산하고 집을 나가는 장면만을 옮긴 초역抄譯이었다. 그 후 1930년대 말에 이르기까지 이념적 성향에 관계없이 많은 지식인들이

작가 헨리크 입센. 그가 쓴『인형의 집』에서 집을 떠나는 노라는 여전히 독립적이고 주체적인 자아에 눈을 뜬 여성의 상징이다(왼쪽).
나혜석. 근대 최초의 여성 화가이며 작가였던 그는 평생 조선의 가부장제와 맹렬하게 싸웠고, 행려병자로 삶을 마감했다(오른쪽).

폭넓게 소개하고 번역한 『인형의 집』은 일대 센세이션을 불러일으켰고, 집 안에 인형처럼 갇혀 있던 여성들을 거리로 불러내는 기폭제 역할을 함으로써 사회적 파문의 진원이 되기도 했다. '아내이고 어머니이기 이전에 한 사람의 인간으로서 살고 싶다'며 개인의 완전한 자유를 선언하는 노라는 말 그대로 여성해방의 화신이었다.

'예속을 강요한 남성에게 선전을 포고한 전사' 노라, 그러나 해방의 열정은 잘못 이해되는 경우가 종종 있다는 것을 우리는 잘 알고 있다. 노라의 경우도 이 땅으로 '번역되어' 들어오면서 많을 굴절을 겪는다. 1930년대 수많은 신여성들이 노라를 빙자하여 자신의 삶을 또 다른 인형의 삶으로 몰아넣는, 이른바 '사이비 노라'들이 적지 않았다. 1933년 채만식의 장편소설 『인형의 집을 나와서』의 주인공 임노라의 삶의 역정을 통해 볼 수 있듯, 여성이 한 인간으로 서는 데는 예상을 뛰어넘는 함정과 허방들이 곳곳에 놓여 있다. 지금껏 여성 위에 군림해 온 남성들이 그렇게 호락호락하지 않다는 것을 망각하는 순간, '인형의 집 탈출'은 요원한 일일는지 모른다. 여성노예화의 역사가 어디 하루아침에 이루어진 것이겠는가.

인류의 역사는 참으로 오랜 기간 동안 여성을 남성과 동등한 '인간'으로 인정하지 않았다 / 못했다. 사회의 모든 권력을 장악한 남성들은 '현숙한 아내' 또는 '자애로운 어머니'의 신화를 유포함으로써 여성들의 무의식까지 점령해버렸고, 남성보다 더 남성적인 시각을 지닌 여성이 적지 않은 것도 이러한 신화가 우리의 삶에서 아직껏 현실적인 힘을 발휘하고 있기 때문이다. 세상 많이 좋아졌다는 지금도 그러할진대, 전근대 사회에서 근대사회로 이제 막 발걸음을 내디딘 식민지 초기의 상황이 어떠했을지 그 사정을 짐작하기란 그리 어렵지 않다. 권력과 결탁한 애인들^{법률가이자 관료였던 김우영, 당대 최고의 문사 이광수, 천도교 교령이자 중추원 참의였던 최린}의 '파렴치한' 배신에 맞서 정면으로 싸웠던

양건식은 1921년 『매일신보』에 국내 처음으로 『인형의 집』을 번역해 연재했다.

'한국 최초의 노라' 나혜석은 여성해방과 인간해방을 생각하는 데 있어 하나의 시금석이라 할 것이다.

노예해방이나 여성해방이라는 말은 있어도 '주인해방'이나 '남성해방'이라는 말은 없다. 이는 단순한 말장난이 아니다. 그리고 요즘 세상에 '여자도 사람이다'라고 말한다면 많은 사람들이 이상하게 바라볼 것이다. 남녀평등이라는 말도 이미 진부해지고 말았다. 그러나 아직껏 여성을 인간으로 여기지 않는^{또는 못하는} 남성들이 수없이 많다. 부질없는 오해였으면! 그러나 여자는 사람이 아니라고 인식되기 때문에 '여자도 사람이다'는 말이 존재하는 것이리라. 인간인 여성이 인간이 되기 위한 지난한 과정 또는 그 역설, 하지만 인류의 역사에서 여성이 인간으로 분명하게 자기를 주장할 수 있었던 시기는 지극히 짧았다. 한국의 경우, 1920년대 이후 『인형의 집』의 수용과 번역은 여성이 남성이나 가족에 종속된 부속품이 아니라 인간임을 선언한 전사들의 '반역'을 방조했으며, 인간해방을 알리는 신호탄을 쏘는 데 적잖은 '탄약'을 제공했다는 '혐의'를 벗기 어려울 것이다.

지금도 한국 사회에서 여성^{동시에} ^{남성}은 인간이 되기 위한 도정에 있다. 여성이 '인간'이 되지 않는 한, 확언하건대, 남성도 결코 '인간'이 될 수 없다. 따라서 『인형의 집』의 번역과 함께 식민지 시대 신여성들이 제기했던 문제의식은 여전히 현재진행형이며, 입센이 말했듯 이는 여성의 문제라기보다 인간의 문제라고 보는 게 옳다. 유우상劉禹相은 1926년에 이미 「여성의 혁신생활—입센의 여성주의」라는 글에서 "현존하는 사회조직의 모든 권위와 신념과 의무에 반항하여 도전하는 이 모든 강렬한 진리의 파지자把持者의 개성적 혁명사상은 여성주의 속에서 배태되었던 것"이라고 갈파하지 않았던가.

'로봇'에 실려온 계급투쟁

카렐 차페크, 『로봇(RUR)』

"갈군! 갈군! 왜 인조인간을 만들기 시작하였나? 할레마이어군! 파브리군! 왜 자네들은 자네 머리 속에 그런 많은 계획을 생각하였었단 말인가? 왜 글쎄 자네들은 그 비법의 흔적을 남겨놓지 아니하였나? 아, 하느님—나의 기도 소리를 들어주십시오—만일 사람을 남겨놓지 않으시려거든 인조인이나 남겨주십시오—아무렇게 하더라도 인간의 그림자뿐만은 남겨주십시오! (다시 책장을 넘기면서) 나는 다만 잠이나 자고 싶다. (일어나서 창 앞으로 간다.) 아직껏 밤이다! 저편에서 아직껏 별이 반짝이고 있구나! 이 세상에는 벌써 한 사람의 인간도 살지 않는데 저 별이 무슨 소용이 있겠느냐? (…중략…) 모든 것이 소용이 없구나. (시험관을 깨뜨려 부순다. 기계의 돌아가는 소리가 그의 귀에 들린다.) 기계! 또 기계로구나! (창을 연다.) 인조노동자여, 기계를 정지하여다오! 너희들은 기계로부터 생명을 만들어내려고 생각하느냐?"

로숨유니버설로봇회사의 건축주임인 알퀴스트의 절망으로 가득 찬 독백이다. 그는 이 회사의 대표인 도민, 기술담당 이사 파브리, 생리학 연구

부장 갈, 로봇 심리연구소장 할레마이어와 함께 외딴 섬에서 인조인간을
대량 생산하여 세계 각 지역에 판매하고 있던 인간들 가운데 '기계들'의
반란에서 유일하게 살아남은 자였다. 과학기술을 이용하여 생명체를 복

일러스트레이션 | mqpm서영경

제하는 데 성공하고, 이 '영혼도 감정도 없는 인간'을 팔아 자신들만의 '유토피아'를 꿈꾸고 있던 로숨유니버셜로봇회사의 인간들은 그들이 만든 '로봇들'의 반란에 직면하여 죽음으로 내몰리고 만다. 마지막까지 살아남은 자 알퀴스트는 이제 인간을 제치고 인간의 지위에 오른 로봇들에게 자리를 내어주어야 하는 상황에 이르러서야 스스로 내동댕이쳤던 하느님과 별을 찾으며 통한의 눈물을 흘린다. 그러나, 그러나 때는 너무 늦었다. SF문학사에서 한 획을 그은 것으로 평가받고 있는 카렐 차페크^{Karel Čapek, 1890~1938}의 희곡 『로봇』^{원제는 Rossom's Universal Robots}은 인조인간이 인간을 대신해 새로운 아담과 이브로 탄생하면서 막을 내린다.

SF소설의 효시로 알려져 있는 메리 셸리의 『프랑켄슈타인』을 비롯하여 올더스의 헉슬리의 『멋진 신세계』, 조지 오웰의 『1984』, 아이라 레빈의 『브라질에서 온 소년들』 등 이 분야의 뛰어난 작품들은 한결같이 인간의 끝없는 욕망이 초래할 음울하고도 비극적인 세계를 그리고 있다. 많은 사람들이 과학기술의 발전과 이에 따른 인간의 진보에 낙관적인 믿음에 빠져 있을 때, 이들은 인간의 탐욕과 오만이 야기할 비극적인 결말을 경고하고 나섰던 것이다. 1920년에 발표되어 일대 센세이션을 불러일으킨 체코 출신의 작가 카렐 차페크의 『로봇』도 예외가 아니다. 『로봇』은 화학적 결합을 사용하여 원형질이라고 알려진 생명체를 무한 복제하는 기술을 터득한 인간들이 어떻게 인간 자신을 파괴하는가를 예고하고 있는 희곡 작품이다. 과학기술을 장악한 소수의 인간들과 그들에 의해 만들어진 인조인간 로봇의 대결, 인간의 머리에서 나온 개념이 결국 인간이 제어할 수 있는 영역을 넘어서 버리는 '과학의 희극'이 『로봇』을 관통하고 있다.

카렐 차페크의 희곡 『로봇』이 이 땅에 처음으로 번역·소개된 것은 1925년 2월호 『개벽』을 통해서였다. 1925년을 전후하여 문단의 새로운 중심으로 떠오르기 시작한 신흥문학=계급문학의 '선봉장'이었던 회월 박영희가 이 작품을 '인조노동자'라는 제목으로 네 번에 걸쳐 완역한다. 이른바 '병적 낭만주의'에 빠져 있던 박영희의 사상적 변신은 놀라울 정도인데, 1924년 이후 그는 평론과 소설 등을 통해 계급문학과 사회주의적 이념을 전파하는 데 온 힘을 기울인다. 특히 그가 엮은 '중요술어사전'은 네 차례 『개벽』의 부록으로 실렸으며, 이는 사회주의·무정부주의·잉여가치설·공산주의·유물사관·과격파·자본주의·제국주의 등 새로운 사회주의적 개념들을 비교적 체계적으로 소개한 중요한 자료이다. 그렇다면 이처럼 '신흥사상'에 관심을 쏟고 있던 그의 눈에 카렐 차페크의 『로봇』은 어떻게 보였을까?

'인조노동자'라는 제목만 보아도 어렵지 않게 알 수 있듯이 번역자 박

『로봇』(1920)을 통해 과학을 맹신한 오만한 인간들의 몰락을 경고한 체코 출신 작가 카렐 차페크와 『로봇』을 『인조노동자』로 번역해 계급혁명을 꿈꾼 작가 박영희.

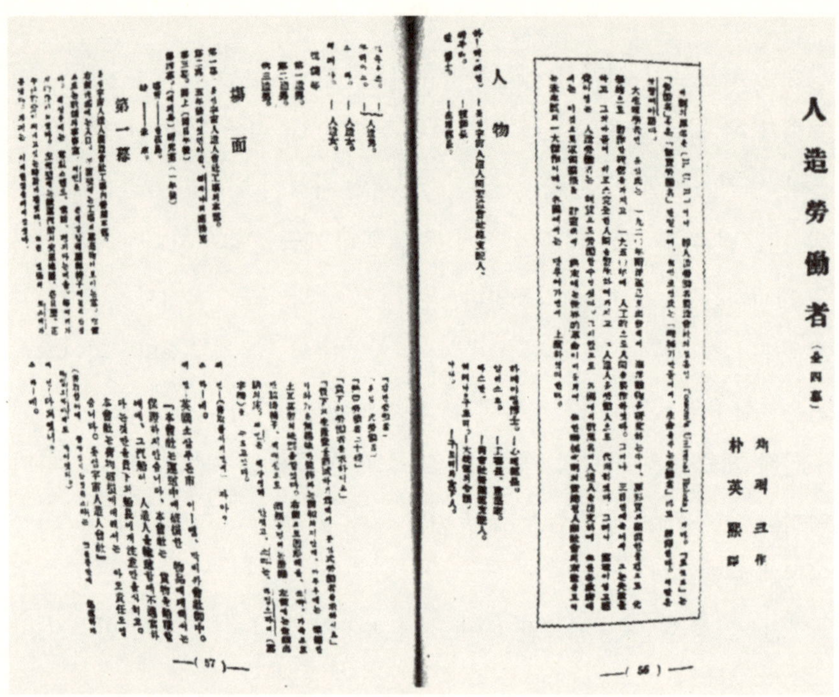

박영희가 1925년 『개벽』에 번역해 실은 『인조노동자』.

영희는 이 희곡을 자본가와 노동자의 대립을 그린 작품으로 보았던 듯하다. 자본가에 의해 비인간적으로 착취당하는 노동자를 '인조기계' 즉 로봇으로 파악하고, 기계로 전락한 노동자들의 투쟁을 고취하고자 했던 것이라 할 수 있다. 기계에 불과했던 '인조노동자'들이 공포와 고통의 과정을 통과하여 자신을 지배하던 인간들을 살해하고 새로운 주권자로 변모해가는 모습을 그린 이 작품이야말로, 사회주의를 비롯한 '신흥사상'에 대한 감시자들의 검열이 더욱 촘촘해지던 상황에서, 계급사상을 우회적으로 전파할 수 있는 다시없는 통로였을 터이다.

예컨대 인조노동자의 반란을 이끈 로봇 라디우스가 '최후의 인간' 알퀴스트에게 던지는 다음과 같은 말에서 그 일단을 엿볼 수 있다. "역사를 보십시오. 사람의 서적을 읽어보십시오. 당신도 사람답게 살려 하면 주권자와 살육자가 되지 않으면 안 됩니다. 우리는 힘이 있었습니다. 우리들의 수는 번식하였습니다. 우리들은 새로운 세계를 만들었습니다. 완전무결한 세계를, 또 없는 세계를 만들고, 남극에서 북극으로 가는 운하와 또한 새로운 화성을 만들었습니다. 우리는 책도 읽을 수 있습니다. 그러해서 우리들은 과학과 미술을 연구하였습니다. 인조노동자는 인간의 문화를 완성하였습니다." 로봇의 인간선언, 또는 기계와 다름없었던 노동자의 인간선언!

『로봇』의 번역 『인조노동자』는 더 이상 'SF'가 아니었다. 테크놀로지를 전유한 자본가들이 노동자들을 영혼도 감각도 없는 '인조인간'으로 내모는 비극적 현실을 타파하라고 '선동'하는 팸플릿이었다. 반란의 지도자 라디우스는 바리케이트 위에 올라서 이렇게 외친다. "전세계 인조노동자 제군! 전 인류를 우리는 죽여버릴 것이다. 한 사람일지라도 용서함이 불가함. 각 공장, 철도, 기계, 광산과 그 외에 모든 원료를 남기고, 그 외에 것은 모두 파괴할 일. 그리고는 다 각각 노동에 돌아갈 일이다. 노동은 중지함이 불가함." '만국의 노동자들이여 단결하라'는 저 유명한 「공산당선언」의 '선언'을 떠올릴 필요조차 없다. 인간 즉 자본가들을 몰아내고 노동자들이 주인이 되는 세상이 도래할 것이라는 희망의 메시지를 전파하는 팸플릿의 기능을 『인조노동자』는 훌륭하게 수행하고 있는 것이다.

유니버설로봇회사 대표 도민의 말처럼 '인간에게 가장 끔찍한 것은 다름 아닌 인간 자신'인 것이 현실이라면, 착취자와 피착취자 사이에는 어떠한 공존의 희망도 보이지 않는 게 현실이라면, 그리고 이 현실에 안주하지 않고 피착취자 역시 인간임을 선언하고 인간답게 살 수 있으려면, 과연 어떻게 해야 할 것인가. 1924년 일본에서 무대에 오른 이 작품을 보았을 조선의 청년 지식인 박영희는 과연 무슨 생각을 했던 것일까. 그의 소설들과 평론들을 읽어보면 알 수 있듯이 박영희는 사회주의에서 그 희망을 찾았고, 그 이념을 담은 작품으로 차렐 차페크의 『로봇』을 발견하였을 것이다. 그리고 암울한 식민지 근대를 살고 있던 조선인들이 강제노역자를 뜻하는 로봇에서 자신의 모습을 찾기를 바랐을 것이다. 이처럼 『인조노동자』와 함께 실려온 새로운 사상은 많은 '맑스보이'와 '엥겔스걸'을 낳으면서 저항의 근거지를 마련하는 데 중요한 역할을 담당했다. 바야흐로 러시아혁명의 성공에서 희망을 보았던 사회주의 사상이 식민지 조선의 암울한 현실을 비추는 한 줄기 빛으로 떠오르고 있었던 것이다.

마르크스라는 이름의 '유령', 식민지 조선을 배회하다

마르크스가 쿠겔만에게 보낸 편지

1883년 3월 17일에 있었던 칼 마르크스 Karl Marx, 1818~1883의 장례식에는 단 11명의 조문객만이 참석했다. 살아서 한동안 유럽의 황제와 재상들을 벌벌 떨게 했던 독일 사회주의자의 죽음을 보는 사람들의 시선은 싸늘했다. 물론 한켠에는 그를 "노동자들의 가장 좋은 친구이자 가장 위대한 스승"이라고 일컫는 사람들이 없진 않았지만, 20세기를 뒤흔든 사상가의 죽음치고는 너무나 을씨년스러웠다. 죽은 자가 말이 있을 리 없다. 그는 하이게이트 공동묘지 외딴 구석에 묻혔다. 평생 동지이자 친구였던 프리드리히 엥겔스는 마르크스를 그의 시대에 가장 미움을 받고 중상을 당한 혁명적 천재라고 말하면서 "그의 이름과 업적은 많은 세월이 흘러도 사라지지 않을 것"이라고 예언했다. 국적도 없

20세기를 뒤흔든 사상가 카를 마르크스

일러스트레이션 | mqpm서영경

는 상태에서 한 마디의 유언도 남기지 못하고 쓸쓸하게 죽음을 맞이한 망명객 칼 마르크스. 그의 유산이라곤 가구 몇 점과 책들, 방대한 양의 편지와 노트들뿐이었다.

"인간적인 것 가운데 나와 무관한 것은 없다"는 경구를 가장 좋아하고, 싸우는 것을 행복이라 생각했으며, 굴복하는 것을 불행이라 생각했던 마르크스는 하이트게이트 공동묘지를 떠나 세계 곳곳에서 '화려하게' 부활한다. "20세기 역사는 마르크스의 유산"이라는 어느 전기작가의 말이 전혀 이상하지 않을 정도로 그의 철학과 사상은 현실 사회의 모순과 억압에 맞섰던 사람들에게 강력한 영향력을 행사했으며, 그 여파는 아직도 잦아들지 않고 있다. 어떤 식으로든 마르크스 사상의 세례를 받지 않은 현대의 비판적 지식인들을 찾아보기가 힘들다는 사실 하나만으로도 엥겔스의 '예언'이 빗나가지 않았음을 확인할 수 있다. "자본에 대해 쓰지 말고 자본을 좀 모았으면 좋겠다"는 어머니의 지청구를 들으면서 망명지 영국의 도서관에서 인간이 낳은 가장 사악한 괴물인 자본의 전모를 파헤치는 데 골몰했던 마르크스라는 '유령'이 마침내 식민지 조선에서도 그 위력을 발휘하기 시작했다. 1920년대의 일이다.

몇몇 동경 유학생 출신 지식인들에 의해 입소문으로 전해지던 마르크스의 사상이 본격적으로 전파되기 시작한 것은 일본의 사회주의 사상가 사카이 도시히코堺利彦의 『사회주의대의』가 번역되면서부터이다. 『자본』이 번역되지 않은 나라는 인종차별로 악명을 떨치던 남아프리카공화국과 한국밖에 없다는 말이 무슨 '개그'처럼 떠돌던 1980년대, 번역된 마르크스의 저작을 읽을 수 없었던 사람들은 일본에서 발간되어 '편집부'에서 번역한 '해설서들'을 마치 그의 사상에 이르는 물줄기라도 되는 양 탐독하곤 했었다. 이와 크게 다르지 않은 상황에서 새로운 사상에 목말라하던 식민지 조

선의 청년들을 '의식화'한 서적은 『유물사관 해설』 『계급의식론』 『무산계급의 역사적 사명』 『노동자의 기초지식』 『마르크스·엥겔스 약전略傳』 등 간접적으로 마르크스와 사회주의 사상을 전달하는 것이 대부분이었다. 물론 프랑스혁명 3부작 중의 하나인 『파리코뮌』과 강연록인 『가치 가격 및 이윤』이 팸플릿 형태의 책자로 번역 발간되기도 했으나, 『자본』과 『정치경제학비판요강』을 비롯한 마르크스의 주요 저작들은 끝내 번역되지 않았다.

그러나 혁명적 사상을 향한 갈망을 쉽게 잠재울 수는 없었다. 이미 사회주의 사상에 경도되어 있던 조선의 지식청년들은 1920년대 중반 일본에서 간행된 『마르크스·엥겔스 전집』을 토대로 하여 사회주의 사상을 전파하는 데 온 힘을 쏟는다. 『개벽』과 『조선지광』을 비롯하여 『이론투쟁』 『현대평론』 등 진보와 혁명을 표방한 잡지들이 앞을 다투어 마르크스가 낳은 사회주의 사상을 해설하기도 하고 때로는 감시와 검열의 눈초리를 피해 어렵사리 번역하기도 했다. 예컨대 1927년 8월호에는 박형병朴衡秉이 식민지 조선에서 마르크스주의의 열망은 거셌지만 『자본』은 번역되지 못했다.
그러나 그의 사상을 해설하고 편지 등을 번역해 사상에 접근하려는 시도는 꾸준했다.
1927년 박형병이 번역한 『마르크스주의 해설』(왼쪽).
1928년 1월초 『조선지광』에 실린 『마르크스로부터 쿠겔만에게 보낸 서신』(오른쪽).

번역한 「마르크스주의 해설」이라는 글이 실린다.박형병은 마르크스의 『임금·노동 및 자본』 『가치·가격 및 이윤』을 번역했을 뿐만 아니라 사회주의 사상에 입각하여 『사회진화론』을 직접 쓰기도 한 인물이다. 『그라나트백과사전』의 한 항목을 번역한 이 글에는 "현재 부르주아계급에 대하여 대립하는 모든 계급 중에 프롤레타리아계급만이 진정한 혁명적 계급이다"라는 마르크스 사상의 명제가 선명하게 제시되어 있다.

그리고 1928년 1월호 『조선지광』은 마르크스의 '육성'을 듣고 싶어하던 독자들을 위한 배려에서 마르크스가 루트비히 쿠겔만에게 보내는 편지를 번역하여 싣는다. 번역자는 송언필宋彦弼이었다. 자신이 "독일에서 가장 경애하는 벗 중 한 사람"이라고 불렀던 쿠겔만에게 보낸 편지에서 마르크스는 개인적 고민뿐만 아니라 저술 과정에서 겪는 고통과 사상적 고민 등을 진솔하게 털어놓는다. 이와 관련하여 역자는 이렇게 말하고 있다. "그쿠겔만가 마르크스와의 친애親愛에 있어서는 두말 할 여지도 없거니와 마르크스의 노작勞作인 『자본론』이 공간公刊되었을 때에 독일의 학자들은 일제히 침묵으로써 대함에 쿠겔만이 그 침묵을 깨치기에 무한한 애를 썼다 한다. 이것이 마르크스에게 있어서 얼마나 감사한 일이었으며 얼마나 큰 공력이 없는가는 자주 편지 속에 나타나 있다. 그리고 이 편지가 마르크스의 생애를 추상追想하는 이에게 또 이론을 연구하는 이에게 큰 도움이 되었다 함은 선배 일리치레닌의 말이다." 이처럼 역자는 이 편지를 마르크스의 사상적 편력의 일단을 엿볼 수 있는 중요한 '텍스트'로 간주하고 있었던 것이다.

역자의 말을 빌지 않더라도 마르크스가 쿠겔만에게 보낸 편지들을 읽어보면 그 중요성을 어렵지 않게 알아차릴 수 있다. 자신의 경제적 곤경과 육체적 고통을 호소하면서 세계를 거센 소용돌이로 몰아넣을 저작 『자본』을 어떻게 구상하면서 쓰고 있는지를 보여주는 다음과 같은 구절이 단적인 예이다. "이러한 사정육체적 정신적 고통과 경제적 어려움으로 인하여 최초에 생각한 것과 같이 양자兩書의 일시 출판은 불가능함으로 우선 제1권만을 출판하게 될 듯하다. 아마 합하여 3권이 될 듯하다. 전체를 분류하면 다음과 같이 된다. 제1책 자본의 생산과정, 제2책 자본의 유통과정, 제3책 총과정의 구상, 제4책 학설사學說史. 제1권은 처음 2책을 포괄한다. 나의 생각으로서는 제3책은 2권으로 제4책은 제3권이 될 것이라고 한다." 편지를 통해 이런 식으로 펼쳐지는 마르크스의 생각을 읽으면서 식민지 조선의 독자들은 『자본』을 만나고 싶은 갈망을 쉽사리 떨치지 못했을 터이다. 그러나 '상황'이 그들의 절박한 심정을 알았을 리 없다. 부족하긴 하지만 이러한 '육성'을 단서로 하여 우회로를 찾을 수밖에. 아무튼 시대의 풍랑을 헤치고 마르크스라는 이름의 '유령'이 식민지 조선에 본격적으로 상륙하기 시작한 것만은 틀림없었다.

1928년 『조선지광』 7월호에 발표된 '데모'라는 시에서 박팔양朴八陽은 이렇게 노래한다. "납덩어리같이 무겁고 괴롭던 우리들의 마음이 / 오늘은 어찌하여 이같이 가볍고도 유쾌하냐 / 5월의 하늘 — 그 밑에서 부르는 우리들의 노래가 / 무슨 까닭에 참으로 무슨 까닭에 / 가슴 울렁거리도록 이같이 즐겁게 들리느냐.” 먼지를 휘날리며 거리를 내달리는 시위대, 평소에 묵묵히 침묵하던 사람들이 모여들어 가슴 벅찬 ‘해방의 노래’를 부른다. “영리하면서도 앞을 보지 못하는 백성들에게 미래를 춤추는 이 군중의 무도舞蹈”를 보여주기 위해 ‘데모’에 나선 사람들이 보조를 맞추면서 부르는 노래, 이 시인은 그것을 5월의 향기로운 공기를 통하여 울려퍼지는 교향악이라고 말한다. 이 장면을 지켜본 제국주의의 파수견들과 이 파수견들의 눈치를 보며 벽장 속의 소지품을 불안한 마음으로 살피던 ‘착취자’들은 아마 이렇게 내뱉었을 것이다. “마르크스와 레닌의 유령에 사로잡힌 철없는 놈들!” 그렇게 1920년대 식민지 조선에서는 마르크스에 들린 ‘유령’들의 군무群舞가 펼쳐지고 있었다.

"사느냐 죽느냐 이것이 문제로다"

셰익스피어, 『햄릿』

기억이 정확하다면, 내가 처음으로 셰익스피어의 '작품'과 만난 것은 1978년 무렵이었다. 중학교 졸업을 앞두고 평소에 '흠모'하던 선생님과 태어나서 처음으로 영화관이라는 데를 갔었고, 그때 보았던 영화가 셰익스피어의 『로미오와 줄리엣』이었다. 로미오와 줄리엣의 그 '현란한 수사'가 얼마나 강렬했던지 참으로 오랫동안 머릿속을 떠나지 않고 남아 아련하게 되울리곤 했다. 그리고 까까머리 시골 중학생은 그 후로 긴 시간 동안 올리비아 핫세의 그 치렁치렁한 생머리와 달빛 은은한 발코니에서 사랑을 맹세하던 두 연인의 모습을 떠올리며 '문화적 충격'에서 좀처럼 벗어나질 못했다. 세계 연극사상 최대의 극작가이며 영국문학사를 장식하는 대시인으로 일컬어지는

셰익스피어

일러스트레이션 | mapm·서영경

셰익스피어는 그렇게 때아닌 태풍처럼 다가와 깊디깊은 소용돌이를 남겼던 것이다······.

그렇다면 한국의 독자들이 셰익스피어^{William Shakespeare, 1564~1616}를 처음 만난 것은 언제였을까. 그 과정을 파악하기 위해서는 서구 세계를 모델로 하여 문명화에 매진하고 있던 일본이라는 '기항지'를 거치지 않을 수 없다. 일본에서 셰익스피어의 작품들이 본격적으로 번역·소개되기 시작한 것은 1907년 이후였다. 『햄릿』『오셀로』『리어왕』『맥베스』등 이른바 4대 비극을 비롯하여 그의 전작을 번역하는 데 심혈을 기울인 츠보우치 쇼요^{坪內逍遙, 1859~1935}의 노력으로 셰익스피어는 그 전모를 드러낸다. 소설가이자 극작가로서 일본 근대의 신극운동을 주도했던 츠보우치 쇼요는, 진실을 획득하기 위해서는 반드시 최대의 대가를 치러야만 하는 인간의 장대하고 비극적인 세계를 제시했을 뿐만 아니라 삶과 죽음을 나란히 두고 그 경계에서 인간적인 가치를 탐색한 셰익스피어의 작품들을 소개함으로써, '까까머리 시골 중학생'이나 다름없었던 일본의 문화계에 충격의 소용돌이를 몰고 왔다.

그 소용돌이는 동경에 유학하고 있던 식민지 조선 출신 유학생들을 비껴가지 않았으며, 1910년대 배우로 활동하기도 했던 극작가 현철^{玄哲, 1891~1935}도 그 소용돌이 속에서 문화적 충격을 체험하고 있었다. 서울로 돌아온 그는 당시 최고의 잡지 『개벽』에 1921년 5월호부터 1922년 12월호까지 모두 19회에 걸쳐 츠보우치 쇼요의 일본어 번역을 토대로 셰익스피어의 『햄릿』을 '하믈레트'라는 제목 아래 완역, 연재한다. 이 작품의 번역을 마치면서 현철은 그 소감을 이렇게 털어놓는다. "현철의 천박비재^{淺薄菲才}로써는 여러 가지 희곡을 번역하는 중에 이와 같이 난삽한 것은 그 쌍^雙을 보지 못하였으니 그것은 하믈레트라는 희곡의 자체가 세계적 명편으로 일자

일구一字一句를 범연泛然히 할 수 없는 그것과 또 한 가지는 하믈레트 주인공의 이중심리가 무대적 기분이나 호흡상으로 조절調節을 맞추기에 가장 힘이 들었으니 실로 어떠한 구절에 이르러서는 하루 동안을 허비한 일이 적지 아니한 것도 있었다.”

'세계적 명편'『햄릿』을 번역한 심경을 엿볼 수 있는 이 진술은 식민지 조선의 번역 수준이 어디에 이르렀는지를 뚜렷하게 보여주는 예이다. 작품의 줄거리를 소개하거나, 부분적인 번역 또는 번안을 넘어 전편을 완역

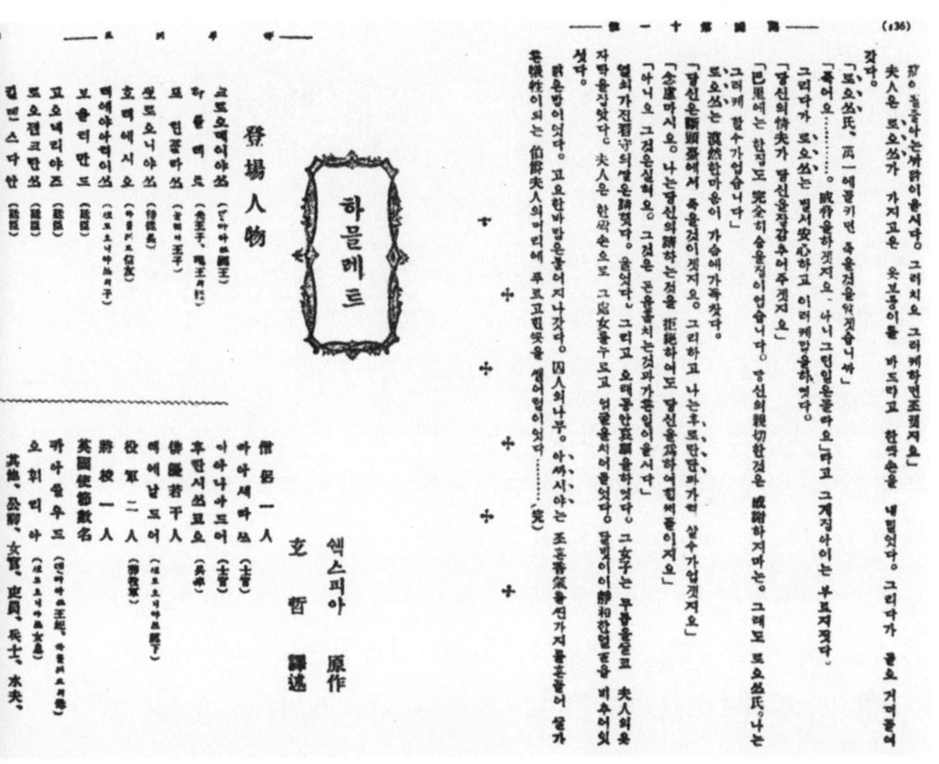

『개벽』1921년 5월호에 극작가 현철이 윌리엄 셰익스피어의 『햄릿』을 번역해 연재한 『하믈레트』는 조선 번역의 새로운 단계를 보여주었다.

할 수 있는 시점에 이르렀다는 것은 문화수용 능력이 확대되었다는 사실을 반증한다. 이렇듯 현철이 『햄릿』을 완역할 수 있었던 것은 잡지 『개벽』의 전폭적인 후원이 있었기에 가능했다. 학예란을 따로 두고 새로운 문학 작품을 소개하는 데 많은 노력을 기울였던 『개벽』은 1920년대 '조선 근대문예의 본산'이었다고 해도 지나친 말이 아니다. 『햄릿』이 번역·연재되던 때 염상섭의 「표본실의 청개구리」를 비롯하여 현진건의 「고향」, 김소월의 「진달래꽃」 등 한국 근대문학사의 대표적인 작품들이 이 잡지에 실렸다는 사실만으로도 그 위상을 실감할 수 있다. 뿐만 아니라 『개벽』은 번역의 중요성을 뚜렷하게 인식하고 있다.

예컨대 『개벽』 1922년 7월호는 '개벽2주년기념호부록'으로 '세계걸작명편' 7편을 번역 게재했는데, 이 자리에서 편집자는 이렇게 말한다. "우리의 문단을 돌아볼 때에 얼마나 그 작가가 적으며 얼마나 그 내용이 빈약한지는 여러분과 한 가지 이 『개벽』 학예부에서 더욱이 느낌이 많은 것이올시다. 이러한 현상을 미루어보면 우리의 지금 문단은 창작문단보다도 번역문단에 바랄 것이 많고 얻을 것이 있는 줄 믿습니다. 이러한 의미에서 이번 이 번역부록이 적지 아니한 의미 있는 일이라고 합니다. 그리고 번역의 힘드는 것이 실로 창작 이상의 어려운 것인 줄 압니다. 더욱이 지금과 같이 혼돈한 우리 문단에 AB만 알아도 번역을 한다고 하고 카나타라^{カナタラ}만 알아도 번역을 한다고 날뛰는 이 시대에서는 금번에 이 계획이 대단한 증명대^{證明臺}가 될 줄 압니다." '창작문단'보다 '번역문단'이 더 의미가 있다는 편집자의 이 말과, 염상섭이 번역한 러시아 작가 가르신^{F. M. Garsin}의 「4일간」, 김석송이 번역한 휘트먼의 시집 『풀잎』 중 일부, 현진건이 번역한 고리키의 「가을의 하룻밤」, 방정환이 번역한 아나톨 프랑스의 동화 「호수의 여왕」 등이 실려 있는 이 '특집'을 통해 번역이 근대문학의 형성과 얼마나

긴밀하게 관련되어 있는지를 확연하게 알 수 있다.

이렇게 잡지 『개벽』의 후원과 번역자 현철의 노력에 힘입어 셰익스피어는 식민지 조선에서 예의 '현란한 수사학'으로 젊은 지식청년들의 의식을 점령하기 시작한다. 「표본실의 청개구리」의 지식청년이 그렇듯이, 그들은 '번역된 하믈레트'를 빌어 자신들의 고뇌를 표현했으며, 카페에 둥지를 튼 '하믈레트형 인간'들이 자신들을 부르는, 실체를 알 수 없는 '유령'의 손짓에 이끌려 분노를 호소하기도 했다. 『햄릿』 3막 1장에 나오는 저 유명한 햄릿의 대사는 그들의 심경을 대변하기에 충분했을 터인데, 현철의 번역은 이러하다. "죽음인가 삶인가? 이것이 의문이다……가련한 운명의 시석矢石을 받고도, 오직 참기만 하는 것이 남자의 뜻인가. 혹은 바다와 같이 간난艱難을 마주쳐서, 싸움으로 그 뿌리를 없이하는 것이 남자인가. 죽음은……잠자는……데 지나지 아니한다. 잠들어 마음의 아픈 것을 버리고, 이 고기덩이에 붙어다니는 천만의 고통을 벗어날 수 있으면……그게야말로 이 위에 다시없는 소원성취이지마는……죽음은 잠듦이다……자는 것이다! 아마도 꿈을 꾸겠지……."

어디 '죽음인가 삶인가'라는 독백뿐이었겠는가. '약한 자여, 그대 이름은 여자이니라'를 비롯하여 '꿈이라는 그것도 이미 그림자가 아닌가'라는 대사까지 셰익스피어가 햄릿과 오필리어의 입을 빌어 쏟아놓는 '주옥같은' 말들이 유행처럼 번져나갔을 터이다. 그리고 한바탕 유행이 휩쓸고 간 뒤, 조선의 '하믈레트형 인간'들은 포즈가 아닌 진실한 자세로 현실과 맞설 수 있는 힘을 얻기 시작한다. 모르긴 해도 다음과 같은 햄릿의 고뇌 어린 독백이 그들의 머릿속을 맴돌았을 터이다. "과시果是 나는 겁쟁이다. 학대를 받으면서도 성낼 만한 심주心柱를 가지지 못한 것이 분명타. 그렇지 아니했으면 저 사람 아닌 놈의 썩은 고기로 온 국중國中의 솔개로 하여금

그 창자를 배부르게 하였을 것이다. 이 음탕무도한 악한! 잔인포악하고 패
륜몰의悖倫沒義한 악한! 나의 이 원수를……"제2막 제2장 다시금, 영화 〈로미오
와 줄리엣〉을 보고 오랫동안 환청에 시달려야 했던 시골 중학생의 모습에
식민지 조선에서 살던 지식청년의 모습이 포개지는 것은 무슨 이유일까.
이것 역시 '헛것'에 지나지 않는 것일까.

'공주들'과 '왕자들'의 시대

방정환의 동화 번역

어쩌다 한 번씩 아이들의 성화를 이기지 못하여 대형서점에 들를 때가 있다. 다른 곳은 비교적 한산한 데 비해 어린이코너만은 언제나 발 디딜 틈이 없을 정도로 붐비는 모습을 보면서 이 땅에 사는 아이들의 '놀라운 독서열기'에 새삼스레 놀라곤 한다. 정확히 말하자면 아이들에게 좋은 책을 읽히고자 하는 어른들의 욕망이 투사된 것이라고 해야 옳을 터이지만, 어찌됐든 한국 사회의 과잉교육열과 연동하여 어린이용 도서가 학습참고서와 더불어 불경기에도 아랑곳하지 않고 출판시장의 버팀목 역할을 톡톡히 하고 있는 것만은 사실인 듯하다. 이러한 분위기 속에서 부모들은 적어도 책장 하나쯤은 위인전과 동화 등 '어린이를 위한 책'으로 채워야 한다는 심리적 부담감을 쉽게 떨치지 못할 것이다.

그런데 우리 주위에서 쉽사리 접할 수 있는, 아이를 위해서라면 돈을 아끼지 않고 사들이는 이와 같은 '어린이를 위한 책'은, '어린이'라는 말이 그렇듯이, 근대의 산물이라는 사실에 눈길을 돌릴 필요가 있다. 물론 근대 이전에도 어린 아이는 존재했다. 그리고 『명심보감』이나 『소학』처럼 아동들을 위해 책을 편찬하기도 했다. 하지만 필리프 아리에스가 그의 저서 『아동의 탄생』에서 밝히고 있듯이 어린 아이를 '어린이' 또는 '아동'으로 '발견'한 것은 근대에 이르러서이다. 아리에스에 따르면 어린이가 '어른의 축소판'이 아니라 독자적 발달 과정을 거치는 인격체라는 자각은 17세기 이후에야 확산되기 시작했다. 결국 어린이에 대한 의식은 '역사적 발명품'

이라는 말이다.

이 시기 도덕론자들과 교육학자 등 '어른들'은 어린이는 천사이자 어른의 거울이라는 '신화'를 만들어냈으며, 모든 어린이들에게 공주와 왕자의 이미지를 각인했다. 동시에 미숙한 어린이를 훈육하고 길들여야 할 필요성에서 이들을 '합법적인 감옥'인 학교에 '감금'한 것도 근대에 들어서면서이다. 천사의 얼굴과 악동의 얼굴을 함께 지닌 어린이의 발견과 더불어 어린이는 보호받아야 할 대상으로서, '나라의 미래를 위한 투자 대상'으로 파악되기 시작하며, 요즘 우리가 보듯 어린이를 중심으로 하여 움직이는 '근대적 가족'이 성립하기에 이른다. 이제 근대적 시스템 하에서 교육을 받은 '엄마와 아빠'들은 어린이를 위해 기꺼이 희생하며, '어린이 신화'와 함께 '어머니 신화'가 여성의 내면을 지배하게 되는 것도 같은 맥락 속에 놓여 있다. 따라서 어린이를 위한 책 '동화'가 18~19세기 이후 집중적으로 씌어졌다는 것은 조금도 이상할 게 없다.

그렇다면 근대 한국의 사정을 어떠했을까. 한국 근대의 '어린이사史'를 논할 때 '어린이'라는 말을 사용하기 시작한 사람으로 알려진 소파 방정환小波 方定煥, 1899~1931이라는 이름을 떠올리지 않을 수 없다. 그는 1923년 최초의 어린이 잡지라 일컬어지는 『어린이』를 창간했으며, 1924년에는 아동문화단체인 색동회를 조직하기도 했을 뿐만 아니라 '어린이날'을 제정하기도 했다. '모든 어린이의 아버지'라는 호칭에 걸맞게 어린이를 위해 짧은 삶을 살았다고 해도 지나친 말은 아닐 터인데, 이러한 어린이를 위한 문화적 활동의 일환으로 그가 깊은 관심을 기울인 것이 '동화'의 번역이었다. 〈갈매기〉와 〈카나리아〉 등 동요를 번역하기도 했던 소파 방정환은 1922년 식민지 시대 어린이 독서계를 사로잡은 번역동화집 『사랑의 선물』을 발간한다.

물론 방정환이 처음으로 동화를 번역한 것은 아니었다. 예컨대 『이솝우

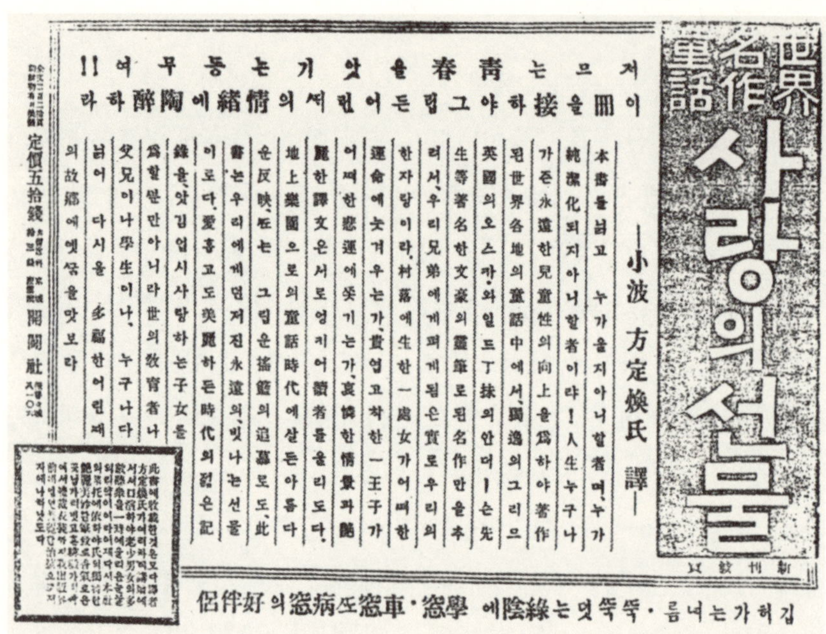

방정환(아래 오른쪽)은 천도교와 깊은 관계를 맺고 아동문학을 전파하는 데 심혈을 기울였다. 식민지 시대의 대표적인 종합잡지『개벽』1922년 6월호에 실린『사랑의 선물』광고문안(위)과 박문서관에서 발행한『사랑의 선물』1928년 11월 11판의 겉표지(아래 왼쪽).

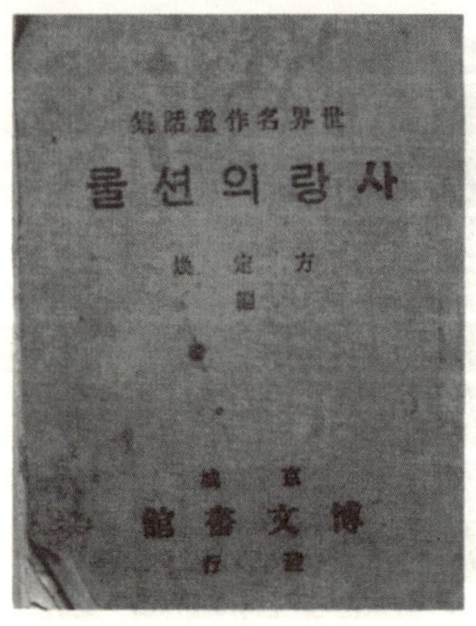

화』는 근대계몽기의 잡지들을 통해 단편적으로 알려진 바 있으며, 최남선이 주간한 『붉은 저고리』『아이들 보이』『샛별』 등 1912년과 1913년에 발간된 계몽적 어린이 신문과 잡지에 외국의 동화들이 소개되기도 했다. 하지만 오늘날 우리가 알고 있는 동화가 본격적으로 '사랑의 선물'이라는 제목으로 번역·출간되어 식민지 시대에 지속적으로 읽혔다는 점에서 방정환의 노력은 각별하다고 할 수 있다. 도쿄 유학 당시 '근대 일본의 아동문학에 가장 먼저 동화의 씨앗을 뿌린 천재적인 이야기꾼'으로 유명한 이와야 사자나미巖谷小波의 영향을 받은 방정환은 손병희의 사위로서 천도교와 깊은 관련을 맺고 아동문학을 전파하는 데 심혈을 기울였으며, 그 결과물이 바로 『사랑의 선물』이었다. 그리고 '미려한 장정'의 이 동화책은 판을 거듭하면서 식민지 시대 어린이들 사이에서 인기를 독차지했다.

　『사랑의 선물』을 발간하면서 식민지 시대의 대표적인 종합잡지였던 『개벽』은 1922년 6월호에 '저무는 청년을 앗기는 동무여!! 이 책을 접하여 그립던 어린 때의 정서에 도취하라'는 자극적인 헤드라인 아래 다음과 같은 광고문안을 게재한다. "본서를 읽고 누가 울지 아니할 자며, 누가 순결화되지 아니할 자이랴! 인생, 누구나 가진 영원한 아동성兒童性의 향상을 위하여 저작된 세계 각지의 동화 중에서, 독일의 그림, 영국의 오스카 와일드, 덴마크의 안데르센 선생 등 저명한 문호의 영필靈筆로 된 명작만을 추려서, 우리 형제에게 펴게 됨은 실로 우리의 한 자랑이라. (…중략…) 지상낙원으로서의 동화시대에 살던 아름다운 반영反映, 또는 그리운 요람의 추모追慕로도, 차서此書는 우리에게 던져진 영원의, 빛나는 선물이로다." 오스카 와일드, 그림형제, 안데르센 등의 동화를 싣고 있는 이 동화집은 '지상낙원으로서의 동화시대'를 일깨우는 '빛나는 선물'로서 식민지 시대 고단한 삶을 살던 아이들과 어른들에게 '꿈과 희망'을 선사할 것이라는 말이다.

어린이들뿐만 아니라 어른들에게도 '꿈과 희망'을 선사하고자 했던 이 동화집에는 아미치스의 「난파선」, 페로의 「신데렐라의 작은 유리구두」, 오스카 와일드의 「행복한 왕자」, 『아라비안나이트』에서 뽑은 「요술왕 아아」, 그림 형제의 「찔레꽃 공주」, 안데르센의 「장미요정」 등이 실려 있다. "학대받고, 짓밟히고, 차고, 어두운 속에서 우리처럼 또 자라는 불쌍한 어린 영靈들을 위하여 그윽히 동정하고 아끼는 사랑의 첫 선물로 나는 이 책을 쨌습니다"는 방정환의 말에 응답하듯 이 동화집은 고통받는 아이들에게 희망의 불빛이 되었으며, 그 반응 또한 예상을 훌쩍 뛰어넘었다. 1922년 7월호 『개벽』의 광고에 따르면 『사랑의 선물』은 발간 10일만에 초판이 매진되는 등 '파죽지세'의 기세로 판매되고 있었다. 바야흐로 '동화책 시장'이 출판계의 총아로 떠오르고 있었으며, 많은 작가들이 동화를 쓰기 시작한 것도 이러한 『사랑의 선물』의 성공과 무관하지 않을 것이다.

해마다 어린이날이나 크리스마스가 되면 많은 자녀들에게 '영혼의 존귀한 꽃묶음'을 선물하기 위해 서점으로 향하는 아버지와 어머니들이 적지 않으리라. 아이들이 좋은 동화책을 많이 읽어 '순결한 영혼'을 풍요롭게 하기를 바라는 부모들을 탓할 필요는 없을 것이다. 하지만 어린이의 세계를 지상낙원으로 바라보는 '동심주의'와 아이들을 '동화 속의 공주와 왕자'로 가두어두려는 '교훈주의'에 무비판적으로 함몰되어 있지 않은지 한 번쯤 생각해보아야 하지 않을까. 근대가 '발명한' '어린이 신화'를 과장함으로써 궁극적으로는 어린이들을 자신의 '입맛'에 맞게 자라도록 감시하는 대리인 역할을 수행하고 있는 것은 아닌지, 그럼으로써 이 세계의 속물성과 추악성을 은폐하려는 것은 아닌지 새삼 되물을 필요가 있다.

  시작을 위한 에필로그

'식인의 세계'에서 찾은 희망의 길

루쉰 『광인일기』

1910년 일본의 식민지로 편입되기 직전부터 한국의 번역은 '제국' 일본의 압도적인 영향 하에 놓이게 된다. 정치적·군사적·경제적 침략은 문화적 침략을 그 동력으로 삼는 경우가 많다. 이를 놓쳤을 리가 없는 일본은 스스로가 '근대의 대변자'라는 사실을 증명하기라도 하듯, 그들이 번역한 '서양'을 이 땅에 이식함으로써 식민지 지배를 위한 터다지기에 주력해온 터였다. 1910년 이후에는 식민지의 문화적 대지에 대대적인 '융단폭격'을 퍼붓는다. 번역의 창구도 일본으로 일원화되는 듯이 보였고, 많은 경우 실제로 그러했다. 일본을 경유하지 않은 '근대의 번역'을 식민지 조선이 감당하기에는 폭과 깊이에 있어 일본제국주의의 서양 번역 '실력'이 결코 만만치 않았던 것이다.

문학의 경우도 예외가 아니었다. 일본어로 번역된 외국문학과 일본 근대문학이 '식민지 조선'의 문학판을 틀어쥐고 있었던 것이다. 대부분 '제국의 언어'를 매개로 신지식을 습득한 지식인들도 여기에서 자유롭지 못했다. 하지만 김동인이 「번역문학」이라는 글에서 얘기했던 것처럼 외국문

학을 "조선문으로 이식^{번역}할 번거로운 의무에서 벗어나" 편식을 즐기고
있을 수만은 없는 노릇이 아닌가. 소수이긴 하지만 제국주의 일본이 마련
해준 '언어의 식탁'에서 빠져나와 다양한 정신적 자양분을 섭취할 수 있는
길을 찾으려고 노력한 번역가들이 있었다. 한 걸음 비껴 서서 대세나 주류
에 균열을 일으킬 '폭약'을 준비하고 있는 사람은 어디 시대에나 존재하는

법, 유수인柳樹人 · 양건식梁建植 · 정래동鄭來東 등 중국 근대가 낳은 대표적인 작가들의 작품을 번역한 이들이 바로 그들이었다.

혁명과 반혁명의 소용돌이 속에서 근대 중국의 현실과 온몸으로 싸웠던 '위대한 작가' 루쉰魯迅, 1881~1936과 식민지 조선의 만남을 주선한 것도 이들의 번역이었다. 유수인이 처음 번역한 루쉰의 대표작 「광인일기」가 식민지 조선의 문단에 등장한 것은 1927년 8월호 잡지 『동광』을 통해서였다. 그리고 1928년에는 양건식이 그가 한국어로 옮긴 작품들을 묶어 『중국단편소설집』을 펴내는데, 여기에는 루쉰의 「두발頭髮 이야기」를 비롯하여 궈모뤄郭沫若와 위다푸郁達夫 등 중국 근대 작가들의 작품 15편이 실려 있다. 이후 「아Q정전」 「고향」 「쿵이지」 등 루쉰의 주요 작품들은 식민지 조선의 문단에 눈에 띄진 않지만 의미 있는 반향을 불러일으킨다.

루쉰의 첫 작품인 「광인일기」는 저 유명한 '환등기 사건' 이후 의사의 꿈을 접고 작가로 '전향'한 루쉰이 전통의 무게에 짓눌려 가쁜 숨을 몰아쉬고 있는 중국의 현실을 향해 쏟아놓은 침통한 납함吶喊, 역사의 지반을 뒤흔드는 침울한 외침이었다. 루쉰은 「등하만필」이라는 글에서 중국의 역사를 "노예가 되고 싶어도 될 수 없는 시대와 잠시 안전하게 노예가 될 수 있는 시대의 순환에 지나지 않았다"고 지적한 바와 있거니와, 「광인일기」에서는 그것을 '식인의 역사, 식인의 전통'이라고 통렬하게 비판한다. 이와 같은 비판적 인식은 치열한 대결과 뜨거운 사랑을 통해 획득된 것이어서 전통이나

루쉰과 『동광』 1927년 8월호에 유수인이 번역해 처음 소개한 루쉰의 「광인일기」(오른쪽).

역사를 맹목적으로 매도하거나 맹목적으로 옹호하는 태도와 뚜렷하게 구분된다. 이는 '정신승리법'으로 무장한 중국의 민중 '아Q'에 대한 비판적인 인식과 더불어 루쉰 사상의 한 축을 형성하고 있다.

이러한 역사 인식과 민중 인식에 바탕을 둔 루쉰의 글은, 그것이 시든 소설이든 아니면 '잡문雜文'이든, 근대 중국이 처한 역사적 현실과 부딪히는 지점에서 생성된 것이어서 예상치 못한 예리한 섬광을 보았을 때처럼 섬뜩한 전율을 자아낸다. 풍자와 유머, 짙은 페이소스와 아이러니가 빚어내는 전율! 그의 소설들을 비롯하여 잡문/잡감雜感들 곳곳에서 수많은 아포리즘들이 빛을 발한다. "죽어 넘어진 어미를 먹어치우면서 힘을 기르는 사자새끼처럼 힘차고 용감하게, 나를 떨쳐버리고 인생의 길로 나아가거라……가거라, 아들아!" "희망이란 땅위의 길과도 같은 것이다. 본시 땅위에는 길이란 게 없다. 걷는 사람이 많으면 그것이 길이 되는 것이다" "먹으로 쓴 거짓말은 피로 쓴 진실을 감추지 못한다" 등등. 삶과 역사에 대한 깊이 있는 통찰과 '내공'에서 발효된 이러한 아포리즘들은, 자신의 글을 견고한 적진을 향해 던지는 '투창과 비수'에 비유했듯, '쇠로 만들어진 방'에 갇힌 근대 중국을 일깨우는 날카로운 무기가 되기에 모자람이 없었다.

마오쩌둥은 「신민주주의론」에서 루쉰을 "중국 문화혁명의 주장主將으로서 위대한 문학가일 뿐만 아니라 위대한 사상가이자 혁명가"라고 하여 민족적 영웅으로 추어올린 바 있지만, 사실 그는 그 어떤 '주의'나 집단에도 예속되기를 거부하는 '진정한 경계인'으로서 쉼 없는 사랑과 생성의 삶을 산, 니체의 말을 빌자면 위버멘쉬초인의 삶을 꿈꾼 자유로운 영혼의 소유자였다. "암흑이 나를 삼켜버릴지도 모르고 광명이 나를 지워버릴지도 모르는" 위기감 속에서, 암흑이라는 전근대와 광명이라는 근대의 아슬아슬한 경계에서, 그림자처럼 방황하다 기꺼이 암흑에 잠겨 한 점 '불꽃'이 되기를 꿈꾸었던, 진실로 생명을 사랑한 사람이었다. 그랬기에 그는 균질적인 삶을 강요하고, 생명을 억압하는 근대와 숨이 멎기 직전까지 한치의 양보도 없이 대결을 펼칠 수가 있었을 것이다. 결국 전통이라는 망령을 짊어지고 시체처럼 잠든 수많은 중국의 민중을 바라보며, 이들에게 비수를 꽂으려 달려드는 근대라는 괴물을 앞에 둔 식인의 세계와 다름없는 '지옥 가장자리 황량한 곳'에서 몸부림과 절망과 고뇌 끝에 발견하고자 한 것, 그것이야말로 루쉰적 사유의 고갱이라 할 수 있을 것이다.

그렇다면 「광인일기」와 「아Q정전」을 비롯한 그의 작품을 읽으면서 식민지 조선의 지식인들은 루쉰과 중국을 어떻게 바라보았을까. 이육사는 그에게서 중국 민중의 나아갈 방향을 제시한 강한 정치의식을 보았고, 정래동은 프롤레타리아 사상가이자 진보적인 작가의 정신을 발견했다. 충분히 그럴 수 있다. 그러나 그게 전부는 아니었을 것이다. 정말 중국의 역사와 전통과 민중과 자신을 냉철한 시선으로 바라보면서, 중국이라는 거대한 '무덤' 저 끝에서 희미하게 빛나는 희망의 빛을 찾으려 고난에 찬 싸움을 이어나갔던 루쉰과 함께, 또다른 '무덤'^{염상섭}인 식민지 조선에서 생명을 억압하는, 근대성으로 무장한 지배세력을 향한 '반역'을 꿈꾼 사람은 없었을까.

번역가를 프로메테우스에 비유했던 루쉰은 번역이 '창조적 배반'에 불길을 당기는 힘을 내장하고 있다는 것을 누구보다 잘 알고 있었다. 여기에 번역이 '사대적 추종'을 조장하는 힘을 갖고 있다는 사실을 덧붙여야 할 것이다. 따라서 '식민 본국' 일본을 거치지 않고 루쉰의 작품을 비롯한 중국 근대의 문학을 직접 번역했다는 것은, 비록 제국주의 일본의 '융단폭격'에 대항하기엔 미미했을지언정, '사대적 추종'에서 벗어나 어디에도 없을 것처럼 보이던 '희망'의 길을 향해 내딛은 의미 있는 걸음이었다고 말해야 옳을 것이다.

모더니스트 박태원이 중국 고전을 번역한 까닭은?

시내암의 『수호지』

1942년 8월호 월간종합잡지 『조광』의 화보란에 '바다의 기념일 제전^{祭典}'이라는 제목 아래 일장기가 내걸린 조선신궁을 참배하는 사람들의 사진이 큼지막하게 실려 있다. 그리고 사진설명에는 이렇게 적혀 있다. "창망한 동반구^{東半球}의 대해원^{大海原}에 승첩의 일장기가 휘날리고 있는 대동아 성전의 파도를 타고 해양민족의 의기도 장히 20일의 제2회 바다의 기념 제전이 거행되었다. 메이지 9년 7월 황공하옵게도 메이지천황께옵서 태평양의 거치른 풍랑을 헤치옵시고 하코다테로부터 요코하마에 어입항^{御入港}하옵신 이 날을 우러러 생각할 때 일억의 혈조는 다만 일사순국^{一死殉國} 우리들의 생명선인 바다의 확보에 한층 더 결의를 굳게 한다." 이렇듯 '대일본제국'이 수행하고 있는 '성전^{聖戰}'을 독려하는 사진 옆에는 "우리는 황국신민이

모더니스트 소설가 박태원

일러스트레이션 | mapmy생경

다”로 시작하는 ‘황국신민의 서사’가 새겨져 있다. 바야흐로 ‘대일본제국’의 명운을 건 전쟁이 한창 진행 중일 때 간행된 이 잡지에는 폭력적인 군국주의가 몰고온 어둠이 짙게 드리워져 있다.

조금은 의아하게도 ‘국어’인 일본어와 ‘지방어’인 조선어가 뒤섞여 있는 이 잡지에 1930년대 최고의 모더니스트 중 한 사람이었던 박태원朴泰遠, 1909~1986이 번역한 『수호전』이 연재되기 시작한다. 이태준 · 정지용 · 김기림 · 이상 · 이효석 등과 함께 구인회九人會를 결성하여 활약하면서 도쿄에서 보고 배운 근대적 풍경에 흠씬 빠져 있던 ‘모던 보이’ 박태원이 『수호전』을 번역한 이유는 무엇일까. ‘갓바머리’에 대학노트를 끼고 경성거리를 헤매면서 「소설가 구보씨의 일일」과 『천변풍경』 등을 구상하고 썼던 당대의 손꼽히는 스타일리스트 박태원이 어울리지 않게시리 중국 고전으로 빠져든 이유는 무엇이었을까. 「바보 이반」을 비롯한 톨스토이의 작품들과 헤밍웨이의 「도살자」 등 서양의 작품들을 적잖이 번역했던 그였기에 궁금증은 쉽사리 지워지지 않는다.

하기야 동서양의 ‘고전’을 동시에 번역한 사람이 박태원 한 사람만을 아닐 것이다. 그리고 그에게는 중국의 소설이 전혀 낯설지 않았다. 중국 문학 연구자이자 번역가이기도 했던 백화 양건식에게서 독서지도를 받은 적이 있는 그는 이미 명대明代의 소설집에 실린 작품들을 편집 · 번역하여 1939년 『지나소설집』이라는 제목으로 간행한 바 있었다. 박태원의 『수호전』 번역은 우연이 아니었던 셈이다. 그런데 조금 이상한 것은 양건식이 루쉰의 작품을 비롯한 중국의 근대소설을 번역 대상으로 한 것과 달리 박태원은 중국의 ‘옛소설’에 관심을 쏟았다는 점이다. 『수호전』을 번역하면서 그 이유를 한 마디쯤 남겨두었을 법한데도 그는 말이 없다. 번역 동기랄까 이유를 알아차릴 수 있을 만한 실마리를 남겨두지 않았던 것이다.

조금 돌아가기로 하자. 번역은 이질적인 문화와 사상을 수용함으로써 궁극적으로는 새로운 감각과 사유방법을 확산하는 매개체가 된다는 것은 상식에 속한다. 그런데도 한국의 창작계나 학계에서 번역은 오랫동안 온전한 평가를 받아오지 못했으며, 지금도 사정은 크게 다르지 않다. 기껏해야 번역은 창작의 여기로 여겨지거나, 자신이 읽은 외국의 텍스트를 '공부 삼아' 번역하는 정도로 간주되었던 것이 사실이다. 또는 '목구멍이 포도청'이라는 말을 증명하기라도 하듯 번역은 '팔리지 않는 작품'을 쓰는 작가들이나 안정된 직장을 얻지 못한 학자들의 '부업'에서 크게 벗어나지 못했다고 하는 편이 옳을 것이다. 이러한 상황에서 '번역가는 문화의 이동과

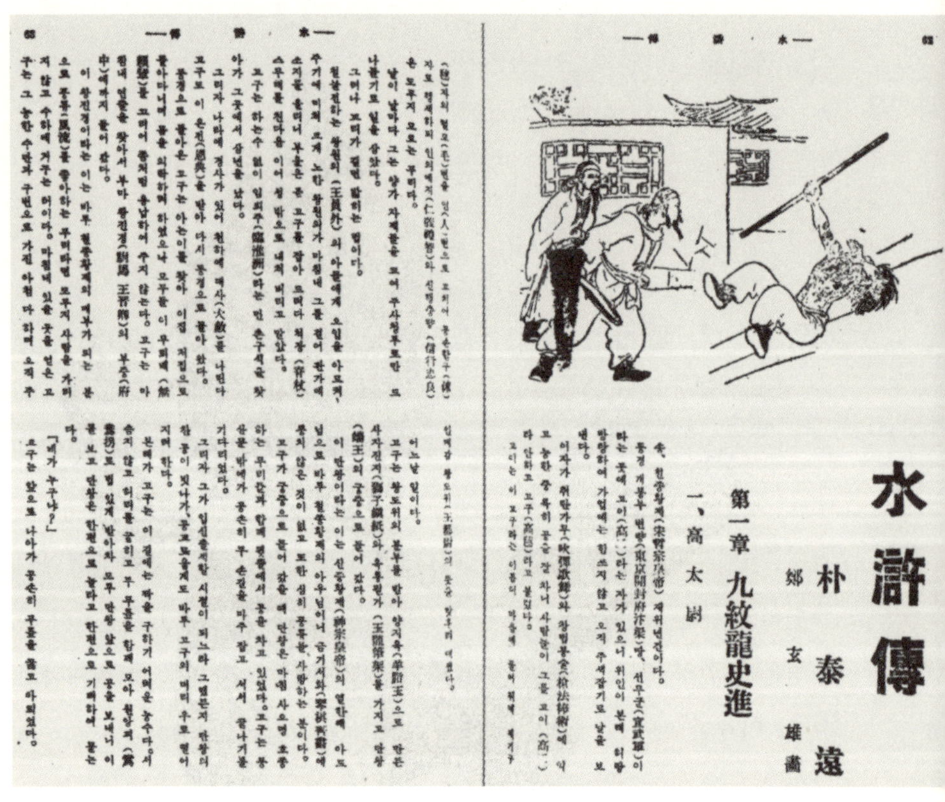

『조광』 1942년 8월호에 실린 박태원 번역의 『수호전』, 그리고 함께 실려 당시 시대상을 보여주는 조선신궁 참배 모습.

 시작을 위한 에필로그

변용을 이끄는 사자使者'라는 얘기는 무색해지고 만다.

　박태원의 『수호전』 번역의 경우 사정은 어떠했을까. 1937년에 발발한 중일전쟁 이후 대동아공영권의 깃발 아래 아시아 전체를 전쟁의 소용돌이로 몰고간 시대 상황을 고려하지 않을 수 없다. 친일소설이나 일본어 소설을 쓰는 길을 빼고는 창작의 열정을 부릴 곳이 없었던 어느 모더니스트의 몸부림이었다고 볼 수 있는 것은 이 때문이다. 그리고 『수호전』을 번역함으로써 양산박을 근거지로 하여 봉기한 민중들의 저항을 우회적으로 말하려 했던 것이라 판단할 수도 있다. 하지만 뛰어난 '기교'를 바탕으로 식민지 문단에서 단연 돋보이는 소설들을 창작한 사람 중 하나였던 그가 『아세아의 여명』『군국의 어머니』『원구元寇』 등 친일소설로 나아갔다는 점을 생각하면 이는 만족스러운 대답이 되지 못한다.

　그렇다면 생계비를 벌기 위해서? '팔리지 않는 소설'로는 유지할 수 없는 생활이 그를 압박했을 것이라는 점을 감안하면 충분히 그랬을 가능성이 높긴 하지만 확언할 수는 없다. 그것도 아니라면 새로운 창작 에너지 또는 새로운 감수성과 사유방법을 얻기 위해서였을는지도 모른다. 그의 소설 『여인성장』에 나오는 인물의 말을 빌자면 '양옥집'을 짓기 위한, 다시 말해 모더니즘 소설을 쓰기 위한 일종의 모색이었다고 할 수도 있다. 그러나 해방 후 그가 간행한 일련의 번역소설들과 월북한 후에 그가 창작한 역사소설들을 보면 이 역시 분명하진 않다. 적어도 한 가지, 제국주의 일본이 '성전의 파도를 타고' 파국으로 치닫고 있던 시기, '일본 국민'으로 살지 않을 수 없었던 식민지 작가의 고민과 비극적 파탄을 예고한 것이 『수호전』 번역이었다는 점만은 확실하다.

최근 '한국을 대표하는 작가'가 『삼국지』를 다시 번역하면서 호사가들 사이에서는 『삼국지』 번역을 둘러싼 논쟁이 꽤나 뜨겁게 일고 있는 모양이다. 그의 『삼국지』보다 훨씬 앞서 간행된 또 다른 '대표작가'의 『삼국지』가 출판시장에서 벌이는 한판 대결을 지켜보는 '관객'들의 관심도 자못 뜨겁다. 어느 사이엔가 '한국인이라면 일생에 세 번은 읽어야 할 고전'의 반열에 오른 작품, 길게 말할 필요도 없이 '사나이들의 의리와 배반, 음모와 술수'로 가득한 『삼국지』가 '난세를 살아가는 사람들의 필독서'가 되어버린 저간의 사정을 추적하기란 쉬운 일이 아니다. 어찌됐든 『삼국지』와 더불어 중국의 대표적인 고전으로 손꼽히는 『수호전』과 『서유기』도 꽤 알려진 작가들에 의해 번역 또는 리메이크되는 예를 볼 수 있거니와, 그렇다면 그들이 이 작품들에 관심을 쏟는 이유는 과연 무엇일까.

박태원의 경우를 참조하여 추론하자면 적어도 다음 네 가지 중 하나가 그 답일 것이다. △훌륭한 고전은 시대의 변화에 맞추어 새롭게 번역되어야 함에도 불구하고 기존의 번역이 이에 미달한다고 판단했기 때문에 △상업주의로 무장한 출판사의 '유혹'에 이끌려 잠시 '외도'를 하고 싶어서 △창작의 에너지가 고갈되어 새로운 자양분을 얻기 위해서 △오대양 육대주를 가로질러 '성전'을 펼치고 있는 자본주의가 야기한 시대상황이 하도 엄혹한 나머지 자신이 쓰고 싶은 글을 쓸 수 없어서. 어느 것일까. 근대소설의 첨단을 걷다 『수호전』의 번역을 거쳐 역사소설과 전기소설로 나아간 박태원은 이 물음에 뭐라고 답할까. 속설에 따르면 사지선다형 문제는 보기가 긴 게 답인 예가 종종 있다고 하는데 과연 그러할지, 모를 일이다.

전쟁의 폭풍 속에 들리는 히틀러의 음성

아돌프 히틀러, 『나의 투쟁』

1930년대 후반 전쟁이라는 이름의 광풍이 식민지 조선에도 어김없이 들이닥쳤다. 경제공황을 돌파하기 위한 정치적 전략의 일환으로 일본제국주의는 1931년 만주사변을 도발한 이래 1937년 7월의 중일전쟁과 1941년 12월의 진주만공격으로 이어지는 일련의 전쟁 프로젝트를 실천함으로써 '대일본제국'으로 재편된 동아시아 전체를 거센 광풍의 소용돌이 속으로 몰아가고 있었던 것이다. 이는 1939년 9월 히틀러의 지휘 아래 폴란드를 침공한 군국주의 독일과 만나면서 전 세계를 전쟁의 공포 속으로 몰아넣었다. 이 피하기 어려운 소용돌이 속에서 수많은 사람들이 '천황폐하 만세'와 '하일 히틀러'를 외치는 군대에 짓밟혀 때아닌 죽음을 맞아야 했으며, '대일본제국'의 지배 아래 놓여 있던 식민지 조선도 예외가 아니었다.

이 시기에 발간된 각종 잡지들을 일별하다 보면 성전聖戰, 지원병, 창씨개명, 신체제, 생산소설, 전쟁소설, 국민문학, 국민동원 등등의 용어들을 어렵지 않게 만날 수 있거니와, 전쟁의 폭풍에 직면하여 '천황폐하'의 지령

일러스트레이션 | 선우경작

에 따라 식민지 조선인들을 '신성한 전쟁'에 동원하기 위한 친제국주의적 지식인들의 선전과 선동이 집요하게 진행되고 있었다. 특히 1940년 '대일본제국' 정부가 발표한 '신체제 강령 및 규칙', 즉 △고도국방국가체제의 확립 △거국적 전체적 공적 대정익찬체제大政翼贊體制의 확립 △공익우선 국가봉사제일주의의 국가국민경제문화체제의 확립이라는 명령을 따르기 위해 대부분의 지식인들은 다투어 전쟁참여를 독려하는 글들을 발표한다. 윤치호·이광수·김동환·박영희·정인섭 등 문화계의 내로라하는 인사들이 대거 참여하여 『애국대연설집』을 간행하는 한편, 더 많은 충성을 '천황폐하'에게 바치기 위해 눈물겨운 노력을 쏟아붓는다.

이러한 분위기 속에서 친제국주의적 지식인들은 '천황폐하'와 뜻을 함께 하는 '대총통' 아돌프 히틀러Adolf Hitler, 1889~1945를 기꺼이 시대의 천재이자 영웅으로 '영접'한다. 예를 들어보기로 하자. 1940년 9월호 잡지 『삼천리』에는 '아관我觀 히틀러 총통'이라는, 일종의 앙케이트 조사가 실려 있다. 이 조사에 응한 각계의 인사들은 히틀러를 일컬어 "독일 민족이 나은 불세출의 영웅", "천재적 신인神人", "광신적인 열정과 스피디한 돌진력을 갖춘 천재 중의 천재", "구주歐洲 대지를 석권하고 세계 인심을 일신케 하려는 천재적 영웅", "나폴레옹을 능가하는 영웅"이라 칭송해 마지 않았다. 이러한 논조가 지배적인 가운데, 식민지 조선의 문화계를 대표하는 인물인 춘원 이광수는 히틀러를 다음과 같이 평가한다. "나는 쇼와 5년1930 경에 『나의 투쟁』의 일부를 번역 출판하였다. 그리고 이 전체주의야말로 명백히 세계를 풍미할 것이라고 지적하였다. 한자漢字로 전체주의란 말은 『동광』에 내가 처음 쓴 말이다. 그때에는 파쇼라는 말은 있었으나 전체주의란 말은 없었다. '민족의 제전'이라는 영화에 히틀러 총통이 올림픽대회를 구경하는 스냅이 수 매枚 있었다. 독일 선수가 아슬아슬할 때에 두 주먹을 쥐고 조바

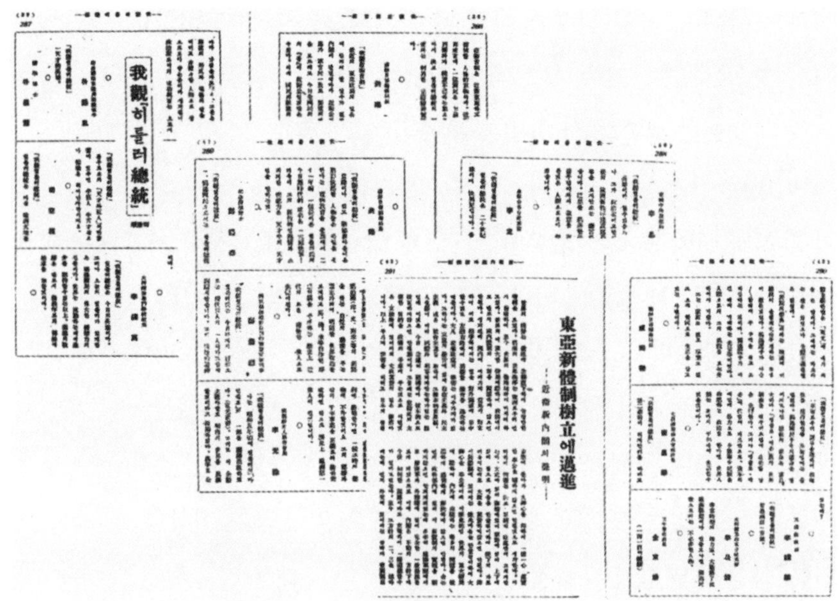

1940년 9월호『삼천리』는 각계 인사들에게 히틀러에 대한 평가를 물은 설문조사를 실었다(위).
이광수(아래 왼쪽)는 1930년께 히틀러(아래 오른쪽)의『나의 투쟁』을 번역하며 전체주의의 '미덕'을 강조했다.

심하는 것이며, 독일 선수가 이긴 때에 기뻐하는 광경 등이었다. 인간으로서의 그의 풍모를 보는 듯하여서 기뻤다. 그는 가정도 없고 향락도 없고 오직 애국으로 생활을 삼고 있는 사람이다."

이처럼 이광수는 자신이 히틀러의 『나의 투쟁』을 '동광총서'의 하나로 가장 먼저 번역했다는 것을 자랑스럽게 내세우면서 자신이 처음으로 사용한 전체주의가 세계를 풍미할 것을 '예언'했다고 밝히고 있다. 그는 「옛 조선인의 근본도덕—전체주의와 구실주의 인생관」『동광』 1932년 6월호에서 개인주의의 폐단을 지적하면서 전체주의의 미덕을 강조한 바 있는데, 그런 생각을 하고 있던 그에게 히틀러가 가정도 없고 향락도 없고 오직 애국으로 생활을 삼고 있는 '진정한 영웅'으로 보인 것은 조금도 이상할 게 없어 보인다. 계몽적 열정에 사로잡혀 천재와 영웅의 도래를 갈망했던 그에게 '독일민족의 힘'을 몸소 실천으로 옮기고 있는 영웅 히틀러는 '거지와도 같은' 조선 민족이 당당한 '대일본국민'의 일원으로 거듭나기 위해 숭배해야 할 '신인神人'이었음에 틀림없다. 그가 『나의 투쟁』 번역을 표나게 내세우는 이유도 여기에 있을 것이다.

잘 알려져 있다시피 히틀러의 『나의 투쟁』은 우생학에 입각한 아리아 인종 지상주의로 일관하고 있으며, 이와 함께 의회제 민주주의, 배금사상, 국제주의, 마르크스주의, 소비에트 볼세비즘 등을 타도해야 할 대상으로 설정한다. 타도해야 할 대상 모두가 "항상 타민족의 체내에 사는 기생충에 지나지 않는" 유태인의 세계 지배 음모에서 파생한 것이라고 주장한다. 이러한 '기생충'을 박멸하고 가장 우수한 민족 또는 인종이 세계를 지배해야 한다는 게 인종론적 세계관에 바탕을 둔 히틀러의 핵심적인 '사상'이었다. 그의 생각 안에 개인의 평등이나 자율적 협의에 입각한 의사결정 따위는 들어설 자리가 없다. 국제적 차원에서도 마찬가지다. 인종적으로 우월한 강자만이 세계를 지배할 수 있으며, 독일민족이 그 '과업'을 떠맡아야 하는 것이 '세계사적 사명'이라고 강변한다. '단일민족신화'에 근거한 이와 같은 선전 선동이 전 세계를 '피의 향연'으로 이끌었다는 점은 역사가 알려주는 바와 같다.

세계를 이끌 '힘'과 이 힘을 지닌 '천재적 영웅'의 모습을 히틀러에게서 보았던 것일까, 이광수는 『나의 투쟁』을 번역한 후에 쓴 「힘의 재인식」『동광』, 1931년 12월호이라는 글에서 다음과 같이 말한다. "우주는 힘이다. 삼라만상은 에네르기의 천변만화적 율동이다. 힘이 없으면 우주는 없다. 아시아 대륙의 하늘에는 바야흐로 전운이 꿈틀거린다. 진군나팔이 있고 돌격의 호령이 있고 포연포향砲煙砲響이 일어난다. (…중략…) 그런데 우리에게 정히 없는 것이 이 힘이다. 몸의 힘, 골의 힘, 정신의 힘. 그러기 때문에 우리는 인류가 총출동 대연출하는 금일의 무대에 일역을 맡지 못하고 막 뒤에 쭈그리고 앉은 성명 없는 백성이다. 우리에게 힘이 오르는 날 인류의 무대는 우리에게 정중한 출연청구장을 보낼 것이다." 그의 견해에 따르면 전쟁은 민족의 힘의 발현이며 민족의 힘과 힘이 마주치는 소리이다. 그런데 무기력한 조선 민족은 한쪽에 쭈그리고 앉아 구경만 하고 있는 형편이다. 민족주의자 이광수는 외친다. 전쟁의 무대에 당당한 주연으로 발탁되기 위해 힘을 기르라고. 몸과 마음을 다 바쳐서 '우주의 힘'을 끌어안을 수 있도록 강해지라고.

어떻게 하면 조선 민족이 힘을 갖출 수 있는가. 조선 민족의 자력으로? 어림없는 일이다. 뼈와 살뿐만 아니라 골수까지 철두철미하게 '천황폐하'의 적자嫡子가 되는 길밖에 없다고 그는 단언한다. '대일본민족'의 일원으로 '대일본제국'의 국민/신민이 되는 길, 그러기 위해서는 몸과 마음을 바쳐 전쟁을 승리로 이끌어 일본의 지도 아래 대동아공영권을 수립하는 데 기여해야 한다는 것이다. 그는 『삼천리』 1940년 7월호에 실린, 지원병의 어머니와 누이에게 보내는 기나긴 편지에서 이렇게 말한다. "일본의 어머니는 아들을 제것으로 생각하여서는 아니 됩니다. 그것은 임금님께서 맡기심 받은 것으로 알아야 합니다. 아드님을 길러서 임금님께 바치는 것이 어머님의 거룩한 직분입니다. 이러하므로 우리는 임금님의 은혜를 보답하는 동시에 우리와 우리 자손의 복과 영광을 받게 되는 것입니다." 아마 진심에서 우러나온 소리였을 것이다. 지원병이 됨으로써 신체와 정신을 완전히 개조하여 신인新人이 되어야 하며, 이 '신인화新人化'야말로 2천 300만 조선 동포가 반드시 거쳐야 할 과정이라고 '선동하는' 식민지 조선의 '최고의 작가이자 지식인'의 말을 믿고 수많은 조선인들이 전쟁터로 향했다. 누구의 책임인가. 다시 이 땅 구석구석에서 진달래와 개나리로 피어날 그 원혼들에게 이광수의 후손인 우리는 뭐라 말할 것인가. 식민지 조선의 상처가 생생하게 살아오는 이 계절에……

제 2 부

어느 '묘지기'의 꿈

라블레, 카니발의 언어 또는 전복과 생성의 수사학

보카치오의 『데카메론』^{범우사}에서 시작하여 라블레의 『가르강튀아와 팡타그뤼엘』^{을유세계문학전집8}, 로렌스 스턴의 『트리스트럼 샌디』^{문학과지성사}, 볼테르의 『운명론자 자크』^{현대소설사}, 디드로의 『라모의 조카』^{세계사} 등 본격적인 근대소설이 등장하기 이전의 '소설'들을 읽노라면 그 낯선 언어와 서사문법에 당혹스러워지곤 한다. 당혹스러움은 우리가 근대적 소설어법에 익숙해 있다는 것을 반증하는 것일 터인데, 그러한 낯선 서사가 오히려 '낡아서 새로운' 것일 수도 있다는 말은 단순한 억지가 아니다. 왜냐하면, '가장 젊은 장르'인 소설은 기존의 모든 글쓰기 방식들을 끊임없이 재구성함으로써만 그 존재가치를 인정받을 수 있다는 점을 고려한다면, '오래됐지만 새롭고 낯선' 방법들을 자양분으로 삼아 그 영역을 확충해나갈 수 있을 것이기 때문이다.

러시아의 문예비평가 미하일 바흐친^{1895~1975}이 그의 저서 『프랑수아 라블레의 작품과 중세 및 르네상스의 문화』^{이덕형 · 최건영 옮김, 아카넷}에서 분석하고 있는 라블레^{1494?~1553?}의 『가르강튀아와 팡타그뤼엘』^{1534~1552, 이 작품은 모두 다섯 편으로 이루어져 있는데 마지막 권인 제5서는 라블레가 죽은 지 10년 후에 간행되었으며, 그가 직접 집필}

한 것인지 여부는 명확하게 밝혀져 있지 않다은 위에서 거론한 작품들 중 가장 낯설면서도 새롭다. 그 구성도 독특하지만 무엇보다 우리를 놀라게 하는 것은 기상천외한 상상력과 종횡무진 텍스트 전반을 헤집고 다니는 파격적인 말들이다. 참으로 유쾌한 '언어의 성찬'이라 일컬을 만하거니와, 충돌하는 이질적인 언어들은 기존의 '성스러운 언어'들을 비꼬고 조롱함으로써 웃음을 유발하며 동시에 체계화·고착화한 말의 질서를 새로운 생성의 가능성으로 대체한다. 이러한 관점에서 보면 바흐친이 라블레의 소설을 전세계 문학에서 가장 '축제적인' 작품이며 민중들의 축제 정신의 가장 본질적인 부분을 체현하였다고 말한 이유를 어렵지 않게 이해할 수 있다.

바흐친은 그의 저서에서 16세기 중엽에 씌어진 『가르강튀아와 팡타그뤼엘』과 대화를 시도한다. 이 대화를 통해 그는 4세기 동안 '말해지지 않은' 부분을 복원하는데, 그 핵심이 라블레의 텍스트가 지닌 축제적 곧 카니발적 성격이다. 『프랑수아 라블레의 작품과 중세 및 르네상스의 민중문화』는 사회제도로서의 카니발과 문학 양식인 그로테스크 리얼리즘의 만남과 상호작용에 관한 연구라 할 수 있다. 카니발과 그로테스크는 모든 것을 일목요연하게 분류하는 체계의 모순성과 상대성을 강조함으로써 확실성을 양가적이고 불확실한 것으로 뒤틀어버린다는 게 바흐친의 판단이다.

엘리아데와 더불어 바흐친이 밝히고 있듯이 축제는 인간 문화의 본원적 형식이다. 하지만 모든 축제가 동일한 것은 아니다. 중세의 공식적인 축제들은 교회와 봉건국가라는 현존하는 세계 질서 밖으로 벗어나지 못했으며, 어떠한 제2의 삶도 창조하지 못했다. 공식적인 축제는 현존하는 제도를 성화聖化하고 인준하며 강화한다이러한 사정은 지금도 마찬가지이다. 이와 달리 카니발은 지배적인 진리들과 현존하는 제도로부터 해방과 모든 계층적 질서, 특권, 규범, 금지의 파기를 축하하는 것이다. 이는 진정한 시간성의 축제이며 생성과 변화의 축제이다. 그런 까닭에 카니발은 어떠한 완결성에도 저항하며, 아직 완성되지 않은 미래를 응시한다.

다시 말하거니와 카니발은 낡은 것의 파멸과 새로운 세상, 즉 새해, 새봄, 새 왕국의 탄생을 축하한다. 파괴된 낡은 세상은 새로운 세상과 함께 나오고 함께 묘사된다. 마치 두 개의 몸을 가진 하나의 세계에서 그 부분인 것처럼 말이다. 카니발의 이미지들 속에 뒤집힌 것들과 이면들, 의도적으로 균형을 깬 비율들이 그렇게 많은 것은 바로 이 때문이다. 결국 카니발은 현상의 이면을 전복하고 비트는, 그리하여 새로운 삶의 가능성을 생동하는 언어와 몸짓으로 구현해 보이는 장인 셈이다. 이러한 카니발적 시·공간에서의 부정과 파괴는 '완결된' 질서를 대상으로 하며, 기존 질서를 전복함으로써 새로운 배치와 구성을 지향한다. 카니발이 단순히 파괴를 위한 파괴이거나 부정을 위한 부정이 아닌 까닭이 바로 여기에 있다.

축제를 지배하는 것은 기존의 모든 권위와 질서를 비하하고 조롱하는 데서 비롯되는 웃음이다. 바흐친에 따르면 16세기는 웃음의 역사에서 정상頂上을 차지하고 있으며, 이 정상의 정점이 바로 라블레의 소설이다. 그러니까 라블레의 소설은 견고한 중세적 질서의 파국을 축제의 형식으로 보여준 텍스트라 할 수 있을 것이다. 웃음은 삶을 긍정하고 고착된 현실적 질서를 조롱하는 민중들의 유쾌한 탈주다. 동시에 웃음은 단지 웃음으로 끝나는 것이 아니라 해방적인 힘과 재생력을 지니며 궁극적으로는 민중적 유토피아를 지향한다. 교회의 전례, 봉건—국가적 예식, 사회적 예의 범절이나 모든 종류의 고상한 이데올로기 밖으로 축출되어 있던 웃음은 '엄숙한 음조'를 띠고 있던 중세 공식문화를 겨냥하는 민중의 무기로 다시 등장한다.

라블레의 소설은 '거리낌없고 속된 광장의 언어', 신체와 관련된 욕설, 신성한 언어의 패러디 등을 동원하여 생성의 힘을 내장한 웃음을 길어 올린다. 예컨대 이러하다. "물러가라, 이 개들아! 비켜라, 악마가 잡아먹어라, 더러운 사제! 나의 태양을 방해하지 마라! 너희들은 궁둥이의 냄새를 맡으면서 나의 술을 비난하거나 이 술통에 오줌을 싸기 위해서 여기까지 온 것이냐?" "자, 너희들은 차라리 등자 가죽으로 맞지 않고는 똥을 싸지 않고, 교수형에 걸지 않고는 오줌을 싸지 않고, 곤봉으로 맞지 않고는 흥분하지 않도록 혼나야만 하지!" 바흐친이 여러 차례 강조하고 있듯이 욕설, 저주, 신을 걸고 하는 맹세, 버릇없는 말투 등은 모두 언어 표현의 비공식적인 요소들이며, 이러한 말투는 공식적인 규범을 거부하는 특수한 집단 즉 광장의 군중들은 낳는다. 그리고 민중들은 이러한 언어를 통해 비공식적 세계상을 만들어낸다. 그들의 세계상은 태어나서, 죽고, 스스로 출산하고, 그리고 먹고 먹히는 것들 및 세계의 유쾌한 물질들과 관계를 맺고 있다. 이질적인 언어들은 육체와 물질을 그 원천으로 하며, 새로운 세계를 생성하는 힘이 된다.

라블레의 소설에서 볼 수 있는 이질적인 언어들의 충돌 또는 다중성은 현존하는 모든 것들을 향한다. 그와 같은 언어의 충돌 속에서 존재하는 모든 것은 죽으면서 동시에 태어나고, 그 안에서 과거와 미래, 노쇠함과 젊음, 낡은 진리와 새로운 진리가 역동적으로 뒤섞인다. 그리하여 생성과 변화의 가능성은 증폭된다. 이를 두고 '발화의 카니발화'라 일컬을 수 있을 터인데, 이러한 말의 카니발은 수세기에 걸친 중세 세계관의 여정으로부터 인간의 인식을 해방하고 새로운 '진실'을 준비한다.

바흐친은 라블레를 독해하는 과정에서 『가르강튀아와 팡타그뤼엘』이 물질과 육체의 이미지를 폭넓게 사용하고 있다는 점에 주목한다. 바흐친에 의하면 육체 자체와 먹고 마시고 배설하는 것, 그리고 성생활의 이미지들과 같은 삶의 물질·육체적 원리가 라블레의 작품 속에 압도적으로 우세하게 나타난다. 물질은 육체적인 형식을 취한다. 몸은 물질 조직의 가장 완전한 형식이며, 따라서 모든 물질로 들어가는 열쇠이다. 삼라만상을 이루고 있는 이러한 물질은 인체 속에서 자신의 긍정적인 본성과 모든 고귀한 가능성들을 열어 보인다. 인체 속에서 물질은 창조적이고 건설적이 힘의 원천이 되며, 전우주를 이기고 모든 우주의 물질을 조직화하는 사명을 갖게 된다. 그리고 인간 속에서 물질은 역사성을 획득한다. 관념에서 육체 물질로의 대전환! 그런데 물질·육체적 원리의 이미지들은 민중적인 웃음 문화의 유산이다. 이것이 '비하를 기본 원칙으로 하는', 웃음을 통해 경계를 해체하고 완성된 형태를 지우는 그로테스크 리얼리즘을 구성한다.

이처럼 바흐친은 그의 저서에서 광장의 언어, 민중적 축제와 웃음, 육체성과 물질성, 그로테스크 리얼리즘 등을 키워드로 하여, 그리고 서양 고전에 대한 해박한 지식을 동원하여 라블레의 소설을 분석한다. 이미 번역된 『프로이트주의』『문예학의 형식적 방법』『마르크스주의와 언어철학』『도스토예프스키 창작의 문제점들』『장편소설과 민중의 언어』 등을 알고 있는 우리에게『프랑수아 라블레의 작품과 르네상스 및 중세의 문화』는 분명 바흐친의 사유가 유행에 그칠 성질의 것이 아니라는 걸 새삼 돌이켜보게 한다. 이 책과 함께 라블레의 작품을 읽을 경우 다음과 같은 바흐친의 언급이 무엇을 뜻하는지 보다 선명하게 이해할 수 있을 것이다. "라블레의 근본과제는 시대와 사건들의 공식적인 그림을 무너뜨리고 이들을 새롭게 바라보며 시대의 비극이나 희극을 광장에서 웃는 민중들의 합창이라는 관점에서 조명하는 것이다. 라블레는 동시대성과 그 시대의 모든 사건들에 대한 개념들로부터 모든 공식적 허위와 제한된 진지함, 지배 계급의 이해관계에 의해 강요된 좁은 시야의 엄숙함을 제거하기 위하여 깨어 있는 민중 이미지 창조를 위하여 모든 수단을 동원한다."

시간과 속도, 그 너머의 삶

풀과 나무가 드리워진 절벽 아래, 바위
위에 엎드린 채 물을 바라보고 있는 사람이 하나 있다. 한가롭다거나 여유
롭다는 말만으로는 부족할 듯 싶은, 차라리 눈을 뜨고 꿈을 꾸는 듯한 모
습. 그는 어디쯤에서 무슨 생각을 하고 있는 걸까. 한바탕 집중호우가 지나
가고 난 오후, 다리를 꼬고 누워 강희안姜希顔, 1417~1464이 그린 〈고사관수도
高士觀水圖〉를 보다가 이런 생각을 했다. 내가 살아오는 동안 저토록 '무심하
게' 무엇을 바라본 적이 있었던가. 아무 생각 없이 길을 걷고 사람을 만나
얘기를 듣고 나무 그늘에 누워 하늘을 본 적이 있기나 했던가. 그렇지 못
했다면 그 이유는 무엇인가. 누가 또는 무엇이 그 한없는 게으름을 방해라
도 했단 말인가.

'게으를 수 있는 권리'를 되찾아야 한다고, 그 권리를 빼앗긴 채 살아가
는 것이야말로 진정 인간이기를 포기한 채 자본의 충직한 노예가 되기를
자발적으로 원하는 것과 다름이 없다고 얘기한 것은 마르크스의 사위 폴
라파르그였다. 그런데 그 아픈 충고를 들을 때조차도 우리는 가슴에 품은
핸드폰이 더욱 강렬하게 구속해주기를 초조하게 바라지는 않았던가. 지

독한 매저키스트! 그런 마당에 〈고사관수도〉라니. 한치의 에누리없이 분절된 시간과 세밀하게 구획된 공간이 우리의 일상을 지배하고 있는 세상에서 우리 삶의 모세혈관은 싱싱한 피로 숨쉬기를 포기한 지 이미 오래다. 그리하여 우리는 화폐로 정확하게 환산되는 시간의 채찍에 쫓겨 헐떡거리며 살아왔고 또 이렇게 살고 있는 것이다.

천천히 여유롭게 그리고 느릿느릿 사는 것이야말로 육체적 생명뿐만 아니라 정신적 생명을 다시금 약동하게 하는 원천이다. 그런데 게으름과 느림은 이 현란한 자본의 제국에서 추방되어야 한다는 격언格言에 이의를 제기해야 한다고 피에르 쌍소Pierre Sansot는 『느리게 한다는 것의 의미』김주경 옮김, 동문선에서 힘주어 말한다. 게으름과 느림은 이 황금의 성전에 발을 디더서는 안 된다는 불문율을 파기해야 한다고 선언한다. 대담한 도발이다. 하기야 럿셀이 게으름을 드높이 찬양한 적이 있고, 밀란 쿤데라가 『느림』의 복권을 시도하기도 했었다. 이들에 비해 느림에 대한 쌍소의 견해는 훨씬 구체적이다. 한가로이 거닐기, 남의 말을 차분히 들어주기, ‘고급스러운’ 권태에 빠져보기, 꿈꾸기, 진득하니 기다리기, 낡은 시간 떠올리기, 글쓰기, 술 한 잔의 지혜…… 일견 가벼워 보이지만 우리의 사회학적 상상력으로 빈칸을 채우면서 본다면 그다지 가벼운 것만도 아니다.

지칠 줄 모르고 일하는 사람은 생명의 왕국을 피폐하게 만드는 폭군이자 독재자이다. 또는 삶의 또 다른 일부인 죽음을 의식하지 못하는 바보거나 천치다. 최고의 스피드야말로 최상의 미덕이라는 음흉한 자본의 논리, 그 가증할 수사 전략을 간파하기란 쉬운 일이 아니다. 그러나 사이보그와 인간이 다르다는 것을 확인하고 싶은 사람이라면 그리고 말초적인 감각을 충족시키는 물질적 풍요가 우리 삶이 원하는 전부가 아니라는 것을 아는 사람이라면, 이러한 전략의 이면을 투시할 수 있는 힘을 길러야 한다. 무뎌진 정신의 감각을 회복하기 위해서 말이다. 이때 필요한 무기가 느림이다. 물론 느림만으로 평생을 살아갈 수는 없는 노릇이다. 느림과 빠름의 역동적 교직交織, 그리하여 드러나는 삶의 무늬, 이를 두고 '아름다운' 삶이라 할 수 있지 않겠는가.

상투적이긴 하지만 이렇게 말해보자. 느림의 미학 또는 느림의 철학을 내면화함으로써 삶의 견인력을 확보할 것, '빨리빨리'라는 자본의 주문呪文을 끊어버릴 것, 그리하여 황폐해진 나의 삶을 복원할 것! 느림은 우리가 선택해야 할 삶의 조건이자 우리의 삶을 노예화하는 자본의 논리에 저항할 수 있는 거점이다. 곧 거부拒否를 통해 해방을 꿈꾸는 사람은 느리게 사는 방법을 터득해야 한다. 왜? 죽음을 마주하고 있는 '살아 있는 사람'으로서 존재하기 위해—쌍소의 말이다. 나른한 몽상과 한가로운 산책은 상상력을 뿜어내는 샘이다. 그 샘물을 길어 올려 들이킬 때 속도에 지친 우리의 생명을 다시금 약동할 수 있을 것이다. 오늘 다시금 〈고사관수도〉와 『느리게 산다는 것의 의미』를 나란히 놓고 그 사이에서 출렁이는 생명의 '힘'을 호흡할 일이다.

매미의 꿈 또는 잃어버린 영혼을 되찾기 위한 여정

이삼천만 원 연봉을 일년 내내 물어 나르며 매일매일 고단한 '꿈'을 꾸는 사람들에게 올 여름 그토록 그악스럽던 매미울음이 어떻게 들렸을까. 아니, 누가 얘기하지 않아도 지금쯤은 물리적 폭력보다 상징적 폭력이 우리의 삶을 파괴하는 강도가 훨씬 높다는 것을 뻔히 알면서도, 매저키스트처럼 그 통증을 감내하며 35평 첨단시스템 아파트를 향해 기어오르는 사람들에게 매미의 울음이 들리기나 했을까. 그리고 나에게는? 무덥던 여름날 오후, 식은땀에 흥건히 젖은 채 낮잠에서 깨어나 놓쳐버린 백일몽을 찾아 머리맡을 더듬다가 손에 쥔 매미의 허물, 그리고 텅 비어버린 머릿속을 헤집고 드는 매미의 울음소리, 환청이 아니었다. 너는 누구인가, 너는 무엇인가, 너는 누구인가, 너는 무엇인가…….

울기를 끝낸 매미들이 낙엽처럼 떨어져 발끝에 채일 무렵, 나는 최수철의 장편소설 『매미』문학과지성사를 만나 다시금 환청과 환각에 시달려야 했다. 버스 안에서, 지하철 속에서, 그 많은 광물성 허물 밑에서. 일인칭 대명사 '나'가 그다지 길지 않은 한 문장 안에 서너 번씩 출몰하기 예사인 '장편'소설을 읽어내기란 결코 쉽지 않은 법, '나'는 나인 까닭이다. '나'는 예리한 비수와 송곳으로 무장하고 나를 향해 돌진해온다. '나'는 묻는다. 너는 무엇이냐, 너는 도대체 누구냐. 그 위협적인 물음에 휩싸여 나는 부접을 하지 못한다. '포르노와도 흡사한 일상의 강한 힘이 마약처럼 나를 움켜쥐고 있습니다. 그 강력한 손아귀로부터 놓여나는 것은 육체의 노쇠를 통해서일 뿐입니다. 젊음이라는 것, 자신의 몸 속에 들어 있는 생명력이야말로 자기 자신을 움켜쥐고 중독시키는 가장 강력한 파괴적인 힘입니다.' 누구의 목소리였던가. 그 절망적인 외침이 바로 내가 돌려줄 수 있는 유일한 대답이라면, '나'는 나를 보고 어떤 표정을 지을까.

매미인 '나'는 나의 귀를 통해 들어와 뇌수를 헤집고 급기야는 나마저 기억상실자로 내몰 셈이었나 보다. 불순한 음모다. 그러나 그게 그렇게 호락호락하지 않으리라는 걸 '나'는 잘 알고 있을 것이다. 허물은 허물인 채로 완강하게 세상을 버티고 있으며, '영혼을 대신한 삶'이 얼마나 아름다운가를 찬양하는 자본의 노래 소리가 점점 더 높아지고 있지 않은가. '나'의 불찰은 여기에서 끝나지 않는다. 38세 '나' 이규도처럼 중산층임을 자임하는 우리는 이미, 매미의 울음소리를 잊은 지 오래다. 그러니까 매미소리를 상기시키려는 '나'의 시도는 참으로 부질없는 짓이었음이 판명된 것이다. 이 시대를 '도저한 정신문명과 과도한 기술문명 사이에 끼여든 인류의 신경증 시대'라고 발악하며 소리쳐도 어디 세상이 끄덕이나 할 성싶은가. 가소로운 획책이 아닐 수 없다.

하지만 과연 그럴까. 『매미』는 쉽사리 물러서지 않는다. 팽개칠 수가 없다. 이 무슨 해괴한 역설인가. 나는 묻는다. 매미는 도대체 왜 그렇게 울어대느냐고. 매미인 '나'는 이렇게 대답한다. "매미의 울음소리는 결코 언어가 아니다, 점점 더 복강을 비우고 크게 확대시켜서 스스로 완벽한 박제가 되기 위한 노력의 과정일 뿐"이라고. 동요와 혼란은 해방을 향한 축제이

다. 그래서 혼란을 수반하는 변신은 잃어버린 영혼을 되찾기 위한 통과의
례일 수밖에 없다. 그래서 매미가 된 ‘나’는 더욱 맹렬하게 울어댄다. 다시
태어나기 위하여, 기억을 다시 쓰기 위하여, 다 비우고 다른 몇 겹의 삶을
살기 위하여, 우주와 생명과 인간과의 대화를 복원하기 위하여, 운다.

그러나 매미인 ‘나’는 다시금 고독과 공포에 휩싸인다. 촘촘한 그물로
인간인 ‘나’의 일상을 구석구석 감시했고 급기야는 기억상실자로까지 몰
고 간 바로 그 인간의 삶을 매미가 되어서도 탈각하지 못해서였으리라. 완
전한 매미가 되지 못한 ‘나’는, 일상까지 파고든 미시적 권력에 포획된 채
움쭉달싹하지 못하고 35평 아파트를 향해, 그 휘황한 ‘꿈’을 향해 돌진하
는 나의 또는 우리의 일상으로부터의 안타까운 일탈을 은유적으로 보여주
는 것이리라. 그리고 매미가 되기 전날 하루 동안의 ‘나’의 삶은 지금 여기
에 살고 있는 우리들 삶의 축소판일 터, 하여 우리는 『매미』의 마지막 장을
덮기 전 한참이나 메마른 눈시울을 비비며 잦아드는 환청에 귀를 기울여
야 한다. 단 한 번만이라도 자유로워지기 위해.

고대도시의 삶, 인간 정신의 전개에 관한 보고서

이렇게 말하는 사람이 있다. "역사학은 물질적 사실과 제도만을 연구하지 않는다. 그것의 진정한 연구 대상은 인간의 영혼이다. 역사학은 인간의 삶의 여러 가지 상이한 시대에 이 영혼이 믿었고 생각했고 느꼈던 것을 알기를 열망해야 한다." '그리스·로마의 신앙, 법, 제도에 관한 연구'라는 부제가 붙은 『고대도시』^{김응종 옮김, 아카넷}에서 저자 퓌스텔 드 쿨랑주가 한 말이다. 역사 관련 책을 읽으면서 인간 영혼의 전개를 짚어내기란 쉬운 일이 아니다. 인간의 영혼에 대해서라면 문학이나 철학 또는 종교학이나 문화인류학에 기대는 것이 훨씬 수월하다. 그런데 역사학이 인간의 영혼을 대상으로 한다니, 이를 어떻게 받아들여야 할 것인가.

1864년에 간행된 이 책을 알게 된 것은 중국 고대사를 기웃거리면서다. 아날학파 역사연구의 선구라고 일컬어지는 이 저작은 중국 고대사 연구의 새로운 지평을 여는 데 중요한 공헌을 한 것으로 알려져 있다. 이와 관련한 저간의 사정을 구명하는 것은 내 능력을 벗어나는 일인지라 접고 넘어가기로 하거니와, 굳이 이런 관련성을 따지지 않더라도 이 책을 읽는 재미는 여느 문학작품 못지 않다는 것은 자신 있게 얘기할 수 있다. 플루타르코스와 헤로도토스가, 키케로와 디오니시오스가, 그리고 호메로스와 소포클레스가 곳곳에서 튀어나와 고대 사회에서의 인간 삶의 전개 과정을 생생하게 증언한다. 우리가 익히 알고 있는 그리스·로마 신화 역시 생동하는 사료史料로 제 기능을 다하는 데 모자람이 없다. 그래서 풍부한 자료를 동원하여 신앙宗敎과 사회 변화의 관련성을 밝히고 있는 이 책은 한 편의 드라마로서 손색이 없다.

"신앙이 자리잡으면 인간 사회가 구성된다. 신앙이 변하면 사회는 일련의 혁명을 겪는다. 신앙이 사라지면 사회의 모습이 달라진다. 이것이 고대의 법칙이었다." 저자의 결론이다. 어떤 법이나 제도도 신앙을 바탕으로 하지 않고서는 성립할 수 없다는 주장인 셈이다. 종교는 가족과 겐스, 그리고 부족과 도시의 구성원리였다. 왜 고대인들은 종교를 토대로 할 수밖에 없었을까. '신성한 불'과 제단이 사라지지 않았던 이유는 무엇일까. 인간의 숙명이자 존재의 심연에 자리잡고 있는 불가사의한 무엇, 바로 죽음에 관한 인식 때문이었다. 퓌스텔 드 쿨랑주는 이렇게 말한다. "고대인들은 인드라나 제우스를 생각해내고 숭배하기 전에, 죽은 사람들을 숭배했다. 죽음의 목전에서 사람들은 처음으로 초자연적인 것에 대해 생각하게 되었으며, 그가 보고 있는 것을 넘어서기를 희망하였을 것이다. 죽음은 최초의 신비였다. 그것은 사람들을 또 다른 신비로운 영역으로 인도했다. 그것은 사람들의 생각을 눈에 보이는 것에서 눈에 보이지 않는 것으로, 일시적인 것에서 영원한 것으로, 인간적인 것에서 신적인 것으로 고양시켰다."

죽음의 두려움 혹은 신비로움, 결국 모든 제도와 법의 배후에는 죽음이 버티고 있었던 셈이다. 모든 가족, 모든 부족, 그리고 모든 도시는 하나의 제단과 하나의 수호신을 갖고 있었다. 그 아래에서 사람들은 죽음의 공포를 넘어 인간 영혼의 구원을 갈구했던 것이리라. 그렇다면 신앙이 어떻게 제도를 구성하는 원리가 될 수 있는가. 신앙은 우리 힘의 소산이지만 우리보다 훨씬 강하다. 또한 우리 안에 있으며 우리를 떠나지 않는다. 그것이 우리에게 복종하라고 말하면 우리는 복종한다. 그것이 우리에게 의무를 제시하면 우리는 거기에 따른다. 인간은 자연을 다스릴 수 있다, 그러나 인간은 자신의 생각에 굴복한다. 법과 제도의 탄생! 그런데 인간의 영혼에서 자기의 신들을 구했던 종교는 이제 물리적 자연에서 자기의 신들을 발견하며 급기야는 기독교의 흥성과 함께 고대 도시체제는 소멸의 길을 걷는다.

로마인과 아테네인의 '매일매일의 행동은 제식祭式이었다. 하루는 온전히 종교에 바쳐졌다. 조석으로 그들은 신성한 불, 수호신, 조상들에게 기도를 드렸다. 식사는 그들이 가족신들과 함께 나누는 종교행위였다. 출생, 성인식, 토가의 착용, 결혼, 기타 모든 기념식 등은 엄숙한 숭배행위였다.' 여기에서 빠뜨리지 말아야 할 것은, 프랑스 혁명기의 역사가들이나 정치사상가들의 생각과는 달리 로마인과 아테네인들은 개인적인 자유를 알지 못했다는 점이다. 그들은 기꺼이 종교를 토대로 하는 제도에 순종했으며 그 안에서 만족했다. 그러나 혁명의 물결은 그들을 비켜가지 않는다. 귀족과 성직자 그리고 평민들의 관계가 재정립되는 과정은 혁명을 동반할 수밖에 없었고, 거대화하는 사회체제를 유지하기 위해서는 그에 상응하는 강력한 종교가 필요했다. 기독교의 등장과 도시체제의 소멸, 『고대도시』는 여기까지만 말한다. 나머지, 역사의 전개에서 고대도시의 위상을 찾는 일은 우리의 몫이다.

   시작을 위한 에필로그

들뢰즈의 꿈 혹은 비표상적 사유를 향한 모험

들뢰즈와 가타리는 이미 많은 사람들이 '별 어려움 없이' 얘기하는 사상가에 속한다. 『차이와 반복』『천개의 고원』을 비롯한 그(들)의 주요 저작들, 예컨대 『니체와 철학』『프루스트와 기호들』『스피노자의 철학』『앙티 오이디푸스』『칸트의 비판철학』『베르그송주의』『의미의 논리』『매저키즘』『철학이란 무엇인가』『감각의 논리』『영화 1』『소수집단의 문학을 위하여―카프카론』『푸코』『대담』 등 대부분이 번역되었다는 것만 보아도 그 관심도를 대략이나마 짐작할 수 있다. 이 정도라면, 내가 아는 한, 최근 들어 이렇게 집중적으로 소개되고 있는 사상가를 찾아보기가 결코 쉽지 않다. 그렇다고 한다면 '21세기는 들뢰즈의 세기가 될 것'이라는 푸코의 말이 적어도 21세기 문턱에 들어선 한국에서는 현실화한 것으로 보아 큰 잘못이 아닐 터이다. 그렇다면 왜 들뢰즈인가, 왜 들뢰즈가 이토록 강력한 영향력을 행사하기에 이른 것인가? '들뢰즈 현상' 또한 말 그대로 한바탕 신드롬 또는 붐으로 끝나고 말 것인가 아니면 한국 인문학의 사유를 더욱 풍성하게 할 자양분으로 자리잡을 것인가?

한 사상가의 전모를 그려 보려면 그가 구사하는 개념을 정확하게 파악하는 것이 필수적이다. 그래서 전문적인 연구자가 아니라면, 그 사상가의 저술과 입문서를 나란히 놓고 읽어가는 게 상례이다. 들뢰즈 또한 마찬가지여서 그가 아무리 매력적이라 하더라도 그가 구사하는 개념어들이나 용어에 대한 검토 없이 그의 생각을 되새기다가는 낭패를 보기가 일쑤이다^적어도 나의 경우는 그러했다. '현대철학과 비표상적 사유의 모험'이라는 부제가 붙은 서동욱의 『차이와 타자』^{문학과지성사}를 읽으면서 그런 생각은 더욱 절실해진다. 물론 서동욱 이전에도 마이클 하트의 『들뢰즈의 철학 사상』이나 로널드 보그의 『들뢰즈와 가타리』와 같은 '괜찮은' 입문서가 있었다. 그리고 이정우의 일련의 강의 노트, 즉 『시뮬라크르의 시대』 『삶 · 죽음 · 운명』 『접힘과 펼쳐짐』 등도 들뢰즈 사상의 뿌리와 맹아 그리고 줄기를 파악하는 데 많은 도움을 준다. 특히 이정우의 책들은 들뢰즈를 매개항으로 하여 동양과 서양의 철학이 어떻게 만날 수 있는지에 관해 적지 않은 힌트를 제공한다.

그런데 『차이와 타자』가 지닌 강점은 무엇보다 들뢰즈의 사상을 구성하는 개념을 면밀하게 그리고 '어렵지 않게' 풀어낸다는 데 있다. '어렵지 않다'는 데 주목하기 바란다! 많은 소개서나 입문서들이 '원저보다 더 어려운' 예를 심심찮게 보아온 터인지라 이 책을 잡고서도 반신반의한 게 사실이다. 그러나 나의 의심은 참으로 보기 좋게 빗나갔다. 개념들에 대한 꼼꼼한 해설과 상세한 각주^{각주가 저자의 성실성을 드러내는 소중한 글쓰기 공간일 수 있다는 것을} ^{확인하는 재미도 만만치 않다}, 그리고 들뢰즈 사유의 방법론에 대한 탐색과 그의 전후좌우에 배치되어 있는 다른 사상가—플라톤 · 칸트 · 니체 · 스피노자 · 라이프니츠 · 프루스트 · 프로이트 · 사르트르 · 레비나스 · 바르트—들과의 관련성 파악 등은 이 책을 읽는 재미를 배가^{倍加}한다. 그 내적 연관성을 따져가면서 읽노라면 『차이와 타자』는 어느 새 한 편의 드라마 또는 조각 맞추기 퍼즐처럼 여겨진다. 하기야 사상사란 시공간을 넘나들며 물고 물리는, 쫓고 쫓기는, 내부로 파고들어 전복顚覆을 꿈꾸는, 그리하여 기존의 사유 패턴에 상처를 입히고 자신마저도 상처를 입는, 그런 드라마가 아닐까.

다시, 앞에서 제기한 문제로 돌아가 보자. 왜 들뢰즈인가? 들뢰즈 철학의 핵심은 주체성에 대한 비판, 고쳐 말해 데카르트에서 칸트로 이어지는 주체성의 확립에 근거를 둔 표상적 사유에 대한 비판이다. 근대철학의 존재론과 인식론에 있어 핵심이라 할 수 있는 주체성의 원리를 내파함으로써 역사적 체제로서의 근대가 초래한 비인간화 논리를 공략하기 위한 기획, 이것이 들뢰즈 사상을 가로지르는 핵심이라 할 수 있다. '주체성이 부재하는 카오스'를 꿈꾸는 것, 주체를 일의적인 것으로 규정함으로써 또는 '미리 전제된 자아'를 설정함으로써 인간의 자유를 무차별적으로 억압해 온 사유의 근거를 폭파하는 것, 그리하여 차이를 인정하고 타자를 통해 또 다른 '수많은 나'를 발견하는 일, 이를 두고 나는 들뢰즈의 꿈이라 명명하고자 한다. 서동욱은 들뢰즈의 『니체와 철학』을 빌어 이렇게 말한다. "사유하는 것은 삶의 새로운 가능성들을 발견하는 것, 발명하는 것을 의미한다. 이런 의미에서 사유란 '창조'이다. 인식은 창조이다." 따라서 미리 주어진 무엇 또는 어떤 독단적이고 임의적인 공리억압들이 개입할 여지는 없다. 법칙과 가치는 보호되는 것이 아니라 다시 '지속적으로' 창조되는 것이다. 그러므로 니체와 들뢰즈가 사용하는 문화란 언제나 '생성' 가운데 있는 동적인 사건일 수밖에 없다! 내가 보기엔, 바로 이런 점 때문에 지금 우리는 들뢰즈를 읽어야 한다. 『차이와 타자』는 그런 들뢰즈의 진면목을 이해하는 데 친절하고도 진지한 안내자 역할을 할 것이다.

생명의 춤, 여러 겹의 삶을 살기 위하여

꽤 오랫동안 인류학에 꿈을 두었던 적이 있다. 궁색한 변명이긴 하나 '현실'에 부딪혀 그 꿈을 접고 말았지만. 그런데도 아직껏 인류학만 생각하면 마음이 설레는 것은 나도 어쩌지 못한다. 20대 초반, 나는 문화인류학이라는 생경하고 낯선 강의를 '폼'으로 기웃거리곤 했다. 그런데 이게 어인 일인가, 그토록 소심하고 불만으로 가득차 있던 나를 사로잡는 게 있을 수 있다니. 그 해를 꼬박 문화인류학에 푹 빠져 보냈던 걸로 기억한다. 그 후, 프레이저, 반 게넵, 에반스 프리차드, 레비 – 스트로스, 마가렛 미드, 말리노프스키 등등의 책을 두서없이 읽으면서 그 시절의 상처들을 핥곤 했다. 그리고 이를 통해 신화와 종교를 알면서 세상에 조금씩 눈을 뜨기 시작했다. 그리고 십 몇 년이 훌쩍 지난 지금, 다시 에드워드 홀의 『생명의 춤』을 앞에 놓고 이렇게 즐거워한다. 무엇 때문일까?

에드워드 홀은 『생명의 춤 – 시간의 또 다른 차원』^{최효선 옮김, 한길사}에서 이렇게 쓰고 있다. "키체족에게 삶을 살아간다는 것은 작곡을 하고, 그림을 그리고, 시를 쓰는 일과 다소 유사하다. 적절하게 보낸 하루는 하나의 예술작품일 수 있고 적절한 조합이 이루어지지 않은 하루는 재앙일 수 있다. 구미의 전통에서 자란 사람들에게는 이러한 차이를 정확하게 분간하거나 이해하는 것이 쉽지 않다. 왜 그럴까? 우리는 제대로 산다는 것이 어떤 의미를 갖는지 별로 관심을 두지 않기 때문이다. 우리 쪽 세계에서는 살아간다는 것이 당연한 것으로 여겨지고 생은 자동적으로 흘러가기 때문이다. 살아간다는 것은 단지 상자를 채우는 일, 즉 목적을 달성하는 일과 연관된 것이다."

살아간다는 것, 살아 있다는 것을 당연한 것으로 여기고 살아가는 삶이란 얼마나 단조롭고 지겨운가. 우리는 진정 '여러 겹'의 삶을 살 수는 없는 것일까. 현실 속에서 불가능하다면 사유의 힘을 빌어서, 아니라면 상상력의 힘을 빌어서. 에드워드 홀의 말마따나 우리의 삶을 지배하는 시간과 공간의 차원을 넘어서, 숨겨진 시간과 공간의 차원을 발견하고 그것을 우리의 삶 속으로 끌어들일 수는 없는 것일까. 그리하여 '채워지기를 기다리는 빈 상자'와도 같은, '컨베이어 벨트에서 이동하는' 시간의 구속으로부터 해방될 수는 없는 것일까. 지금 여기의 내가 아닌 또 다른 나의 삶을 '구성'할 수는 없을까.

물론 여러 겹의 삶을 산다는 게 지금 여기에서의 삶을 허물처럼 훌훌 벗어버리고 '저 먼 다른 곳'으로 비상하는 것을 의미하지는 않는다. 현실적 삶으로부터 탈주를 꿈꾸는 것은 현실로 되돌아오기 위해서이다. 역설적이지만 옳은 얘기다. 탈주를 위한 탈주는 의미가 없다. 통과의례가 그런 것처럼, 끊임없는 탈주를 통해 우리는 현실을 다른 시각으로 재구성할 수 있으며 다른 방식으로 상상할 수 있다. 이를테면, 아메리카 인디언들이 의례에 참가하는 동안 의례 속에서 존재하며 의례의 시간 속에 존재하듯이, 자본에 의해 배치된 획일적 시간 관념을 파기하고 '성스러운 시간'의 회복을 소망함으로써 사물화한 우리의 삶을 반성할 수 있는 계기를 찾을 수도 있을 터이다.

시간은 또 다른 언어이며, 모든 삶의 최우선적인 조직자이다. 동시에 시간은 우선권을 결정하고 경험을 분류하는 방법이며 능력·노력·성과를 판단하는 척도이기도 하다. 저자가 얘기하듯이 시간과 문화는 불가분의 관계를 맺고 있다. 그런데 문화에는 고도로 패턴화한 심층의 숨겨진 차원이 존재한다. 따라서 이렇게 말할 수 있다. 즉 문화인류학적 접근을 통해 시간의 또 다른 차원을 발견한다는 것은 새로운 문화 혹은 삶의 양상을 발견하는 일이며, 그 발견을 우리의 삶에 적극적으로 수용함으로써 홑겹의 삶, 자본의 논리에 의해 획일화된 삶을 거부하는 데로 나아갈 수 있어야 한다. 내가 보기에 『생명의 춤』의 핵심은 바로 이것이다.

"인류는 자신이 살고 있는 다양한 문화적 세계의 실재를 무시하는 여유를 누릴 수 없는 지점까지 도달했다"고 에드워드 홀은 말한다. 다양성이 혼란을 초래한다는 지적은 옳다. 그러나 축제가 혼란이라 해서 이를 깡그리 말살해 버린다면 우리는 어떻게 숨쉴 수 있단 말인가. 다양성의 거부는 권력의 음모와 조작에서 비롯한다. 단선적인 삶의 양식을 거부하고 다양한 문화의 패턴을 발견하여 보다 큰 '자기 인식'을 얻기 위해, 그리하여 새로운 삶의 가능성을 끝없이 모색하고 허물기 위해 우리는 '생명의 춤'을 추어야 한다. 『침묵의 언어』와 『문화를 넘어서』에 이어 『생명의 춤』에서 에드워드 홀이 얘기하고자 하는 바는 여기에 있을 것이라고, 나는 생각한다. 그런 까닭에 문화인류학은 내게 있어 여전히 버리지 못할 소중한 사유의 터로 남는다.

그 아득한 여백을 다시 채울 수 있을까

두 시간도 넘게 그 책을 찾았다. 분명히 있었는데, 몇 번씩 밑줄을 그어가며 행 옆에 혹은 행 밑에 물음표를 몇 개씩 찍어가며 읽었던 그 책이 어딘가 있어야 하는데, 없다. 경험해 본 사람을 알리라, 손때 묻은 책이 눈에 들어오지 않고 숨어버렸을 때 엄습해오는 불안과 초조 그리고 그 황망함을. 요즘 들어선 책 몇 권쯤이야 있어도 그만 없어도 그만이라는 생각에 잠깐 뒤지다가 그만두는 게 흔해지긴 했다. 그래도 이건 아니다. 하지만 어찌하겠는가, 내게서 김수영은 이미 과거의 희미한 흔적이 되고 말았다는 것을 두 권 짜리 김수영 전집의 부재가 웅변해주고 있으니. 불법으로 증축한 옥탑 내 공부방 어디선가 인내심을 갖고 나를 지켜보던 그의 시들과 산문들이 끝없이 이어질 듯한 나의 무관심과 게으름을 알아차리고 스스로 이 방을 떠난 게 틀림없다. 떠나면서 무슨 말을 남겼을까, 뒤돌아보기나 했을까?

고속버스터미널 근처에 새로 생긴 휘황찬란한 대형서점에서 그의 '기침과 침[咳唾]'을 다시 만났을 때, 어색하고 낯설기만 해 참으로 곤혹스러웠다. 활자는 눈에 익숙한데 여백이 너무 넓어 보인다. 다시 이 여백을 채워

넣을 수 있을까. 혹시 이 여백을 채워 넣기에는 일상에 너무나 익숙해진 것은 아닐까. 아니라고 얘기하고 싶건만, 뒤돌아보는 순간 자신이 없다. 가끔 들르는 낚지집에 혼자 앉아 소주를 두 병 째 들이키고 난 다음에야 풀죽은 40대는 간신히 사그라들던 '오기'를 추스릴 수 있었다. 그리고 이틀을 꼬박 김수영과 얘기했다. 처음엔 외계인과 통신이라도 하는 듯 낯설기만 하더니, 기억이 조금씩 비집고 들면서 심장 뛰는 소리가 조금씩 들리기 시작했다. 「방안에서 익어가는 설움」이 이러했으리라. "설움을 역류逆流하는 야릇한 것만을 구태여 찾아서 헤매는 것은/우둔한 일인 줄 알면서/그것이 나의 생활이며 생명이며 정신이며 시대이며 밑바닥이라는 것을 믿었기 때문에─/아아 그러나 지금 이 방안에는/오직 시간만이 있지 않느냐."

누군가는 병적이라고 말하지만, 김수영의 시를 보고 난 다음에야 조금은 덜 미안한 마음으로 철학자 김상환이 쓴 『풍자와 해탈 혹은 사랑과 죽음 ─ 김수영론』민음사을 읽을 수 있다. 김상환도 그렇지만, 김수영 시에 대한 견해는 사람에 따라 얼마든지 다를 수 있다. 그리고 내가 생각하기엔 이해와 해석이 다양한 아니 혼란스럽기까지 한 시야말로 시정신의 치열함을 보여주는 증좌이다. 좋은 예술이란, 니체식으로 말하자면, 질서를 거부하고 혼돈을 조장해야 한다조금 다른 맥락이긴 하지만 김수영이 '시는 무한대의 혼돈에의 접근'이라고 한 말을 기억하라. 그리해야 '춤추는 별'을 꿈꿀 수 있다. 춤추는 별, 역동적인 사유가 출렁이는 대지에서의 삶을 향한 꿈! 곳곳에서 우리의 삶을 옭아매고 있는 자본과 권력의 미늘을 제거하기 위한 몸부림─그것은 바로 시를, 김수영의 해타를 핥는 행위가 아닌가. 그러하다면 김수영의 시를 읽는 일이란 참으로 '굴욕'이 아닐 수 없다. 그러나 이 '굴욕'은 '춤추는 별'을 낳기 위해 스스럼없이 벌거벗는 자의 그것이어서 통상적인 의미에서의 굴욕과는 그 성격이 확연히 다르다. 굴욕을 거부하기 위해 굴욕을 선택하는 것,

이는 역설이라고까지 말할 것도 못 된다.

　김상환의 독법을 추인하거나 폄하할 생각이 없는 것도 그런 이유에서이다. 식민지인으로 남기를 암묵리에 소망하는 자가 허다한 상황에서, 프랑스에서 데카르트를 공부한 사람이 김수영의 시를 쉼없이 읽었다는 것, 그것만으로도 저자의 김수영 시에 대한 생각은 소중하다. 지금 우리의 현실과 삶에 대한 그의 생각과 반성이 김수영을 매개로 하여 치열하게 진행되어 왔다는 것을 나는 어렵지 않게 발견하기 때문이다. 역사와 현실로부터 자유롭지 않다는 것을 자각하고 역사와 현실의 이면을 들여다볼 수 있는 '용기'를 지닌 자만이 김수영의 시를 '앓을 수' 있을 것이라고 생각하는 것은 나의 오만 때문일까. 김상환의 말을 들어보자. "적어도 '자칭 예술파 시인들'을 경멸했던 김수영에게 시는 역사적 현실의 조형으로서, 따라서 정치학으로서 기능해야 했다. 시적 정치학 또는 도시학으로서의 작시는 역사적 현실이 분열과 모순을 겪을수록, 그래서 어떤 문화적 정체성을 상실할수록 자신의 본래적 과제를 재기억해야 했다. 또한 현실로 다가서는 방법을, 그 현실을 건축하는 공법을 생각해야 했다. 김수영은 그것을 다리 위에서 생각했다. 왜 하필 다리 위에서인가? 그것은 여전히 역사적 현실의 파편화와 단절에 대한 인식 때문이다."

　다시 읽는 김수영 시의 여백을, 그 아득한 빈칸을 메울 수 있을는지 의문이다. 그것은 나의 삶에 대한 성찰을 필요로 하는 '작업'이기 때문이다. "헌 기계는 가게로 가게에 있던 기계는/옆에 새로 난 쌀 가게로 타락해가고/어제는 카시미롱이 든 새 이불이/어젯밤에는 새 책이/오늘 오후에는 새 라디오가 승격해 들어왔다"「金星라디오」 부분는 김수영의 발언을 지금 나는 어떻게 들어야 하는가. 수많은 '새것'들이 밀려드는 통에 정신을 못차리고 새것으로 새것으로 매진할 때 우리에게 남을 그 가공할 삶의 진공을,

그 지독한 공허를 모면하려면 나는 김수영 시의 여백을 다시 메우기 시작해야 하리라. 나도 모르는 새에 도망쳐버린, 오래 전에 보았던 김수영에게 아니 나의 젊은 시절에 조금이라도 덜 미안해하기 위해. 이렇게 생각하면 『풍자와 해탈 혹은 사랑과 죽음—김수영론』은 김수영을 피해 다닌 나를 다시금 붙들어 세워 그 이유를 추궁한 심문자였던 셈이다. 지극히 온당한!

공간의 배치와 욕망의 배치

열 평짜리 반지하 방에서 궁색하게 살던 당신이 어찌어찌 하다 벼락부자가 되어 오십 평짜리 아파트를 구입했다고 가정해보자. 당연하게도 당신의 태도나 사고방식도 이전과는 판이하게 달라질 것이다. 그런 변화를 야기한 것은 무엇일까. 공간과 시간의 배치가 우리의 의식에 행사하는 강력한 영향에 대해서는 새삼스럽게 말할 필요조차 없는 상식에 속한다. 특히 어떤 물리적 요소의 특정한 배열을 통해 형성되는 사회학적 차원에서의 공간은 사회구성원의 의식을 규율하고 훈육함으로써 지배체제가 요구하는 주체를 생산하는 데 필수불가결한 기능을 담당한다.

그런 까닭에 공장, 학교, 가정 등의 근대적 공간이 자본주의적 인간을 어떻게 구성했는지를 들여다보는 일은 근대사회의 작동원리를 파악할 수 있는 중요한 지표가 된다. 특정한 공간적 배치가 발생하게 된 사회적 요인보다는 그것이 생산하는 사회적 효과를 집중적으로 조명한 이진경의 『근대적 주거공간의 탄생』소명출판이 흥미로운 이유는 이 때문이다. 근대적 주거공간의 배치가 근대에 이르러 나타난 특정한 욕망의 배치와 밀접한 관련이 있다는 관점을 견지하고 있는 이 책은, 내밀한 사적인 공간으로 인식되는 주거공간마저 자본주의적 인간을 생산하기 위한 치밀한 기획에서 벗어날 수 없다는 점을 지속적으로 환기한다.

그러니까 핵심은 근대적 주거공간이 자본주의적 주체를 어떻게 생산했는가 하는 점일 터인데 이는 중세적 생활과 주거공간의 배치의 차이를 보면 명백해진다. 중세의 가족은 부모 자식이나 핏줄을 나눈 친척은 물론, 함께 살며 일하는 도제나 노동자들 그리고 하인들까지 포함하며, 그들의 공통의 삶이 그 안에서 이루어지는 개방적인 단위였다. 주거공간의 배치는 이러한 생활 양상과 긴밀한 관련성을 지니고 있어, 중세의 주거공간에서 방들은 다양한 활동이 이루어졌다는 점에서 다기능적이고 다가적多價的인 공간이었으며, 어떤 특정한 기능으로 특정화되거나 단일화되지 않았다는 점에서 혼성적인 공간이었다.

이에 비해 현재의 우리의 삶을 규정하는 근대적 주거공간은 개인적인 공간과 공동의 공간 사이의 구별이 뚜렷하며 기능적인 분화도 매우 명확하다는 점에서 크게 대비된다. 그런데 주거공간에서의 내적인 분화는 주거공간 내부에서 사생활의 공간이 형성되고 발전함으로써 형성된 것이 아니라는 점에 유의해야 한다. 정반대로 그것은 '사적'인 것과 반대라는 의미에서 '공적' 공간으로 발전하는 데에서 비롯했다.

18세기 말 혹은 19세기 초에 이르러 주거공간의 배치는 가족주의를 설명할 수 있는 준거가 된다. 즉 가정이 모든 사랑과 정열을 집중해야 하는 배타적인 장소가 됨에 따라, 더불어 가족 외부의 모든 공통체적 관계나 사회적 관계에 대해 대립적인 세계가 됨에 따라, 가정성家庭性에 대비되는 사회성은 급격히 축소된다. 가족생활의 안정성을 위해 모든 것을 바칠 수 있으며, 그것을 위해서는 어떠한 것도 기꺼이 희생하고자 하는 태도, 달콤한 가정생활의 꿈을 방해하는 모든 것을 죄악으로 간주하여 비난하고 파괴하려는 태도는 이러한 새로운 욕망의 배치의 산물이며, 그 배치를 적절하게 보여주는 단면이다. 이러한 가족주의의 부상에 따라 르네상스시대 귀족들을 중심으로 성행했던 사교적 모임은 축소되며, 지속되는 경우에도 주거공간에서의 생활에서 더 이상 중심적인 위상을 갖지 않는다.

이제 주거공간은 '달콤한 가정생활'과 내밀성을 보장할 수 있는 공간으로 재배치된다. 다시 한번 강조하거니와, 이러한 주거공간의 변화는 사적 욕망의 내적 발전을 보증하는 게 아니다. 반대로 그것은 어린이와 가족 생활, 결혼과 성적 관계, 아이들의 양육방식과 교육방식 그리고 그와 결부된 방들의 새로운 이용 등처럼 서로 독립적이고 분리된 선들이 특정한 조건 속에서 하나의 새로운 생활양식을 구성하는 선으로 수렴하면서 나타났다는 것이다. 이와 같은 변화가 이른바 중간계급의 주거공간에서 발생한 것에 대해 우리의 주거공간과 가장 긴밀한 연속성을 갖는 노동자계급의 주거공간은 19세기의 격렬한 계급투쟁을 통해서 탄생한다. 소위 코뮌주의적 주거공간의 배치가 등장했던 것도 이 시기이다. 자본가들의 맞춤인간 생산 기획에 저항하여 주거와 생산의 결합을 모색한 것 역시 이러한 맥락에서 파악할 수 있다.

고도로 전문적이긴 하지만 푸코와 들뢰즈의 시각을 빌어 논의를 개진하고 있는 이 저서가 우리에게 던지는 의미는 만만치 않다. 흔히 자연스럽게 '발전'해온 것처럼 보이는 주거공간이 구성원들의 의식을 어떻게 규율하고 훈육해왔는가를 발견하고 나아가 욕망의 그물이 어떠한 방식으로 짜여졌는지를 이해하는 데 중요한 단서를 제공해줄 것이기 때문이다. 근대적 주거공간이 그 안에 사는 개개인에게 미치는 효과와 근대적인 삶의 형식을 공간적으로 조직함으로써 개개인을 근대적 주체로 생산하는 양상을

고구한 이 저작이, 서양 주로 프랑스의 주거공간의 변화를 추적하고 있음
에도 불구하고, 지금 우리의 생활과 의식의 형성을 살피는 데 튼실한 근거
로 사용될 수 있을 것이며 또 그리 해야 할 터이다. 자본주의적 인간의 밑
바닥을 들여다보기 위해, 나아가 도시를 점령해 버린 아파트가 우리의 의
식과 욕망에 어떠한 영향을 미치고 있는가를 보다 유효한 관점에서 판단
하기 위해, 마지막으로 새로운 주거공간을 설계하기 위해 근대적 주거공
간의 동선을 촘촘히 살펴야 한다.

사랑과 삶 그리고 혁명

바리케이트, 각목, 안전모, 입맞춤.『신좌파의 상상력―세계적 차원에서 본 1968』의 한국어판 표지그림. 해방을 향한 본능적 욕구의 확산 현상＝에로스효과. 더 많이 혁명할수록 더 많이 사랑을 즐긴다＝1968년 5월의 구호…… 그리고, 혁명의 순간들은 흔히 말하는 정치에서의 소외라는 것과는 대조적으로 정치를 에로스화한 순간들이었다고 선언하는 조지 카치아피카스의 생각을 시각화한 이 사진 한 장. 그 이미지는 여전히 생생하다. 빗속에서 진행된 우드스탁 페스티벌, 그 벌거벗은 몸과 지미 헨드릭스의 기타로 울리는 절규도 "상상력이 실용성을 대체하고, 협동과 존엄성이 인간의 경쟁심과 냉담함을 대체함으로써, 고된 일은 놀이로 되어간다"는 말과 함께 선명하다.

'파리에서 버클리까지, 베이징에서 프라하까지, 마르크스에서 마르쿠제와 사르트르까지, 체 게바라에서 지미 헨드릭스까지, 그리고 기억되지 않는, 베트남 정글의 수많은 전사들에서부터 바스티유 광장과 시카고 공원을 가득 메웠던 사람들까지, 전 세계를 뒤흔들었던 1968년, 신좌파의 모든 것'을 담아내고 있어 사회과학의 새로운 고전으로 평가받는『신좌파의 상상력』의 저자가 이제는 '1968년 이후의 자율적 사회운동'이라는 부제를 단 『정치의 전복』윤수종 옮김, 이후으로 자명성自明性의 허위에 길들여진 우리의 의식을 다시 한번 타격한다. 지금 우리가 살고 있는 삶이 삶의 전부가 아니라는 인식, 지극히 당연해 보이지만 현실적으로 실천하기엔 만만치 않은 인식이 '자율성'이라는 키워드와 함께 이 책 전반을 관통한다.

기존의 거대권력과 자본의 논리로 무장한 정치의 전복을 꿈꾸는 자율적 사회운동 또는 아우토노미아의 목표는 무엇인가. 독일과 이탈리아를 비롯한 유럽의 자율적 사회운동의 전개 양상을 서술한 후, 카치아피카스는 이렇게 말한다. "자율적 사회운동의 목표는 정치의 전복이다. 즉, 국가 권력의 장악이 아니라 일상생활과 시민생활의 탈식민화이다. 직접민주주의를 창조하려는 열망과 일인칭의 정치에 기반하여 자율적 사회운동들은 거대한 정부들과 기업들이 자신들의 의지를 부과하려는 구실로 삼는 통제 중심이라는 허위의 보편성에 반대한다. 정치의 전복은 더 많은 민주주의를 의미할 것이다. 아테네나 플로렌스 시민들이 상상한 것보다 더 많은, 미국혁명이 전망하고 간직한 것보다 더 많은, 전에 가능했던 것보다 질적으로 더 많은 민주주의를 의미할 것이다."

욕망마저 자본의 논리와 권력에 의해 균질화해버린 상황을 '삶의 식민화'라 부를 수 있을 터이다. 이러한 식민 상황에서 일상생활과 시민생활의 탈식민화를 지향하는 '정치의 전복'은 우리의 의식에 내면화되어 있는 식민성을 자각하고 이를 타개하는 것을 목표로 한다. 그런데 식민성의 정체를 파악하기란 쉽지 않다. 눈에 보이지 않는 미시권력의 그물이 지금 여기에서의 이대로의 삶이 당연하고 자명한 것으로 인식하도록 강요하기 때문이다. 우리의 삶을 향한 열정과 본능에로스은 질서와 규율이라는 이름 아래 길들여진다. '질서는 아름다운 것'이라는 슬로건이 우리의 몸과 의식 구석

구석에 하도 깊이 각인되어 있어, 아름다운 질서란 늘 폭력을 동반한다는 사실마저 자각하지 못하는 것도 어찌 보면 당연하다 할 수 있다.

새로운 삶의 가능성을 자율적 사회운동에서 찾고 있는 사람은 가치아피카스뿐만 아니다. 안토니오 네그리『디오니소스의 노동』와 펠릭스 가타리『분자운동』도 각각의 방식으로 획일화와 식민성을 강요하는 거대권력과 정치의 허위성을 비판하고 있으며, 활기를 띠고 있는 일련의 NGO운동도 같은 맥락에서 파악할 수 있을 것이다. 특히 NGO를 비롯한 시민사회운동은, 카치아피카스가 말한 바와 같이, 그 자체로 민주주의와 자유를 확대하는 데 결정적일 뿐 아니라 사회를 이해하는 열쇠이기도 하다. 동시에 자율적 사회운동은 우리의 전망을 명료하게 해주고 이전 시기로부터 우리가 이어받은 왜곡된 이미지들을 제거하도록 돕는 렌즈이기도 하다.

지극히 평범한 얘기지만, 특수한 경우를 제외한다면 인간은 사회를 떠나 살 수가 없다. 그렇다고 해서 개인의 삶이나 사고방식이 사회의 요구를 따라야 한다는 주장을 액면 그대로 수용하기도 어렵다. 사회는 얼마든지 그 구성원에 의해 재구성될 수 있을 것이기 때문이다. 역사가 수많은 혁명으로 이어져 왔다는 것을 잘 알고 있는 우리는, 지금 여기에서의 삶이 어떤 성격의 권력에 의해 조작되는지를 자각하고 그 허위와 기만을 전복할 수 있는 혁명을 모색해야 한다. 여기에서 혁명의 이미지가 반드시 핏빛인 것은 아니라는 점을 기억해야 한다. 카치아피카스가 말하듯이 자율적 사회운동은 충분히 혁명일 수 있지만, 그것은 자신의 삶과 타자의 삶을 다 함께 인정하는 사랑을 전제로 한다. 물론 사랑은 항상 투쟁을 대가로 요구한다는 것은 부연할 필요도 없으리라.

육체, 생명의 샘 또는 예술의 원천

피터 부룩스의 『육체와 예술』^{이봉지 · 한애}
경 옮김, 문학과지성사 276면 상단을 보면, 귀스타프 쿠르베가 1866년에 그린 〈세상의 기원〉이라는 제목의 그림이 놓여 있다. 검은 거웃이 무성한 성기를 중심으로 벌거벗은 여성의 몸을 그린 작품이다. 유방께는 시트로 살짝 가려져 있다. 이 그림을 보면서 내가 주목한 것은, 그림에 대한 감식안을 갖추지 못한 탓이겠거니와, 그림 자체보다는 오히려 〈세상의 기원〉이라는 제목이다. 신화적 비유를 동원하지 않더라도 자궁이 세상의 기원이며 생명의 근원이라는 것을 모르는 사람이 어디 있겠는가마는, 그 성스러운 '처소'가 어쩌다가 이처럼 타락하고 말았는가에 생각이 미쳤기 때문이다. 무엇이 또는 누가 성스러운 처소를 더럽혔는지를 따질 여유는 없다. 다만 우리의 몸이 왜 은폐해야 할 대상이 되어버렸는지, 왜 철저하게 사물화 혹은 타자화하였는지에 관한 상상은 우리들 사유의 새로운 가능성을 열어 보일 수 있을 것이라 생각할 따름이다.

우리 시대의 육체는 신성한 기원을 철저하게 파괴당한 채 '불온한 시선'의 한갓 노리개로 전락하고 말았다. 표현이 맘에 들지 않긴 하지만 나

는 이렇게밖에 말할 재주가 없다. 푸코라면 이렇게 말했을 것이다. 몸은 단
순히 담론의 초점이 아니라 일상의 관습들과 대규모 권력조직의 연결고리
그 자체이다. 우리는 개개인은 육체·몸짓·일상행위에 접근함으로써 근
대의 제도적 장치 속에서 권력의 미시물리학이 어떻게 작동하는지를 알
수 있다! 라고. 권력의 시선은 불온하다. 그것은 규율을 신체에 각인하고
훈육을 육화함으로써 육체가 지닌 기원으로서의 신성한 성격을 박탈해 버
린다. 오해하지 않길 바라건대, 내게 육체의 신성성을 강변할 생각은 조금
도 없다. 쿠르베의 그림에서 보듯 세상의 기원을 은폐함으로써 권력이 노
린 게 무엇이었는가를 반드시 물을 수 있어야 한다는 점을 강조하고 싶을
뿐이다. 이성에 의해 유폐되었던 우리의 몸은 프로이트와 그리고 니체의
지원 하에 서서히 원기를 회복할 수 있었다. 이제 육체는 언어보다 더 많
은 의미를 담아내는 기호로 당당하게 부상하기 시작했다.

피터 부룩스가 말하고 있듯이 『육체와 예술』은 일상생활의 역사와 정
신분석학 그리고 페미니즘론이 교차하는 지점에 놓인다. 일상생활이나 사
생활의 역사에 관한 연구와 이론 구성은 이미 낯설지 않으며, 정신분석학
이나 페미니즘론도 그러하다. 그런데 이들 논의가 근대 서사문학을 중심
으로 하여 전개될 때에는 사뭇 긴장감마저 감돈다. 그 이유는 육체에 관한
글쓰기가 "한편으로는 육체를 의미체계 속에 포함시키려는 우리의 욕망,
그리고 또 한편으로는 육체가 타자일 수밖에 없으며 또한 의미영역의 외
부에 즉 글쓰기의 피안에 존재한다는 깨달음이라는 전혀 상반되는 두 경
향 사이"에서 이루어지기 때문이다. 육체는 정신적 갈등이 각인되는 장소
임과 동시에 인간 상징의 근원이기도 하다. 그런 까닭에 육체에 관한 담론
은 긴장을 동반할 수밖에 없다. 그러한 육체가 또는 육체에 관한 이야기가
소설 속에서 어떻게 개진되는가를 살피는 일은 결국 인간 정신에 대한 인

식의 궤적을 추적하는 것과 크게 다르지 않다.

진부한^{지극히 신성한!} 인용을 용서하기 바란다. "그녀의 몸에 온기가 도는 것만 같았다. 그는 다시 한번 그녀의 입술에 대고 손으로 그녀의 유방을 만졌다. 그가 손으로 만지자 상아는 그 딱딱함을 잃고 부드러워졌다. 말랑말랑한 표면에 손가락 자국이 났다. 마치 히메투스의 밀랍이 햇볕에 녹아 사람의 손가락에 의해 다양한 용도로 사용될 수 있는 여러 물건으로 만들어지듯이. 연인은 한편으로 놀라고 또 한편으로 잘못 보았을까 겁이 나 그 자리에 우뚝 섰다. 그러고는 기뻐하면서 그러나 일말의 의심을 가지고 여신에게 아내로 줄 것을 빌었던 바로 그 대상인 조각 처녀를 자꾸만 손으로 문질렀다. 그것은 정말 인간의 육체였다! 그가 엄지손가락으로 혈관을 누르자 혈관 속에서 맥박이 느껴졌다." 피그말리온이 갈라테아를 어루만져 육신으로 확인하기까지의 망설임과 그 후의 경이를 기억하는 사람이 어디 예술가뿐일까마는, 우리가 '몸' 그러니까 이성^{理性}이 '갈라테아처럼 조각해놓은 것'에 생명을 불어넣어 맥박이 뛰게 할 수 있는 힘의 원천이랄까 근원이 무엇인가를 새삼 묻지 않을 수 없다.

몸은 이성의 억압에서 이미 벗어나 있었다. 다만 우리가 그 실체를 회피했을 뿐이다. 몸은, 우리의 '성스러운' 육신은 다시 부활을 꿈꾸어야 한다. 우리의 기억을 몸만큼 정확하게 떠올리는 '언어'가 도대체 어디 있단 말인가. 이제 몸은 일상에서 제 몫을 찾아야 한다. 피터 부룩스에 따르면 서사적 글쓰기라고 말하는 소설은, 이성이 몸을 노예화한 그 순간부터^{아니면 그 이전부터} 조각이 되어버린 또는 화석화해 버린 우리의 몸에 온기를 불어넣는 작업을 멈추지 않았다. 루소의 『신엘로이즈』에서부터 마그리트 뒤라스의 『연인』에 이르기까지, 몸과 몸을 둘러싼 언어는 쉼없이 억압과 규율의 담을 넘어 발언하기를 멈추지 않았다. 어디 소설뿐이겠는가. 고갱이 타이

티의 여인들을 사랑하고 그 사랑을 그려낸 그림을 그저 겉멋에 젖은 오리
엔탈리즘의 소산이라고 쉽사리 애기하지 못하는 이유도, 그 바닥을 들여
다 보면, 도구적 이성이 빚어낸 근대문명의 화려한 껍질을 '야만'의 시선
으로 응시하고자 한 고달픈 천재의 붓질에 동감을 표하지 않을 수 없기 때
문이다.

페테르부르그의 '잔인한 천재'

　　　　　　　　　　책세상이라는 이름의 출판사에서 발간
하고 있는 '위대한 작가들 총서'를 읽는 일은 참으로 즐겁다. 내가 본 것은
토마스 만 · 플로베르 · 횔더린 · 프루스트 등이다. 이외에도 릴케 · 엘리
엇 · 콘라드 · 포크너가 손길을 기다리며 방 한 구석에 쌓여 있다. 콘스탄
틴 모출스키의 『도스토예프스키』^{임현택 옮김, 책세상}에 밀렸기 때문이다. '밀렸
다'는 표현이 어색하긴 하지만, 적어도 나에게는 도스토예프스키보다 위
대한 작가는 '아직' 없다. 게다가 그 이름만 들어서 알고 있던, 도스토예프
스키를 말할 때라면 빼놓을 수 없는 콘스탄틴 모출스키의 책임에랴. 이제
야 우리에겐 도스토예프스키의 전모를 파악할 수 있는 길이 열린 셈이다.

　도스토예프스키의 이름을 떠올리는 것만으로도 나는 설렌다. 뚜렷한
이유는 물론 없다. 누구를 좋아하고 싫어하는 데 무슨 까닭을 구구절절이
설명하는 것만큼 성가신 게 없다. 그래도 굳이 묻는다면 나는 이렇게 대답
할 수밖에 없다. 그는 나의 병을 대신 앓아 준 사람이기 때문이다, 라고. 해
서 나는 2000년 초여름 그의 소설전집이 나오기까지 많은 시간을 애태웠
다. 몇날 밤 '예쁘게' 장정된 그의 전집을 쓰다듬으며 19세기 중후반 러시

아를 꿈꾸었다. 그리고 읽기 시작했다. 시내버스를 타고 종점에서 회차지점까지 몇 번을 오락가락 하다보면 『가난한 사람들』과 『여주인』과 『노름꾼』과 『상처받은 사람들』과 『백치』와 『미성년』과 『죄와 벌』과 『까라마조프 씨네 형제들』 등등이 하나씩 나의 지치고 병든, 나태하고 찌든 나의 내면을 헤집고 갔다. 그렇게 2000년이 갔다. 회색 도시 서울에서 도스토예프스키와 함께 나는 그가 헤매며 돌아다녔던 페테르부르그를 꿈꾸었다. 그렇게 시간이 또 흘렀다…….

젊은 시절의 도스토예프스키와 함께 같은 아파트에서 생활했던 의사 리젠캄프는 그의 모습을 이렇게 묘사한다. "그는 밝은 금발, 상당히 펑퍼짐한 얼굴에다 코가 약간 들처진 인물이었다. 밤색에 가까운 밝은 금발의 머리를 짧게 깎았고, 솟은 이마와 숱이 적은 눈썹 밑에는 조그맣고 움푹 팬 눈이 숨겨져 있었다. 주근깨 투성이의 두 뺨은 창백했다. 안색은 병자와 같았고 흙빛이었으며 입술은 두툼했다. 그는 단정한 모습의 자기 형보다 활동적이었으며 열정적이었다……. 그는 시를 정열적으로 사랑했으나 오직 산문만 썼다. 형식을 가다듬을 만한 인내심이 없었기 때문이다. 그의 머리 속에서는 소용돌이의 물보라처럼 많은 생각들이 떠올랐다." 내면에서 꿈틀대는 창조의 힘을 감당하지 못해 몸부림치는 그의 모습이 손에 잡힐 듯하다. 그래서 이렇게 말했으리라:자신의 내부에 무궁무진한 힘이 있는 것을 알면서도, 자신의 본성에 거짓되고 위배되는 어떤 현실 속에서……. 다시 말해 거인이 아니라 난쟁이 같은, 어른이 아니라 코흘리개 아이에게나 어울리는 생활 속에서 그 힘들이 상실될 때, 그 사람의 인생은 얼마나 슬픈지요!

끝없이 투덜거리기만 하며 '난장이'로 살아가고 있는 나의 모습을 향한 질타라 아니할 수 없다. 그는 엄청난 지적 호기심에 목말라 한다. 호메로스·발자크·E.T.A. 호프만 등등이 고독한 그의 동반자였다. 그리고 그는 '현실보다 환상적인 것은 없다'고 선언하며 러시아 현실에서 산문을 본다. 잿빛 도시 페테르부르그에서. 하기야 그는 『미성년』에서였던가, 페테르부르그를 산문과도 같은 도시라 말한 바 있다. 그는 산문 즉 소설을 빌어 고골리와 푸쉬킨을 다시 읽고 다시 쓴다. 그 도시 페테르부르그의 관棺과도 같은, 선실과도 같은 골방에서. 이 책의 초반에 인용되어 있는 '네바강에 비친 자신의 환상'에 관한 기록의 일부를 보자. "강자이든 약자이든 간에 모든 거주민들을 포용하는, 거지의 피난처이건 금빛 궁전이건 간에 모든 것을 아우르는, 이 세계는 결국 이 황혼의 시간에 환상적이고 매혹적인 환상, 검푸른 하늘로 당장 수증기처럼 사라져버릴 하나의 미망과도 같았다."

누가 이 사실을 모르겠는가마는 그 '미망'을 처절하게 추궁함으로써 인간과 세계의 이중성을 파헤치기란 결코 쉬운 일이 아니다. 도스토예프스키는 '산문적인 존재들'을 빌어 이를 그려낸다. 탁월하다느니 놀랍다느니 하는 감탄사가 오히려 쑥스럽다. 그야말로 저주받은 악마의 영혼을 지니지 않은 인간이라면 결코 도달할 수 없는 경지란 이를 두고 말함이 아니겠는가. 그는 악마였다. 그는 죽음을 빠져 나와 도박과 간질병 그리고 신경쇠약증과 내내 더불어 살았다. '정상적인' 사회에서는 도저히 용납될 수 없는 그런 삶을 살지 않고서는 우려낼 수 없는 자유로운 영혼의 모습이, 귀기鬼氣를 내뿜는 그의 작품이 하나씩 되살아 온다. 그리고는 이렇게 말한다. 지금 너희들이 누리고 있는 삶은 결코 정상이 아니다. 제도와 자본에 의해 길들여진 노예의 삶이다. 비정상적인 삶을 추구하라. 너의 영혼의 외침을 모른 체하지 마라.

아무래도 무리일 듯싶다, 지극히 '정상적인' 삶을 사는 내가 그의 마성魔性을 수용하기란. 더구나 그의 삶의 행적을 한두 마디로 잘라 말하기란 얼마나 무모한가. 하나만 더 말하기로 하자. 콘스탄틴 모출스키의 이 책과 도스토예프스키 소설전집을 함께 놓고 읽어보기를 권한다. 이 책은 도스토예프스키의 전기적 행적과 작품이 긴밀하게 직조하고 있다. 모출스키는 그의 작품은 그의 삶과 떼어놓을 수 없다는 것을 누누이 강조한다. 전기와 작품을 나란히 읽을 때 작품 속의 수많은 인물들이 도스토예프스키의 모습과 겹쳐 되살아 올 것이다. 적어도 나에겐 그러했다. 적어도 나에게 도스토예프스키는 그리스도의 모습을 한 근대의 예언자이자 수도승이다. 이렇게밖에 말할 수 없다. 제발 도스토예프스키의 말좀 들어보십시오. 그리하면 지금 우리의 모습이 얼마나 추레한지를 알 수 있을 터이니까요.

콘스탄틴 모출스키는 도스토예프스키의 다음과 같은 발언을 빌어 자신의 사상을 기독교의 역사로 증명했다고 말한다. "이야기가 나온 김에 말인데, 고대 기독교회는 무엇이었습니까? 그리고 그것이 추구하던 바는 무엇이었는지 생각나십니까? 그것은 그리스도 직후에 발생했습니다. 모두 헤아려도 몇 사람밖에 되지 않았지만, 그들은 그리스도 사망 후 며칠도 지나지 않아, 개인의 자기 완성 원칙에 따라 도덕적 희망에 전적으로 기초하고 있는 '시민적 형식'을 찾으려고 노력했습니다. 기독교 교회 공동체가 시작되었고, 곧 새롭고 듣지도 못한 민족성이 형성되기 시작했습니다. 그것은 완전히 형제애적이고 인류보편적이며 세계교회적인 형태를 취합니다." 저주받은 영혼 도스토예프스키가 꿈꾸었던 세상은 바로 이것을 두고 말함이리라. 그것은 영영 꿈일까. 막연한 꿈이라고 한다면 '대심문관'인 그는 우리에게 무슨 말을 할까. 아마 이렇게 일갈하리라. 꿈이야말로 새로운 세계를 향한 정신의 혁명을 추동하는 원동력이라고. 이제 우리는 도스토예프스키를 빌어 니체와 프로이트를 다시 만날 수 있다.

전복적 상상력 또는 축제의 꿈

그게 책이든 뭐든 인쇄된 글자를 대하고 있지 않으면 까닭 없이 불안해지는 이유는 무엇인가. 죽은 활자들을 머릿속에 하염없이 쌓아놓기만 해서 도대체 어쩌자는 말인가. 비좁은 공간에서 숨죽이고 있던 그것들은, 지금쯤, 아주 은밀하게, 나의 이토록 '평온한 삶'을 뒤흔들어 놓을 모반을, 더없이 정연한 정신의 신경계를 교란할 책략을 도모하고 있지는 않을까. 그러다가 어느 날 갑자기, 도저히 저항할 수 없는 기세로 달려들어 나를 고문하지는 않을까. 수정체를 통과하여 뇌 어느 구석에 아무렇게나 처박히는 활자들은, 정녕, 거무튀튀한 뻘처럼 널부러져 있는 시간의 공포를 망각하기 위한 향정신성의약품인가 아니면 경계선 위에서 춤추는 데 필요한 담력을 기르기 위한 정신건강보조식품인가. 언제까지 책만 들여다 보고 있을 것인가, 한 걸음 더 나아가 일상의 폭력이라는 게 무엇인가에 관해 고민하다가 이런 생각을 했다. 그 지독한 무력감이라니.

불행하게도 이 무력감을 치유할 방도가 없다는 것을 모를 만큼 순진하지는 않다. 다시 활자를 빌어 잠시 진정시키는 도리 외에 무슨 뾰족수가 있을 리 만무하다. 가공할 악무한惡無限, 하나 다른 수가 없다. 여기 다시 세 권의 책이 있다. 하나는 잘 알려진 신학자 하비 콕스의 『바보제 : 제축과 환상의 신학』현대사상사, 다른 하나는 '연극과 축제에 관한 시론'이라는 부제가 달린 알프레드 시몽의 『기호와 몽상』동문선, 그리고 마지막 하나는 『어떻게 인간적 상황을 벗어날 것인가―인간과 종교, 제사, 축제, 전쟁에 관한 소묘』문예출판사라는 제목의, 조르쥬 바타이유가 쓴 것이다. 이 세 권의 책을 관통하고 있는 키워드는 '축제'다. 그렇다면 왜 새삼 축제가 문제인가. 인류학적 · 종교적 관점에서 보든 아니면 철학적 혹은 사회학적 시각에서 보든 지금 우리의 삶이 '정상적'이라고, 아니면 행복하다고 얘기하는 사람들에게 이런 책은 아무런 의미가 없다. 하비 콕스는 인간의 본질을 호모 페스티부스homo festivus 또는 호모 판타지아homo fantasia라는 말로 정의한다. 그의 말을 따른다면 축제로서 일상을 전복하고 상상력을 빌어 인간 존재의 불구성을 재확인하는 하려는 사람들에게 우리의 삶은 정상적인 것일 수가, 행복한 것일 리가 없다.

이런 생각을 하다가 우연히 마주친 프랑스 노르망디 출신이라는 낯선 연극 평론가 알프레드 시몽은 이렇게 말한다. "우리는 '지금 여기에서' 축제를 개최하지 않으면 안 된다. 축제는 우리를 가두어 놓고 있는 보이지 않는 벽의 출구를 뚫을 수 있는 마지막 기회이다. 축제는 오늘날의 정치영역에서 볼 수 있는 조롱에 직면하여, 인간적 요구의 꼭대기에 붙어 있는 인간에 대한 멸시에 직면하여, 폭력의 유혹에 직면하여, 이데올로기적 환상에 직면하여, 이 시대의 선한 사람들을 노리는 선악이원론이란 끔찍한 유혹으로부터 벗어날 수 있는 마지막 기회인 것이다. 그것은 '현재 모습대로의' 세계와 인간의 실존이라는 항구적인 스캔들 앞에 놓인 사막에서 벗어나는 길이다." 물론 축제는 파괴를 위한 파괴가 아니다. 억압되어 있던 생명의 에너지가 분출하는 장場이다. 여기에서 비로소 변함없는 또는 지속적인 일상성을 일탈하여 삶과 인간 생명의 의미를 되물을 수 있다. 하비 콕스의 말마따나 '제축기능과 환상능력'이 원숙한 모습을 보였던 중세의 '바보제'를 복원함으로써 현대의 인간이 직면한 정신적 위기를 돌파할 수 있을는지도 모른다.

이 이야기에 잠시 안도의 한숨을 내쉬어 보기도 하지만, 정말 그럴 수 있을까라는 의문에 확답을 내릴 자신은 없다. 왜 그런고 하니 연극을 즐길 깜냥도 턱없이 부족한데다 축제의 흔적마저 아득한 기억 속에서 간신히 길어 올릴 수밖에 없기 때문이다. 그렇다고 자본과 권력이 휘두르는 폭력에 순응하면서 무기력을 언제까지 유예하고 있을 수만은 없는 노릇이다. 따라서 미래를 창조하기 위해 과거를 파괴해야 한다고 말하는 하비 콕스를 빌어, 세계를 연극적으로 재창조하는 일은 세계를 재건코자 하는 계획의 핵심이며, 해방된 사회란 모든 사람이 스스로의 연극을 창조할 능력을 가진 사회를 의미한다고 단언하는 알프레드 시몽을 안내자로 삼아, 그리고 사물의 질서는 지속을 위해 삶을 억제하지만 신성神性은 그것을 비등하게 하는 놀라운 폭발, 즉 폭력이라 말하는 조르쥬 바타이유를 길잡이로 하여, 끝없이 망각의 심연으로 추락하는 투쟁의 은유로서의 축제를 기억하는 일이 무용하지만은 않을 것이다. 결국 '그때'가 좋았지라는 체념의 수사를, 좋았던 '그때'를 적극적으로 기억해야 한다는 당위의 수사로 대체할 수 있어야 나와 우리의 존재에 덜 미안할 터이다.

이쯤에서 책은 읽는 일이, 다시 말해 활자를 풀어헤쳐 일상의 폭력을 격파해나갈 수 있는 무기로 다시 만드는 일이 무의미하지 않을 것이라며 풀죽은 '나'를 다독거릴 수도 있지 않을까. 다독거림이 비겁한 위안으로 그치지 않도록 『바보제』와 『기호와 몽상』과 『어떻게 인간적 상황을 벗어날 것인가』를 한번 더 꼼꼼히 읽어야 하리라. 왜 종교가 삶을 환상화하는 능력인지를, 브레히트, 아르토, 베케트 등이 연극을 통해 현실을 어떻게 주시했으며 그들이 '창조'한 연극이 어떤 종류의 축제였는지를 역동적인 문체로 그려내는 이 책을 뒤덮고 있는 활자들의 출렁임에서 우리의 삶을 재구성할 힘을 발견해야 한다. 그리고 이들 활자 사이사이에서 숨쉬고 있는 마르크스와 니체와 랭보와 카프카와 존 케이지의 핏자국 선명한 생각을 기억해야 한다. 그러고 난 후에 자본의 파시스트적 권력이 대중매체를 앞세워 축제를 어떻게 파괴했는지를, 화폐로 환산되는 세속의 시간이 성스러운 시간을 어떤 식으로 추방했는지를 하나하나 따져보아야 한다. 그리하여 지금의 평온과 행복이 가짜이며 얼마 안 있어 환멸로 귀결하고 말 것이라는 사실을 확인해야 한다. 이럴 때 책읽기는 또 다른 축제와 투쟁을 마련하는 계기가 될 수 있을 것이다.

　숙명이라고까지 말할 수는 없겠지만 활자들의 미로를 헤매지 않고서는 견뎌내지 못할 터, 그렇다면 우리는 이렇게 말해야만 한다. 활자들이여 이 평온한 삶을 전복하라, 이 정연한 정신의 신경계를 교란하라, 그대가 지닌 검은색이 검은색이 아님을, 푸른 빛 죽음이 붉은 빛 삶일 수 있음을 증거하라, 그리하여 나와 우리의 푸석푸석한 일상을 폭파하라, 경계선 위에서 내가 춤출 수 있도록……. 이는 위악적 포즈도 아니며 위선적 독설도 아니다. 적어도 나의 경우는 '실존적 진실'이다. 바타이유는 "책은 단순한 파편들 더미가 아니라 건축물로서의 자아의식"이라고 말하고 있지 않은가. 이 세 권의 책과 함께 르네 지라르의 『폭력과 성스러움』^{민음사}, 엘리아데가 쓴 『우주의 역사』^{현대사상사}와 아울러 질베르 뒤랑의 『상징적 상상력』^{문학과지성사} 등을 읽고서 시몽의 다음과 같은 말을 되새긴다면, 당분간 이 우울한 무력감에서 탈출할 수 있는 돌파구를 발견할 수 있을지도 모를 일이다.

"투쟁이 없으면 축제도 없고 축제가 없으면 투쟁도 없다. …… 의심할 것
도 없이 탁월한 혁명적 임무는 다음과 같은 것일 터이다. 즉 마술적 의미
를 되돌려 주고, 각자 사물이 지시하는 신성한 힘을 모든 인간으로 하여금
되찾게 하며, 과학의 냉철한 이성이 강조해왔던 익명성으로부터 사물을
복원하여 본래의 자리로 되돌려 놓는 것, 그것이 바로 연극과 축제를 복원
해야 하는 이유이다."

한국사의 모험

역사는 보는 사람의 수만큼이나 다양하게 기술될 수 있다. 국사 교과서가 하나뿐인 우리 사회에서 한국사가 둘 아니 그 이상으로 얼마든지 존재할 수 있다는 말 자체가 낯설게 들릴지도 모른다. 그러나 역사는 복수複數로 존재한다는 말은 여전히 유효하며 또 그러해야 한다. 역사적 사실들historical facts을 재구성하거나 편집하는 게 역사인 까닭에 관점에 따라 또는 시대상황에 따라 역사는 얼마든지 '조작'되거나 '왜곡'될 수 있다조작이나 왜곡이라는 말이 안고 있는 부정적인 뉘앙스에 현혹될 필요는 없다. 남경태가 '편집'한 『종횡무진 한국사』그린비를 중·고등학교에서 교재로 사용되고 있는 국정교과서와 나란히 놓고 읽다보면 이러한 사실을 어렵지 않게 확인할 수 있다.

이 책의, 그러니까 저자의 시각은 국정교과서의 그것과 판이하게 다르다. 이 책에 따르면 우리는 단군의 자손이 아니다. 적어도 의심할 여지가 많다. '반만년 단일민족의 역사'라는, 그 자랑스러운 '허구'를 정면으로 비판하고 있는 것이다. 저자의 말을 빌면 "원래 역사에는 국적이라는 게 없다." 지금 우리가 읽고 있는 역사란 근대 국가가 형성되면서 '만들어진' 것에 불과하다. 이러한 입장에서 그는 지역사의 관점을 도입하여 한반도에서 살아온 사람들의 역사를 서술해나간다. "국사가 사람의 역사를 가리킨다면 지역사는 땅의 역사라는 의미가 더 강하다"는 게 이 책이 견지하고 있는 기본 입장이다. 물론 땅의 역사는 사람의 역사를 포함한다.

지역사의 관점을 택하고 있는 까닭에 이 책에서는 '순수혈통을 간직한 한민족'의 우수성에 대한 과장이나 미화를 찾아볼 수가 없다. 다만 한반도에서 성쇠흥망을 거듭한 왕조들과 중국과의 관계를 '가감 없이' 보여주고자 한다. 이때 중국은 일개 국가가 아니라 하나의 거대한 문명권을 뜻한다. 사실 한국의 역사는 거의 모든 측면에서 중국의 영향을 고려하지 않고서는 상상할 수 없다고 해도 과언이 아니다. 한민족의 우월성을 강조하다 보면 중국문화로부터 상대적으로 자유로운 측면만을 과대포장할 가능성이 높다. 그런데 이와 같은 태도야말로 역사를 보는 시야를 협소하게 할 따름이다.

역사기술상의 '자유분방함'은 이 책이 지닌 또 다른 미덕이다. 이를 두고 역사기술상의 수사학적 특징이라 할 수 있을 터인데, 저자는 일상에서 사용되는 언어들을 스스럼없이 끌어들여 엄숙한 역사를 우회적으로 뒤집는다. 마치 눈앞에서 강의를 듣는 듯한 생동감을 맛볼 수 있는 것도 이 때문이다. 이성계를 얼굴마담으로, 정도전을 실질적인 오너로 명명하고 이들의 관계를 흥미롭게 서술하고 있는 부분이 단적인 예이다. 그런데 이 책에서 구사하고 있는 수사학은 흥미의 차원을 넘어서는 의미를 지니고 있다. 엄숙해야 한다는 고정관념이나 편견을 깰 수 있는 계기를 제공해주기 때문이다. 지금 여기에서 우리가 쓰고 있는 말들을 역사의 현장으로 밀어넣음으로써 역사와 현재의 소통가능성을 활짝 열어놓고 있다는 것도 이러한 맥락에서 이해할 수 있다.

 시작을 위한 에필로그

두말할 필요 없이 우리가 역사를 알고자 하는 이유는 현실을 다른 관점에서 바라보기 위해서이다. 역사적 사실을 '다르게' 이해할 경우, 현실적 문제를 바라보는 시각도 바뀔 수밖에 없다. 하지만 개별적인 역사적 사실에 관한 이해만으로는 충분하지 않다. 역사에 관한 통사적인 이해가 전제되지 않는 한, 개별적인 사건에 대한 이해는 별다른 의미를 지니지 못한다. 다시 말해 '흐름'을 파악해야 개별 사안을 비교적 정당하게 해석할 수 있을 터이다. 그야말로 동서고금을 종횡무진 여행하는 이 책에서 우리는 그 의미를 이해할 수 있을 것이며 동시에 '비주류'의 역사가 왜 쓰여져야만 하는지를 다시 생각할 기회를 얻을 수 있을 것이다.

책의 비판, 책의 상상

죽음과 맞선 고독의 기록, 그 '판독'의 이면
『길가메시서사시』를 만나기까지

　　　　　　　　　　　대학을 졸업할 무렵, 나는 '신화의 시간'
에 빠져 있었다. 누구에게나 어디로 가야 할지 막막하기만 한 시절이 있게
마련이겠지만, '그 때 그 시절' 짧지 않은 고독과 방황의 시공간을 통과하
고 있던 내게 신화와 전설은 둘도 없는 '요람?'이었다. 물론 세월이라는 파
스텔이 어느 정도 기억을 덧칠하기는 했겠으나, 아직도 20대 중후반 신화
와 함께 했던 시간은 이따금 선득한 그림자를 드리우곤 한다. 왜 그랬을까.
왜 지금도 북아메리카를 거쳐 아즈텍과 마야를 지나고, 중국과 인도와 지
중해를 건너 북유럽에 이르기까지, 아니 일본 북부와 시베리아와 광대한
러시아의 대지를 거쳐 중앙아시아와 흑해를 지나고 티그리스와 유프라테
스를 건너 이집트와 아프리카의 '머나먼 과거'로 떠나곤 하는 나의 습벽은
어디에서 비롯된 것일까. 왜 신화를 향한 여행은 늘 나를 설레게 하는 것
일까. 그리고 수많은 신들, 그 이름도 기억하기 힘에 벅찬 '다른 이름들'을
만나고자 하는 나의 열망을 쉽게 식지 않는 것일까.
　　지구상 곳곳에 흩어져 있는 신화는 입에서 입으로 전해오는, 자연과 인

간에 관한 수많은 물음과 답변을 담은, 아득한 시간이 빚은 '목소리'이다. 그 목소리가 하나일 리 없다. 각 지역 신화들의 울림이 서로 포개지고 어우러지는 사례도 적지 않지만, 이와 동시에 자연과 인간의 관계, 인간 내면의 공포와 환희를 서술하는 '이야기꾼'의 목소리는 종종 서로 어긋나기도 하며 단절적 비약을 감행하기도 한다. 이 상이한 '신화의 울림'에 귀를 기울임으로써 나는 현실의 획일적이고 균질적인 우리 삶을 되돌아보고 응시하는 시선을 찾고자 했는지도 모른다. 아마도 '그리스·로마신화'가 신화의 전부인 것처럼, 그러니까 신화의 다양한 목소리들과 울림들이 이 신화로 수렴되는 우리의 현실에 대한 불만도, 대륙을 가로지르는 신화 읽기를 부추긴 중요한 원인 중 하나였을 것이다.

우리들이 신화를 읽는 이유는 사람들의 수만큼이나 다양할 것이다. 그중 대부분의 사람들이 '그리스·로마신화'를 신화의 전부인 것처럼 알고 있다 해도 그다지 문제될 것은 없다. 신의 전능과 인간의 한계를 읽어내든, 서양문화의 기원을 찾든, 예술의 영감을 길어올리든, 수많은 메타포들의 의미를 발견하든, 그 신화 안에서 신화가 머금고 있는 상상력의 원천을 끌어낼 수만 있다면 그것으로 충분할 것이기 때문이다. 수많은 신화들의 성립 연대를 구체적으로 밝혀 그 변이 과정과 굴절 양상을 살피는 것은 나의 영역을 벗어나는 일이다. 그러나 한 가지, '그리스·로마신화'에 대한 우리의 애정이 서양문화에 대한 맹목적인 추종 탓은 아닌지 심각하게 되물을 필요가 있다. '그리스·로마신화'를 젖줄로 한 서양의 사상과 예술이 풍요롭다는 사실이 그 신화의 풍요로움을 반증하는 것이 아니겠느냐고 받아치는 사람도 있을 것이다. 하지만 결과가 원인을 보증하지는 못한다. 우리는 다양한 신화적 세계를 끊임없이 재탐사함으로써 새로운 의미들을 발견할 수 있을 것이며, 또 그러해야 한다. 메소포타미아의 수메르문명이 낳은 길가메시의 이야기가 새삼스럽게 떠오르는 것도 이 지점이다.

• • •

　찬바람이 몰아치는 2006년 겨울의 초입, 나는 다시 길가메시의 이야기를 읽는다. 그런데 20여 년 동안 수메르의 신화·역사·문명을 연구해 온 김산해金山海가 수메르어와 악카드어 판본을 직접 한국어로 옮긴『길가메시 서사시』는, N.K. 샌다스가 깔끔하게 '편집'한『길가메시 서사시』와 사뭇 다른 느낌을 전해준다. 2700~2800년 전 그리스의 신화 작가 호메로스가 썼다는『오디세이아』보다 2000년 먼저, '바벨탑의 신화'보다 적어도 1000년 먼저 씌어졌다는『길가메시 서사시』의 아우라를, 설형문자楔形文字를 새겨 넣은 점토판에서 확인할 수 있기 때문일 것이다. 샌다스판版이 오랜 세월이 새긴 주름을 매끈하게 펴놓은 것 같다면, 김산해판版은 시간의 흔적이 할퀴고 간 점토판이나 지구라트의 유적처럼 그 주름들이 훨씬 선명하다.

　고대의 문자는 인간과 인간이 생각을 교환하는 매개였을 뿐만 아니라, 중국의 갑골문자의 역사가 보여주듯이, 인간과 신, 인간과 자연을 연결하는 매개였다. 그런 문자의 역사를 짚어가면서, 그 깊은 주름 속을 들여다보면서, 세월이 앗아간 목소리를 재구성해가는, 이른바『길가메시 서사시』를 판독하는 고고학적 여정도 길가메시가 '영생의 풀'을 찾아가는 길만큼이나 험난했다. 기원전 28세기경 우루크를 126년 동안 지배한 왕 길가메시의 이야기는, 대개의 신화나 전설들이 그렇듯이, 상당 기간 노래=詩로 구전되다가 그중 뛰어난 곡들이 문자로 기록된 것으로 보인다. 예컨대 기원전 18세기경에 기록된 것으로 추정되는 길가메시에 관한 시 다섯 편의 일부가 현재 전하는데, 이들은 그 이전에 기록된 시들의 사본일 가능성이 높다.

　　이어서 기원전 18세기 고바빌로니아 왕국을 통치했던 함무라비 왕 재위 당시 악카드어를 사용했던 바빌로니아인들도 '영웅' 길가메시의 전설을 기록하기 시작했으며, 기원전 1300년과 1000년 사이 신 레케 운니니[Sin-leqe-unnini]라는 시인이 그때까지 전해지던 길가메시 전설을 하나의 서사시로 편집했다고 하는데, 오늘날 우리들이 쉽게 접할 수 있는 길가메시의 이야기는 이 판본을 표준으로 한 것이다. 백과사전 『위키디피아』에 따르면, 그 후에 발견되는 여러 판본은 어느 정도의 차이는 있어도 모두 이 표준판을 기초로 하고 있다. 현존하는 가장 완전한 형태의 판본은 니네베[니느웨]에 있는 아시리아 왕 앗슈르바니팔[재위 기원전 668~627년]의 서고에서 발견된 12개의 점토판에 기록된 것이다. 그러나 이것도 완전히 전하지 않아 학자들은 부분적으로 전해지는 여러 판본으로부터 그 전체 모습을 복원하고 있다.

● ● ●

　　앞서 샌다스의 버전이 '매끄럽다'고 했거니와 그것 역시 오랜 시간 동안 많은 학자들이 심혈을 기울인 결과라는 점을 새삼 말할 필요도 없을 것이다. 다만 나는 우리들이 읽을 수 있는 『길가메시 서사시』 중에서 설형문자의 자취를 그려 보여주는 김산해의 버전이 훨씬 생동감 있다는 점을 지적하고 싶었을 따름이다. 설형문자의 자취란 몇몇 글자의 모양을 사진으로 볼 수 있다는 것만을 뜻하지는 않는다. 히브리신화와 그리스신화에 앞서 기록된 '원본'『길가메시 서사시』의 숨겨진 의미를, 떨어져나간 점토서판의 행방을 찾는 고고학자의 심정으로 다시 떠올릴 수 있기 때문이다. 아놀드 C.브랙만이 그의 저서 『니네베발굴기』에서 말하고 있듯, 19세기 초반에서 중반에 걸쳐 레이어드를 비롯한 발굴단원들이 '문명의 발상지' 메소

포타미아 지역에서 '이상한 무늬'가 새겨진 점토서판을 발견했을 때만 해도 길가메시의 고뇌에 찬 여정은 어둠 속에 묻혀 있었다.

흔히 설형문자의 해독은 19세기가 이루어 놓은 위대한 업적들 중 하나로 꼽히거니와, 그도 그럴 것이 이를 통해 그 전에는 대부분의 사람들이 '수수께끼같이 생긴 문양들을 그저 괴상한 장식의 일종'으로 생각한 점토로 만든 판 속에서 인류가 알고 있던, 그 어떤 신화나 서사시보다 앞서 있었던, 고대 정신의 '원형'을 볼 수 있었기 때문이다. 우루크 왕국의 통치자 길가메시의 이야기가 사람들에게 알려지기 시작한 것도 조지 스미스라는 학자가 점토에 새겨진 '수수께끼'를 해독하면서부터였다. 1872년 스미스는, 호르무즈 라쌈이 앗시리아의 수도 니네베에 있던 앗슈르바니팔 도서관에서 발견한 길가메시 서사시를, 20년만에 해독하는 데 성공했다. 완전하진 않지만 스미스의 해독은 성서중심주의에 사로잡혀 있던 기존의 학계에 적잖은 충격을 몰고왔다. 『길가메시 서사시』는 '대홍수 이전 이야기의 기원은 어디에 있는가', '최초의 인간이 살았다는 파라다이스는 어디인가', '왜 인간은 영생을 누릴 수 없는가' 등등의 물음에 답할 수 있는 실마리를 제공했던 것이다. 스미스가 해독한 악카드어 판본은 설형문자로 씌어진 수메르어 판본보다 훨씬 후대의 것이었다.

그 후 지금까지 길가메시의 이야기를 온전하게 판독하려는 학자들의 노력을 계속되고 있다. 초야권初夜權을 휘두르고, 삼나무숲을 지키는 신 훔바바를 베기까지 했던 우루크의 왕 길가메시, 3분의 2는 신이고 나머지 3분이 1만 인간인 그가 둘도 없는 친구 엔키두를 잃고 울부짖는 소리를 들을 수 있기까지, 고고학자와 신화학자와 언어학자들은 오랜 각고의 세월을 보냈다. 그리고 지금은 황량하기 짝이 없는 유적지에서 발견한 침묵의 점토서판에서 그들이 읽어낸 신의 목소리가 이렇게 생생하다. "오, 길가메시! 큰 산이며 신들이 아버지인 엔릴은 왕권을 네 운명으로 주었으나 영생은 주지 않았다. 길가메시, 이것이 네 꿈의 의미였다. 그렇다 하여 슬퍼해서도, 절망해서도, 의기소침해서도 안 된다. (…중략…) 인간의 가장 어두운 날이 이제 너를 기다린다. 인간의 가장 고독한 장소가 이제 너를 기다린다. 멈추지 않는 밀물의 파도가 이제 너를 기다린다. 피할 수 없는 전투가 이제 너를 기다린다. 그로 인한 접전이 이제 너를 기다린다. 그러나 너는 분노로 얽힌 마음을 갖고 저승에 가서는 안 된다.” 친구의 죽음에 절망하여 영원한 생명을 찾아 떠돌던 그가 간난신고 끝에 찾은 ‘영생의 풀’을 뱀에게 빼앗기고 돌아와 죽음을 맞이하는 그를 싸고도는 신의 음성은, 삶과 죽음을 둘러싼 인간의 고뇌가 얼마나 깊은 것이었는지를 웅변한다.

죽음을 앞에 두고 인간은, 그가 지상의 모든 권력을 손아귀에 쥔 영웅이라 할지라도, 고독할 수밖에 없다는 『길가메시 서사시』의 메시지를 들을 수 있기까지 많은 사람들이 발굴과 해독을 둘러싼 ‘전쟁’을 치러왔다. 그리고 아직도 발견되지 않은 이야기를 찾아 점토의 파편을 찾아 헤매는 수많은 사람들이 있을 것이다. 그들에게 길가메시는, 아니 그의 운명을 쥐고 있던 신들은 무슨 얘기를 들려주었을까. 『길가메시 서사시』가 히브리족의 창세기보다, 아니 그리스·로마신화보다 몇 백 년, 몇 천 년 앞서 최초의 서사시로 작성되었다는 것은, 적어도 내게는, 그다지 중요하지 않다. 우리의 사유와 사고의 패턴에 균열을 일으킬 ‘새로운 신화’의 등장이 무엇을 의미하는지 묻는 것이 더욱 중요하다. 길가메시 이야기뿐만 아니라 앞으로도 새롭게 발견될 신화는, 세계와 삶에 대한 사유를 심화하고 상상력을 벼리는 유효한 ‘무기’가 될 때, 우리들이 차마 예상하지 못했던 선물을 제공할 것이다. 그리스·로마신화에 가려진, 미필적 고의에 의해 봉인된 고대인들의 목소리가 귓전에 들리는 듯하다. 환청일까?

니시다 기타로, 반근대적 주체구성의 빛과 그림자

동아시아 근대사상의 전개에 관심을 두고 있는 사람이라면 누구나 일본이라는 봉우리 또는 심연을 도외시하고서는 개략적인 구도마저도 파악할 수 없다는 사실을 잘 알고 있을 것이다. 한·중·일 3국을 포함하는 동아시아는 근대에 이르러 비로소 세계사에 본격적으로 편입된다. 중국을 정점으로 한 세계상이 붕괴하면서 동아시아 3국은 각각 새로운 질서를 모색하는 바, 위로부터의 개혁^{메이지유신}을 성공적으로 완수한 일본이 그 중심이었다. 따라서 비서구적 근대성의 특징을 파악하고자 할 때 메이지 시대^{1868~1912}의 정신사 및 사상사의 전개는 각별한 의미를 지닌다. 19세기 말에서 20세기 초에 걸치는 시기의 동아시아 3국의 역학관계를 들여다보면 알 수 있듯, 한국과 중국의 근대사상이 이른바 '메이지 정신'에 빚지고 있다는 사실을 인정하는 데 인색할 필요는 없다.

흔히 메이지 시대 후반에서 다이쇼 전반에 걸치는 시기를 일본사상의 르네상스라 일컫거니와, 지식인들은 개인적 차원에서의 근대적 주체구성과 국가적 차원에서의 독립이라는 이중의 과제를 어떻게 해결할 것인가를 두고 고심한다. 후쿠자와 유키치^{福澤諭吉}을 비롯하여 우치무라 간조^{內村鑑三} ·

오카쿠라 텐신岡倉天心 · 나카에 쵸민中江兆民 · 나쓰메 소세키夏目漱石 · 니시다 기타로西田幾多郎 등등 기라성 같은 지식인들이 등장하여 새로운 사상을 (재)구성하기 위해 고투한다. 정치 · 종교 · 미학 · 문학 · 철학 등 이들의 지적 토대는 상이했지만, 그들의 고민은 서구와는 전혀 다른 역사적 환경에 처해 있는 일본에서 어떻게 근대를 사유할 것인가라는 문제에 집중되어 있었다. 1880년대부터 부상하기 시작한 국권론과 민권론의 치열한 대결, 청일전쟁1894~1895과 러일전쟁1904~1905에서의 승리, 고토쿠 슈스이幸德秋水의 처단으로 일단락되는 사회주의 운동 탄압 등 숨막히게 전개되는 역사적 상황에서 이들은 일본적 근대라는 사상적 밑그림을 그리는 데 주력한다.

그리고 그 중심에 니시다 기타로1870~1945가 있었다. 잘 알고 있듯이 그는 근대 일본의 대표적 철학자이며 이른바 '니시다철학'의 창시자이다. 1896년 이후 가정 내의 불화와 학내의 분쟁에 휩쓸려 물심양면의 중압에 시달리던 무렵부터 10년 간에 걸쳐 니시다는 참선參禪 생활을 시작한다. 영국인 토마스 H.그린의 우주의 근원적 통일력으로서의 정신적 원리를 인격의 통일을 통해서 도덕적으로 실현하려고 하는 이상주의 윤리학에 공명共鳴하면서도 현실에서는 물심양면에 걸친 중압에 의해서 끊임없이 인격의 분열에 시달리지 않을 수 없었다. 이론상의 요청에도 불구하고 경험하지 않을 수 없는 인격의 불통일不統一, 그리하여 그는 참선이란 체험을 통하여 인격을 통일하고 사상을 통일하는 것이 가장 적합하다고 생각하기에 이른다.

그 사유과정을 거쳐 생산된 것이 바로 우리가 구해 볼 수 있는 유일한 번역본인 『선의 연구』1911이다. 『선의 연구』는 이후 그의 사유의 전개에 있어 원점 또는 샘과도 같은 역할을 한다. 아무런 사상도 가미하지 않은 주객미분主客未分의 상태인 순수경험純粹經驗이라는 키워드를 중심으로 하여 펼쳐지는 그의 생각의 바탕에는 참선이 오롯이 자리하고 있거니와 동서양 철학의 융합을 시도하는 그의 철학을 조망할 때 참선 체험을 놓쳐서는 그 전모를 파악하기가 어렵다. '완전한 진리는 개인적이며 현실적이다. 그러므로 완전한 진리는 말로 표현할 수 있는 것이 아니며 소위 과학적 진리는 완전한 진리라고 말할 수 없다. 대체로 진리의 표준은 밖에 있는 것이 아니라 오히려 우리들의 순수경험의 상태에 있는 것이다'는 언명에서 보듯 그는 서양적 근대성의 핵심적 구성원리였던 과학적 진리를 상대화하면서 진리의 새로운 표준을 내세운다. 이렇듯 제임스와 스피노자 그리고 쇼펜하우어 철학을 수용, 동양사상의 정수를 접목함으로써 형성된 니시다의 대담한 사유의 역정은 근대일본사상의 정신적 깊이와 높이를 가늠하는 데 대단히 유용한 척도라 할 만하다.

니시다는 자연과 인간이 괴리된 서구적 근대주체의 실체화實體化를 경고한다. '자연에의 합일'을 추구하고 '가슴속에 무한한 힘'을 지닌, 끊임없이 운동하면서 생성되는 새로운 '주체'를 구성하고자 한다. 우리는 이것을 반근대적또는 비서구적 주체구성이라 일컬을 수 있을 터인데, 니시다를 통해 볼 수 있듯 일본으로 유입된 서구적 근대는 그 내부에 반근대적反近代的 사유의 가능성을 내포하고 있었던 셈이다. 물론 니체의 반근대적 사상이나 루쉰의 처절한 정신적 격투에서 보듯 유독 일본에서만 그러했던 것은 아니다. 그러나 근대라는 문명의 빛에 눈멀지 않고 독자적인 근대성을 구성하기 위해 불안과 동요 속에서 고투했던 그의 노력은 하나의 시금석이 되기에 모자람이 없다. 근대성의 핵심은 주체성의 원리이다. 서구적 주체성의 실정성을 비판하고 새로운 주체를 끊임없이 재구성해나가는 것이 탈근대적 사유의 본질이라 할 수 있다면 니시다의 초기 사상이 우리에게 던지는 의미는 자못 깊다고 해야 할 것이다.

그러나 니시다가 『선의 연구』에서 보여주었던 철학적 사유의 새로운 가능성은 역사철학으로 선회하면서 급격한 변화를 겪는다. 자아와 우주가 합일되는 '생명사건'에서 삶의 충만함을 보았던 그가 국체론으로 나아간 것은 어찌 보면 당연한 논리적 귀결이라고도 할 수 있다. 우주를 세계 또는 국가로 환치하면 명백해진다. 즉 대동아공영권을 주창하는 일본을 세계의 중심으로 삼을 때, 바꿔 말해 세계의 복수성複數性을 부정하고 동일시하는 순간 그의 사상은 타자성을 부정하는 방향으로 향한다. 많은 유보조항이 따라야 하겠지만, 이 지점에서 니시다의 사상은 그가 그토록 치열하게 저항했던 서구적 근대사상의 '부정적인' 변종이 되어버리고 만다. 화가의 붓질, 조각가의 손놀림, 바람 소리와 한 줄기 자연의 광선에서 삶의 환희를 발견하고 주어적主語的 사고 / 주체중심적 사고를 비판했던 그가, 국민의 일원으로서 그리고 황국신민으로서 자기自己를 재발견해야 한다고 주장하는 장면에서 나는 논리적 일관성이 도달하는 가공할 만한 반근대적 사유의 파탄을 목격한다.

니시다 철학이 안고 있는 빛과 그림자는 이처럼 선명하다. 너무 선명한 나머지 기이하게 보일 정도이다. 그 원인이 동아시아의 근대가 경험해야 했던 '숙명적'인 후진성에 있는지 여부는 분명하지 않다. 하지만 니시다에게서 볼 수 있는 기이한 논리는 정신의 '순수함'에서 비롯한 것이라는 점만은 분명히 알 수 있다. 시대의 폭력에 저항하여 지식인으로서의 양심을 지키기 위해서는 '잡스러워야' 한다. 순수는 사소한 자극에도 쉽사리 더럽혀지고 말기 때문이다. 시대의 폭력을 이겨내고 양심의 순수성을 지키기 위해서는 잡스러워야 한다는 이 역설 아닌 역설! 사유의 잡종성hibridity이 어떤 의미를 지니는지를 새삼 생각하지 않을 수 없다. 보편적으로 적용되는 완결된 사상체계란 존재할 수 없다. 사상이 자기완결성을 주장하는 순간 그것은 폭력마저도 기꺼이 수용한다. 니시다 철학을 대하면서 우리는 순수성을 주장하는 철학이나 사상은 너무나 많은 줄기와 뿌리를 잘라버린 나머지 그 자체가 존재 근거를 상실하는 경우가 많다는 것을 상기할 필요가 있다.

니시다철학의 행로가 보여주는 바와 같이 주체는 끊임없이 재구성되어야 하며 관계는 재배치되어야 한다. 우리의 사유는 또 다른 주체구성을 향한 탐색의 과정 혹은 포획장치로부터 탈주하는 '유목적' 행로일 수밖에 없을 터, 그런 까닭에 정착이나 안주도 잠정적이지 않을 수 없다. 돌을 던질 수도 있고 그렇지 않을 수도 있다. 니시다철학에서 무엇을 보느냐가 관건이다. 그의 역사철학이 도달한 결과만으로 치지도외置之度外해버린다면 우리에게 남는 것은 아무것도 없다. 물론 그의 자민족중심의 동일화논리는 철저히 비판받아 마땅하다. 그러나 비판하기 전에 우리는 이 논리에서 얼마나 자유로운가를 성찰할 필요가 있다. 타자성을 적극적으로 인정하고 그 토대 위에서 차이를 사유할 수 있어야 생산적인 논의를 끌어내기 위해서 우리는 일본을 제대로 그리고 가능한 한 정확히 알아야 한다.

한국을 빼고 일본을 '무시'하는 나라가 어디 있는가 한번 말해보라! 사실 우리만큼 일본에 대해 이중적인 태도를 취하는 나라는 많지 않다. 이중적인 태도라 했거니와 하나는 일본을 향한 부러움과 동경의 시선이며 다른 하나는 질시와 증오의 시선이다. 이러한 이중적 태도 때문에 일본을 '제대로' 파악하는 일이 많은 어려움을 겪고 있다. 일본에 대한 깊이 있는 논의 특히 메이지유신1868 이후 전개된 일본 근대의 정신사 또는 사상사에 관한 논의마저 번번이 벽에 부딪치곤 하는데, 그 근저에는 일본에 대한 우리들의 비생산적이고 자기기만적인 이중적인 태도가 도사리고 있다. 두말할 필요도 없이 과거의 과오를 반성하지 않는 일본 쪽의 부당한 처사는 비판받아 마땅하다. 비판하기 위해서는 일본 근대의 정신적 기원을 밝히는 작업이 선행되어야 한다. 기원에 대한 탐색은 전복적 상상력의 원천일 터이기에.

누구를, 무엇을 위한 번역인가

우리의 사유는 끊임없는 '번역'의 과정을 통해 다채로워진다. 근본주의자나 국수주의자가 아니라면 번역이 우리의 사유를 풍요롭게 한다는 사실을 굳이 부정하려 들지 않을 것이다. 우리의 근대사가 번역의 역사라 해도 과언이 아닌 다음에야 번역이야말로 근대적 사유를 추동하는 결정적인 계기였다는 점을 쉽게 부인하기란 쉽지 않을 터이다. 문자로 된 것만이 아닌 대부분의 제도들이 번역의 과정을 거쳐야 했으며 그것이 우리의 일상과 사유방식을 일변하는 데 심대한 영향을 미쳐왔고 지금도 그러하다.

그럼에도 우리가 자명한 것으로 여기고 사용하는 용어^{또는 형식}들이 번역을 통해 들어 왔다는 사실을 인정하기란 쉽지 않다. 그러나 현재의 사유와 삶의 형식들을 지배하고 있는 대부분의 '용어'와 담론이 '번역된' 것이라는 사실을 인정하지 않을 경우 '자폐적'이라는 비난을 면하기 어려울 것이다.

번역은 새로운 사유를 견인하는 힘이다. 그리고 '원본^{original}'을 번역하는 힘은 그 사회^{혹은 국가}의 정신적 또는 인문학적 힘이 어느 정도인가를 보여주는 대표적인 척도라 할 수 있다. 그런 까닭에 번역할 수 있는 힘을 잃은 문화는 이미 하나의 문화로서의 생명을 상실했다고 할 수 있을 것이다. 그래서 번역은 문화의 생명력을 강화하기 위한 가장 기본적인 작업이라 할 수 있다.

기원에 대한 탐색을 게을리할 경우 우리는 우리가 사용하는 '용어'들을 원래부터 그러한, 자명한 것으로 받아들이기 십상이다. 그 가운데 하나가 '문학'이라는 용어다. 지금 우리가 사용하고 있는 문학이라는 말과 과거 우리가 사용했던 문학이라는 말은 과연 그 의미가 같은가 다른가. 아니라면 그 역사적·계보학적 의미는 무엇인가. 어찌 보면 참으로 당연한 질문을 던지는 것처럼 보일는지 모른다. 그러나 이 질문이 중요한 것은 우리가 사용하는 개념어 하나가 '서구적 근대'를 번역하는 과정에서 발견한 하나의 '굴절어'라는 점을 확인하는 작업이 그 용어의 내포적 의미를 재해석하는 것과 긴밀한 관련을 지니고 있기 때문이다.

스즈키 사다미의 『일본의 문학개념』^{김채수 옮김, 보고사}은 일본에서 '문학'이라는 지극히 낯설고 이질적인 용어가 어떤 통로를 거쳐 '굴절되는가'를 보여주는 중요하고도 의미 있는 저술이다. 물론 '문학文學'이라는 용법은 동아시아문화권에서도 어렵지 않게 찾아볼 수 있다. 그렇지만 지금 우리가 읽고 또 쓰는 시나 소설 따위를 '문학'이라고 부르기 시작한 것이 과연 언제부터, 어떤 경로를 통해서인지 그 과정을 찾아가는 과정은 결코 쉽지 않다. 저자는 중국 고전과 일본 고전 그리고 서양 텍스트에서 볼 수 있는 용례들을 지루하다 싶을 정도로 깊이 있게 따지고 든다.

이 과정을 거쳐 저자는 문학이란 영어 'literature'의 번역어라는 사실과 이를 근거로 하여 일본의 근대문학이 어떤 경로를 거쳐 형성되었는지를 밝히고 있다. 우리가 주목할 것은 '근대문학'이 아니라 '일본의 근대문학'이라는 점이다. "'일본 근대문학'의 기원"이라는 제목이 달린 제10장을 보면 뚜렷이 알 수 있듯이, 저자는 일본의 근대문학이 서양의 문학 개념을 번역했으되 전혀 다른 방식으로 전개되었다는 점을 분명하게 보여준다.

일본 근대'문학'의 계보를 추적하고 있는 이 책이 한국 근대문학을 연구하는 사람뿐만 아니라 '번역'에 관심 있는 사람들에게 적지 않은 의미를 지니고 있다는 것은 누누이 말할 필요가 없을 것이다. 그러나 난감하게도 '한국어로 번역된' 이 책은 한국문학을 공부하는 사람에게조차 제대로 읽히지 않는다. 횔덜린을 헤르다링으로 표기하고 디킨즈를 디켄즈로 표기하는 것 등은 가벼운 착오로 보아넘길 수 있다. 오식이나 오역도 충분히 이해할 수 있다. 하지만 한국어와 일본어의 차이를 아예 무시해 버리고 축자번역逐字飜譯으로 일관한 이 책을, 그것도 여러 사람이 제각각 옮긴 것임이 분명한 이 책을, 제대로 읽어낼 수 있는 사람이 몇이나 될지 참으로 궁금하다. 일본어는 외국어다. 외국어인 만큼 한국어로 '번역'해야 우리는 읽을 수 있다. 그런 마당에 무슨 번역을 말할 수 있겠는가.

'좋았던 시절'의 비극

한국 '최초의 근대적 잡지'『소년』1909년 5월호에 실린「세계적 지식의 필요」라는 제목의 권두언에서 최남선은 다음과 같이 '선언'한다. "세계의 대국大局은 안전眼前에 전개하였도다. 제물포구에 창래漲來하는 파랑波浪은 이미 지중해 물의 염분鹽分이 혼화混和하였고 백두산 밖에 향동響動하는 기적汽笛은 오래 시베리아 바람의 조기燥氣를 전파하였는데 종로 골목에는 사하라 사막의 세사細沙가 묵구자墨軀子의 화저靴底에서 낙하하고 남산 수목은 '유로파' 중원의 탄기炭氣를 백인의 구리口裏로서 흡수하니, 어호於乎 우리 반도도 이미 순수한 한천한지하韓天韓地下에 있음이 아니로다." 새로운 시대가 열리고 있었다. 아득해 보이던 시간과 공간을 가로질러 지중해의 물결이 화륜선과 함께 제물포구에 이르고, 시베리아 철도를 달리는 기차의 기적 소리가 건조한 바람을 몰고 오는 세계, 최남선은 종로 거리를 걷는 사람의 구두 아래에서 사하라 사막의 가는 먼지를 발견하고, 남산의 나무들이 들이마시는 공기 속에서 유럽인들의 숨결을 보았던 것이다. 모든 것이 뒤섞이고 있는 상황에서 더 이상 순수한 한국의 하늘과 땅이 있을 리 만무했다. 이 시기에 이미 최남선은 세계를 하나의 '지구촌' 또는 '동시성의 공간'으로 인지하고 있었다.

스티븐 컨의 『시간과 공간의 문화사 1880~1918』^{박성관 옮김, 휴머니스트}를 읽으면서 갑자기 최남선과 일련의 계몽지식인들이 떠오른 것은 문명을 처음 만났을 때 그들의 충격이 어떠했을까를 새삼 되묻고 싶었기 때문이었으리라. 볼프강 쉬벨 부쉬의 『철도여행의 역사』와 박천홍의 『매혹의 질주, 근대의 횡단』이 우리에게 보여주었던 것처럼 철도로 대표되는 근대 문명은 동시대인들의 시공간 감각을 철저하게 재편했고, 그들을 시계의 '명령'에 따라 행동해야 하는 근대인으로 변신시켰다. 분과 초 단위로 절단된 시간은 '새로운 인간'의 의식과 무의식까지 분해하면서 자신의 명령에 복종할 것을 요구했다. 두말할 필요도 없이 근대적 시간의 등 뒤에는 자본의 욕망과 제국의 힘이 버티고 서 있었다. 타이타닉호의 침몰이 연출한 동시적 드라마는 시간을 압축하고 공간을 무화無化하려는 자본과 제국의 욕망이 도달할 지점을 예견한 한 편의 묵시록이었다. '더 빨리, 더 멀리'를 슬로건으로 내세운 근대의 무한 질주는 자본주의가 낳은 과학기술의 도움을 받아 파국을 향해 치닫고 있었던 것이다.

그러나 파국에 도달하고 나서야 인간은 자신이 걸어온 길을 되짚어보게 마련인 모양이다. 시간과 공간을 제압하면서 세계를 하나의 네트워크로 묶어 통제하려는 자본의 욕망이 몰고 올 비극을 미리 걱정하기에는 속도와 거리의 단축이 주는 매력이 만만치 않았다. 새롭게 발명된 자전거를 타고 교외로 내달리는 소녀의 환한 미소를 떠올려 보라. 감히 신의 이름을 빌어 타이타닉이라 명명한 호화유람선을 타고 얼음바다를 가로지르던 사람들의 저 당당하고도 행복에 겨운 표정들을 상상해보라. 시베리아 횡단 열차를 타고 유럽을 가로지르는 기차여행은 또 어떠한가. 속도는 거부하기 힘든 유혹이었고, 그 속도를 타고 횡단하는 바다와 대륙은 인간의 상상력을 한껏 부풀려 놓았다. 무선전신과 전화가 사방에서 옹위하고 있었으며, 이들의 지원을 받아 전 세계의 소식을 실은 신문은 아침 식탁에 놓인 '새로운 성서'였다. 이제 사람들은 신문을 보면서 기도를 드렸고, 자신이 한 나라의 국민이자 세계인임을 확인했다.

1880년에서 1918년에 이르는 시기, 흔히 유럽인들이 '좋았던 시절^{벨 에포크}'이라 부르는 시기에 태어난 수많은 문명의 이기들은 기존의 시간과 공간을 살해하면서 '암흑의 핵심' 아프리카에서 극지방까지 자신의 영역을 확장해나갔다. 인간의 꿈도 덩달아 현실화되는 것처럼 보였다. 완강한 경계를 거침없이 가로지르는 수없이 많은 선들을 따라 인간의 욕망도 상상을 훌쩍 뛰어넘는 지점까지 뻗어가고 있었다. 이것은 분명히 불길한 징조였다. 이를 알아챈 사람들, 예컨대 마르셀 푸르스트 · 제임스 조이스 · 조셉 콘래드 · 토마스 만 등은 그들의 작품을 통해 획일적인 시간의 무한질주를 경계 어린 시선으로 바라보고 있었다. 토마스 만이 『마의 산』에서 정확히 진단했듯이 유럽은 좋았던 시절에 이미 '죽음에 이르는 기침'을 토하고 있었던 것이다. 그리고 슈펭글러는 전속력으로 돌진하는 서구의 오만에서 그 몰락을 보았다. 뿐만 아니라 콘래드는 『비밀요원』이라는 소설에서 세계를 하나의 균질적인 시간으로 묶는 표상인 그리니치천문대를 폭파하고자 한다.

근대적 시공간 형식의 폭력성에 맞서 대결하고자 했던 인물들은 수없이 많다. 철학자 니체와 베르크송이 그러했고, 세잔과 피카소와 칸딘스키가 그러했으며, 음악가 쇤베르크와 과학자 아인슈타인이 그러했다. 스티븐 컨은 이들의 저항 양상을 입체적으로 직조하면서 세기가 바뀌던 무렵의 시간과 공간을 둘러싼 투쟁을 생생하게 그려낸다. 쇤베르크라는 폭약이 합리성의 정원에서 폭발하고, 세잔의 붓은 균질적인 시공간감각이 얼마나 비인간적인가를 묘사한다. 그리피스를 위시한 영화감독들과 사진작가들은 오로지 앞을 보고 내닫는 시간을 비웃기라도 하듯 뒤틀고 되돌린다. 그리고 푸르스트는 『잃어버린 시간을 찾아서』에서, 조이스는 『율리시즈』를 통하여 공적인 시간 흐름과 공간 형식을 정면으로 비판한다. 시간은 한없이 늘어질 수 있고, 현재는 얼마든지 두터워질 수 있으며, 공간 또한 얼마든지 재구성될 수 있다. 그러나 유럽은 오만했다. 그들이 창안한 시간과 공간이, 다시 말해 시간과 공간을 전유하려는 '제국의 프로젝트'가 그 파국을 고한 것은 제1차 세계대전을 계기로 해서였다.

시간과 공간은 인간의 가장 기본적인 존재형식이다. 그런데 획일적이고 균질적인 근대적 시간은 '아프리카를 뜯어먹고' '세계를 삼키는' 폭력의 화신이었다. 폭력의 화신은 '동시성'을 요구한다. 모든 '비동시적인 것들'은 제압과 살해의 대상이다. 스티븐 컨이 이 책에서 얘기하고자 했던 것도 근대적 시공간 형식의 가공할 폭력성이었을 터이다. 문학·철학·과학·건축·사진·영화·미술·무용·음악 등 무수하게 잘린 장르^{분류}를 가로지르며 '좋았던 시절'의 비극적 성격을 드러내는 그의 필치는 참으로 매력적이다. 물론 아쉬움은 남는다. 이를테면 '비동시성'의 세계에서 살았던 많은 사람들의 다양한 삶의 풍경을 볼 수 없다는 것이 그러하다. 그러나 아쉬움은 독자들이 채워야 할 몫이다. 이제 우리는 저자의 역동적이고도 매력적인 문체와 흠잡을 데 없는 깔끔한 번역이 단연 돋보이는 이 책을 길라잡이로 삼아 시간과 공간의 바다에 더 깊이 추를 내릴 수 있어야 할 것이다.

‘만들어진 근대’, 근대의 기원을 탐사하는 또 하나의 시각

많은 사람들이 ‘근대’ 또는 ‘근대성’이라는 용어를 사용하지만 정작 ‘그렇다면 근대성(이)란 무엇인가’ 라는 물음에 대해서는 대답이 궁해지는 경우가 적지 않을 것이다. 물론 자본주의의 성립과 국민국가의 형성을 근대사회의 기본조건으로 말할 수도 있다. 하지만 다시 그것이 어떤 과정을 거쳐 형성되었느냐고 되묻는다면 또다시 미궁에 빠지기 십상이다.

문화과학을 전공한 제일교포 연구자 이효덕은 그의 저서 『표상공간의 근대』박성관 옮김, 소명출판에서 일본 근대국가와 국민이 어떤 경로를 통해 이루어지는가를 ‘근대적 표상공간’이라는 핵심어를 빌어 추적한다. 저자에 따르면 풍경화와 원근법, 언문일치와 사생문 등은 새로운 근대적 표상공간을 구성하는 기본적인 요소이다. 언문일치를 표방한 언어와 출판기구, 근대적 학교, 기차를 중심으로 한 근대적 교통수단, 박람회 등이 근대적 표상공간의 대표적인 예이다. 그리고 이들은 자연과 인간을 지각하는 방식에 있어 혁명적인 변화를 초래하며 궁극적으로는 메이지시대 일본 사회와 구성원을 하나의 국가와 국민으로 ‘만드는’ 데 핵심적인 기여를 한다.

저자는 『파계』를 비롯한 일본의 대표적인 소설은 물론 풍경화, 사진, 공판 기록, 신문보도, 인쇄기술, 박람회, 교통공간, 지도, 속기술 등 실증적이고 구체적인 자료들^{넓은 의미의 미디어}을 기반으로 하여 대단히 흥미롭게 기술하고 있다. 그리하여 자명한 것으로 인식하기 쉬운 근대 국가 '일본'은 결국 메이지시대에 탄생한 상상의 공동체였다는 점을 분명히 한다.

베네딕트 앤더슨의 저서 『상상의 공동체 - 민족주의의 기원과 전파』를 떠올린다면 근대에 탄생한 국민국가가 역사적 구축물이라는 이 책의 결론은 그다지 새로울 게 없다고 말할 수도 있다. 그러나 국민국가라는 상상의 공동체가 왜 압도적이며 절대적인 사회현실로 존재해왔는가 나아가 그것이 어떻게 인종주의를 비롯한 사회적 차별구조를 낳았는가를 염두에 둔다면 국민국가를 자명한 실체로 인정하는 데 회의적일 수밖에 없다.

광범위한 자료와 흥미로운 방법론에 입각하여, 미디어의 재편을 통해 탄생한 근대적 표상공간이 '일본'이라는 경계와 국민을 형성하는 데 주요한 기여를 했다는 점을 밝히고 있는 이 책은 일본 지식계의 흐름을 감지할 수 있는 중요하고도 의미 있는 실마리가 될 것이다.

'국어'의 길, '국어'의 딜레마

모든 사람이 그렇지는 않겠지만, 표준어를 사용하는^{또는 표준어를 사용한다고 믿는} 사람들은 그렇지 못한 사람들을 '이상한 눈'으로 바라본다. 왜 아니겠는가. '교양 있는 사람들이 두루 쓰는 현대 서울말'을 사용하지 못하는 사람은 '교양이 없는' '조금 모자라는' 사람으로 간주하는 것은 어찌 보면 당연한 일일 수도 있다. 그리하여 어떻게 해서든 '표준 국어'를 사용하기 위해 애쓰는 '촌놈'들의 무의식 속에는 '교양 있는' 사람이 되고자 하는 욕망이 완강하게 자리잡는다.

그렇다면 표준어는 누가 왜 정하는가. 왜 표준어를 사용하는 사람들은 고상하게 보이고, 사투리를 사용하는 사람들은 저열하게 보이는가. 우리가 아무런 이의 없이 사용하는 '국어'라는 용어에 대해서도 같은 질문을 던질 수 있다. 흔히 한국의 '국어'에는 민족 정신이 깃들어 있으며, '국어'의 보존과 순화야말로 민족 정신을 지키는 보루라는 생각에 동의하지 않는 사람도 드물 것이다. 그렇다면 과연 처음부터 그러했을까.

"'국어'라는 표현은 그 자체는 '정치적 개념'이면서도 실은 그 정치성을 은폐하고 언어를 자명화하며 자연화하는 작용을 띠고 있다"는 도전적인 결론을 끌어내는 이연숙의 『국어라는 사상』고영진 · 임경화 옮김, 소명출판은 일본에서 '국어'라는 이데올로기가 어떻게 만들어지고 유포되는지를 방대한 실증적 자료를 동원하여 증명한다. 일본 근대 언어학의 대부로 일컬어지는 우에다 카즈토시上田萬年와 그의 충직한 제자 호시나 코이치保科孝一를 두 주인공으로 하여 일본의 '국어학'과 '국어 정책'의 이면을 파헤치고 있는 이 책은 자명한 것으로 간주되는 '국어'라는 말이 사실은 '대일본제국'의 욕망을 현실로 옮기는 강력한 무기였다는 점을 설득력 있게 보여준다.

저자는 "언어는 이것을 쓰는 인민에게 있어서는 흡사 그 혈액이 육체상의 동포를 나타냄과 같이 정신상의 동포를 나타내는 것으로, 그것을 일본 국어에 비유해서 말하면, 일본어는 일본인의 정신적 혈액이라 할 수 있다"는 우에다의 선언을 조목조목 비판한다. 이 일본인의 '정신적 혈액'이야말로 일본의 '국체國體'를 유지하는 근간이며, 일본인을 가장 강하게 만드는 원동력이다. 저자에 따르면 우에다 이전에는 '국어'라는 이념이 존재하지 않았다. '국어'라는 이념과 제도는 일본이 근대 국가를 스스로 만들어가는 과정에서 창안해 낸 하나의 '작품'이자 '픽션'이었다.

물론 일본만 그러했던 것은 아니다. 한국을 포함하여 근대 국민 국가를 형성하는 과정에서 거의 모든 국가들이 자신의 '국어'에 국민 통합의 이념을 새겨넣었고, 이를 통해 국민의 '평준화'와 '동질화' 프로젝트를 실천에 옮겼다. 우에다와 그의 제자 호시나가 하나의 모델로 삼았던 독일의 예가 이를 극명하게 보여준다. 예컨대, 그림Jacob Grimm이 말하듯이, "독일이 진정한 통일체가 되기 위해서는 정치에도 경제에도 종교에도 도움을 청할 수가 없었다. 거기에서 독일어라는 언어가 국민적 통합의 상징이 되지 않으면 안 되었다." 독일이란 무엇보다도 '언어 민족Sprachnation'으로서밖에 존재할 수 없었던 것이다.

이렇게 국민 의식의 형성을 위해 창안된 '국어'는 국가의 전폭적인 지원을 받아 내부를 통일하고 급기야 외부=^{식민지}로 향한다. '언어와 민족의 정신적 유기적 결합'을 강조함으로써 '국민'이라는 신화를 작성한 근대 국민 국가 일본은 자신의 '국어'를 무기로 하여 제국 건설에 나선다. 근대 국민 국가는 필연적으로 제국을 욕망한다. 그리하여 일본의 '국어'는 '제국의 국어'를 욕망한다. '대일본제국'이 식민지를 확장함에 따라 일본의 '국어'는 '대동아공영권어'를 지향한다. 자연스러운 이치다!

우에다는 '국어'에 의한 '국민'의 동질화 · 획일화가 근대 국가의 존립에 있어서 필요불가결한 과제라는 것을 깊이 이해하고 있었다. 그리고 '국어'의 대외 진출을 위해서는 표준어 제정과 표기법의 통일 등 '국어 개혁'이 불가피했다. '대일본제국'은 '새로운 영토' 곧 조선과 타이완을 비롯한 식민지에 '국어'를 전파하기 위해 부심한다. 국어 정책을 학문적으로 총괄한 사람이 바로 우에다 카즈토시의 충직한 제자 호시나 코이치였다.

반대가 없진 않았지만 호시나 코이치가 주도한 '국어 정책'은 우리가 익히 알고 있듯이 식민지 조선에서도 예외 없이 관통한다. 즉, 조선에서도 '대일본제국'의 '국어'는 유감없이 그 힘을 발휘하여 '내지인'은 '국어를 상용하는 자', '조선인'은 '국어를 상용하지 않는 자'로 법적으로 규정되었고, 그 결과 조선의 독자적인 민족성은 완전히 부정되기에 이른다. 제국을 욕망하는 국가의 지원을 등에 업은 '국어'는 이렇게 자신의 존재를 증명하기에 이르렀던 것이다.

『국어라는 사상』을 읽으면서 주시경을 비롯하여 한국의 '국어학자'들이 떠오르는 것은 왜일까. 한국의 '국어'가 식민지 지배에 저항하는 강력한 무기 중 하나였다는 것을 우리는 잘 알고 있다. 그러나 지금의 시점에서 우리는 다시 우리의 '국어'란 무엇인지 물어야 한다. 한국이라는 국가

의 '국어'가 지향하는 바가 무엇인지, 그 안에 웅크리고 있는 이념의 실체
는 어떠한지 우리는 진지하고도 성실하게 묻고 또 대답해야 한다. 이 책이
한국의 '국어'와 '국어학계'에 몰고 올 파고가 예사롭지 않을 것이라는 느
낌은 나만의 것이 아닐 터이다.

나쓰메 소세키, 근대 일본의 콤플렉스와 대결하다

근대 일본의 '국민작가'라 일컬어지는
나쓰메 소세키夏目漱石, 1867~1916의 소설들은 일본문학을 공부하는 사람들뿐
만 아니라 문학을 좋아하는 사람들 사이에서 꽤 많은 '마니아'들을 확보하
고 있다. 『나는 고양이로소이다』『산시로』『그후』『문』『마음』『한눈팔기』
『행인』『명암』 등 장편과 「열흘 밤 꿈」을 비롯한 단편들, 그리고 그의 에세
이 『유리문 안에서』와 서간집 『소가 되어 인간을 밀어라』 등 한국어로 번
역된 나쓰메 소세키를 만나기란 어려운 일이 아니다. 여기에 그의 강연과
비평 등을 모은 『문명론』황지헌 옮김, 소명출판과 『문학예술론』황지헌 옮김, 소명출판이
보태졌다. 100여 년 전에 살았던 근대 일본의 한 작가가 이렇게 한국 땅에
서 다시 살아나고 있는 것이다.

나쓰메 소세키의 『문명론』과 『문학예술론』은 관통하고 있는 키워드는
'외발적 근대'이다. 일본의 근대는 내부적인 필요와 발전의 경로에 따라
자연스럽게 진행된 것이 아니라는 자각, 서양을 이상적인 모델로 설정하
고 출발한 것이어서 아무리 흉내내려 해도 결국 흉내내기에서 한 발도 나
아갈 수 없다는 자각. 이 두 권의 책에 실린 글들은 이 딜레마 또는 콤플렉

스를 넘어서기 위한 정신적 고투의 산물이라 할 수 있다. 그가 '현대 일본
의 개화'에서 말하고 있듯이 외발적 개화의 영향을 받은 국민은 공허감을 느
끼지 않을 수 없으며, 불만과 불안의 감정을 품지 않을 수 없었던 것이다.

그는 외발적임에도 불구하고 내발적인 양 뽐을 내는 행태야말로 허위
가 아닐 수 없다고 비판한다. 아울러 "자기 자신은 아직 담배 맛도 변변히
알지 못하는 어린아이인 주제에 담배가 자못 맛있다는 듯한 표정"을 짓고
있는 일본과 일본 국민을 두고 나쓰메 소세키는 '비참한 국민'이라고 단언
한다. 이처럼 우리는 「현대 일본의 개화」를 비롯하여 「모방과 독립」「나의
개인주의」 등 『문명론』에 실린 여러 글들에서 문명개화에 대한 그의 이러
한 비판과 고민을 만날 수 있다.

교수직을 팽개치고 신문사에 소속된 전업작가로 살았던 나쓰메 소세
키는 서구의 문예이론과 문학사에 포획되지 않는 독자적인 문학예술론을
모색한다. 동양적 문예의 이상 또는 자국의 전통에 입각한 독자적인 문예
개념과 이론의 수립이 절실하다는 판단 아래 그는 「문학론 서문」「문예의
철학적 기초」「창작가의 태도」 등 글과 강연을 통해 자신의 입장을 밝힌
다. 영문학을 공부하고 가르쳤던 그는 서양의 문학 개념과는 많은 차이를
보이는 동양의 문학 개념에 관심을 갖고 '덕의德義'와 '윤리'를 문학의 중요
한 덕목으로 내세웠는데, 이 역시 일률적인 기준에 종속되지 않으려는 정
신적 투쟁의 산물이어서 만만치 않은 문학사상사적 의미를 머금고 있다.

그의 대표작 『마음』의 '선생'의 유서를 통해 알 수 있듯이, 그리고 그가
살았던 시대가 말해주듯이, 작가 나쓰메 소세키는 메이지 시대[1868~1912]와
더불어 살다가 죽은 인물이다. 메이지 시대는 뒤늦게 근대체제에 편입된
일본이 서양을 따라잡기 위해 몸부림친 시기였으며, 청일전쟁과 러일전쟁
을 승리로 이끌면서 서양의 열강들과 어깨를 나란히 하는 단계에 이르렀

다는 믿음이 확산된 시기이기도 했다.

　‘근대화＝서구화의 모범생’ 일본은 자신을 서양과 동일시하려는 ‘제국의 욕망’에 사로잡혀 있었으며, 나쓰메 소세키는 바로 그 역사적 현장의 한복판에서 삐딱한 시선으로 근대 일본과 일본인의 심층을 해부하는 글을 쓰기 시작했다. 따라서 나쓰메 소세키의 텍스트를 읽는 것은 소설의 미학을 넘어 빛과 그림자가 교차하는 근대 일본의 정신사를 읽는 일과 맞먹는다. 이제 우리는 『문명론』과 『문학예술론』, 이 두 권의 책을 통해 비서구적 근대를 치열하게 고민했던 일본 ‘국민작가’의 육성을 생생하게 들을 수 있을 것이다.

모던 보이의 눈에 비친 식민지 조선의 도시 경성

근대적 도시 공간은 균질적인 욕망을 생산, 전파하는 일종의 미디어다. 그리고 이 미디어 시스템을 구성하는 요소는 도로·철도·전차·공원·박람회·백화점·카페·극장·라디오·신문·유성기 등이다. 이러한 요소들이 재구성/재배치되어 탄생한 근대적 도시는 인간의 욕망을 동질적인 것으로 만들어버림으로써 '자본의 의지'를 충실히 실현하는 장이 된다. 이제 도시인/근대인들은 자본과 결탁한 권력이 만들어낸 동선을 따라 움직이면서 저 휘황한 근대성을 경험한다.

1930년대 경성, 식민지 자본에 의해 계획적으로 구성된 근대적 도시 경성은 조선인들을 일거에 포획해버린다. 불가항력의 거대한 블랙홀! 이 블랙홀을 유성처럼 떠도는 인간군상들이 등장한다. 조선옷에 에이프런을 두르고 고무신에 히사시가미를 한 채, 빨간 술을 마시며 '몽빠리'를 노래한다. 근대와 전근대가 공존하는 기묘한 이미지가 공간을 배회하는 산책자 석영 안석주[1901~1949]의 시선에 포착된다. 이른바 '만문만화'라는 지극히 현실적인 장르를 통해 그는 30년대 경성의 풍경을 그려낸다.

신명직의 『모던뽀이, 경성을 거닐다』[현실문화연구]는 주로 『조선일보』에 연재되었던 안석주의 그림과 글을 통해 경성의 다채로운 풍경들을 실증적으로 보여준다. 근대성이라는, 두루뭉실한 개념에 답답해했던 사람들에게 이 책은 당시의 삶을 사실적으로 제시함으로써 동시대에 생산된 문화적 텍스트들을 새롭게 경험할 수 있는 실마리를 제공한다. 예컨대 이상이 「날개」에서 그리고 있는 '유곽과도 흡사한 33번지'는 어떤 모습이었을까, 그 주인공이 투신자살하기 위해 올라간 화신백화점은 어떠했을까라는 물음들에 대답할 수도 있을 것이다.

그러나 염상섭과 이상 그리고 박태원 등이 그려낸 경성의 풍경과 안석주가 그리고 있는 경성의 풍경 사이에 뚜렷한 차이가 있다. 소설과 만문만화라는 장르적 특성을 충분히 고려해야겠지만, 그렇다고 하더라도 산책자 안석주의 시선은 지나치나 싶을 정도로 냉소적이다. 한강에서 '러브씬'을 연출하는 '탕남탕녀'들과 자유연애와 결혼을 보는 눈길이 특히 그러하다. 따라서 뚜렷한 의식이 전제되지 않는 한 신문이 태생적으로 지닐 수밖에 없는 상업적 선정주의에 맹목적으로 이끌려서는 이 책이 지닌 많은 미덕들을 놓치기 십상이다.

이 책의 저자는 근대와 전근대가 착종하는 풍경을 기묘하다고 했지만, 어찌 보면 이는 조금도 이상할 게 없는 자연스러운 모습이라 할 수 있다. 지금이라고 그때와 다를 게 뭐가 있는지를 생각해보면 어렵지 않게 알 수 있을 터인데, 그것은 근대를 구성하는 핵심 원리들이 조금도 바뀌지 않았기 때문이다. 자본은 의연히 자기논리에 따라 작동하며, 자본과 짝을 이룬 권력은 구성원들의 탈주를 치밀하게 감시해오지 않았는가. 그렇다면 이제는 이 책이 보여주는 풍경 너머에 무엇이 있었는지를 사유할 수 있어야 할 것이다.

번역과 현실 사이

한 권의 책을 번역할 때마다 적잖은 고민을 하곤 한다. '친절하게도' 출판사측에서 옮겨야 할 책을 선정하여 글자 모양만을 바꾸어달라고 요청해 올 경우에는, 다시 말해 번역자를 일종의 '번역기계'로 활용하고자 할 경우에는, 특별한 고민에 빠지지 않고도 번역에 임할 수가 있다. 물론 '수고비용'의 정도에 따라 번역의 질이나 속도가 달라지기는 하겠지만. 그런데 번역자 자신이 직접 책을 선정해서 옮길 경우엔 사정이 퍽 달라진다. 이 과정에도 출판사측의 상업적 고려를 배제하기란 쉽지 않을 것이다. '돈이 되지 않는 책'을 선뜻 책으로 만들어주겠다고 나서는 출판사가 결코 많지 않은 상황에서 의미는 있으되 출판사 쪽에 부담이 되는 책을 선택하기란 상당히 부담스러운 일임에 틀림없다. 어떤 사람들은 말할 것이다. 돈도 되고 의미도 있는 책을 고르면 되지 않겠느냐고. 윈—윈의 선택? 하지만 그게 그렇게 만만한 일이 아니라는 것도 충분히 헤아려야 할 것이다.

그동안 나는 일본의 근대문학과 사상사의 전개에 많은 관심을 두고, 몇 권의 책을 번역하기도 했으며, 여기 『일본 근대의 풍경』을 번역하는 데도 깊이 관여했다. 출판사측에 이 책의 번역을 제안했고, 출판사는 기꺼이 응했다. 그리고 조금은 '과장된' 역자서문을 써서 이 책의 난산^{難産}을 '자축'하기도 했다. 『일본 근대의 풍경』을 번역·간행하는 데 있어서 출판사의 '상업적 고려'가 얼마나 작용했는지는 알 수 없다. 그러나, 출판사 사장이 들으면 섭섭해할지도 모르겠지만, 나는 상업적으로 얼마나 '성공'을 거둘지에 관해서는 조금도 신경을 쓰지 않았다. 독자들에게 근대 일본의 풍경을 펼쳐 보여줄 수만 있다면, 그리하여 한국 근대의 풍경을 보다 폭넓게 바라볼 수 있게 된다면, 그것만으로도 충분히 소기의 성과를 얻을 수 있을 것이라고 생각했기 때문이다. 번역이 은폐된 기억들을 복원하는 데 일종의 기폭제가 될 수 있다는 말은 새삼스러워서 부언할 필요조차 없지 않은가.

그런데 『북 앤 이슈』에 실린 「설명은 있으나 관점은 없는 메이지 시대 박물지」라는 제목의 탁석산 씨의 짧막한 서평을 보고 적잖이 의아했다. '역자 서문'에서도 밝혔듯이 이 책의 원제는 『메이지사물기원사전^{明治事物起源事典}』이다. 이 책을 훑어보면서 나는 이 책이 '사전'으로서 단순한 사실을 '설명'하는 데 충실뿐만 아니라 그에 못지 않게 '관점'을 분명하게 드러내고 있다고 생각했으며, 지금도 그 생각에는 변함이 없다. 여기에서 말하는 '관점'이란 원저자의 그것임에 틀림없다. 원저자의 관점에 동의하든 동의하지 않든 이 책을 선정하고 번역한 나의 생각이 일정 정도 반영되어 있는 것 또한 사실이다.

탁석산 씨가 어떤 '관점'을 선호하는지는 명확하게 알 수 없으나, 이 책이 관점이 없는 설명만의 나열로 일관하고 있다는 '비판'에 대해서는 의심을 품지 않을 수 없다. 한 가지만 예를 들기로 하자. 근대 일본의 정치·외교사에서 하나의 해프닝으로 거론되고 있는 '로쿠메이칸 외교'의 산실이었던 '로쿠메이칸'의 풍경을 보여주는 항목. 서양식으로 화려하게 꾸민 두 사람이 거울 앞에 서 있는데, 놀랍게도 거울 속에 비친 모습은 두 마리의 원숭이이다. 이 그림에 대해 저자는 이렇게 '설명'한다. "그림 2는 상류계급을 담고 싶다거나 접근하고자 하는 자들을 신랄하게 풍자하고 있다. 로쿠메이칸의 무도회라도 가는 것인지, 말쑥한 차림새를 뽐내며 거울 앞에 서 있긴 하지만 정작 거울에 비친 것은 원숭이다. 로쿠메이칸으로 상징되는 일본의 서양화는 단적으로 말해 원숭이 흉내에 지나지 않는다는 날카로운 비판을 읽을 수 있다." 여기에서 저자의 '관점'을 읽어낼 수 없다면, 무엇이 관점이란 말인가.

자신의 관점을 드러내는 데 있어 편집이 발휘하는 효과를 모르는 사람은 많지 않다. 똑같은 사실이라 해도 무엇을 선별하고 어떻게 배치하느냐에 따라 관점은 얼마든지 달라질 수 있다. 풍자화와 만평 등을 대거 동원하여 일본의 근대화를 바라보고 있는 이 책은, 일본에서 간행된 유사한 성격의 '사전'들과 비교할 때, 저자의 비판적 '시각'이 단연 돋보인다. 그런데도 탁석산 씨처럼 관점이 없는 평면적인 사실들의 나열에 지나지 않는다고 '비판'한다면 나로서는 참으로 난감할 따름이다. 그가 예로 드는 '박물관' 항목만 해도 그렇다. 분명히 "박물학의 성격과 계몽주의를 한꺼번에 섭취한 뒤 박물관마저도 급조해냈다"는 부분을 인용한 다음, "박물관 설립의 과정만을 알고 싶다면 이 정도로도 충분할 것"이라고 말한다. 나는 일반적인 의미의 박물관에는 별 관심이 없다. 왜 메이지 일본이 박물관을 '급조'했는가에 관심이 있을 뿐이다. '급조'라는 말에서 '관점'을 읽을 수는 없는가. 무엇이 일본을 그토록 급격한 근대화＝서양화＝'원숭이 흉내내기'로 내몰았는가, 그것이 초래한 결과는 무엇인가 등등.

탁석산 씨는 평면적인 사실의 나열에서 지적 호기심을 느낄 게 아니라, "배후의 사상과 의도"를 아는 것이 중요하다고 말한다. 이어서 다음과 같이 덧붙인다. "지적 호기심을 넘어서 우리의 근대와의 연관성을 찾을 수도 있을 것이다. 하지만 시각자료라든가 평면적인 사실들을 비교해서는 그런 연관성을 제대로 발견할 수 없을 것으로 생각한다. 배후의 시스템과 문화역량 그리고 당대에 대한 통찰력이 필요하기 때문이다. 이런 것들을 이 책에서 기대할 수는 물론 없다. 하지만 이런 점이 고려되어야 한다는 것을 마음에 두어야만 할 것이다. 왜냐하면 평면적인 사실만을 보고 우리의 근대와 비교하면 너무나 흡사해서 오해할 수 있기 때문이다." 옳은 얘기다. 이 책에서 일본이나 한국 근대의 배후에 놓인 "시스템과 문화역량 그리고 당대에 대한 통찰력"을 기대한다는 것은 무리이다. 그래서 어쩌란 말인가. 이 책이 시스템과 문화역량과 당대에 대한 통찰력으로 이끄는 작지만 중요한 실마리가 될 수 있다고 생각한다면 잘못인가. 나는 아니라고 생각한다. 확신하건대, 그리고 기대하건대, 이 책의 많은 독자들은 우리가 일본을 너무나 모르고 있다는 사실을 절감할 것이다. 그리고 일본 근대의 풍경과 한국의 근대의 풍경이 너무나 '흡사'하다는 것을 알고, 한국 근대사의 전개를 다시 한번 되돌아볼 기회를 가질 것이다.

하나의 책을 만드는 데 많은 사람들의 수고와 공이 들어간다는 것은 탁석산 씨가 누구보다 잘 알고 있을 것이다. 그런 그가 일본의 역사와 메이지 시대의 인물들을 상세하게 실은 『일본 근대의 풍경』의 부록을 두고 이는 "아마도 표면적 사실을 나열하는 데에서 오는 허전함을 달래려는 의도로 보인다"고 말한다. 나에게 이 말은 '얄팍한 상술이 아니냐'는 '조롱' 내지는 '비아냥'으로 들린다. 한국의 근대와 일본의 근대에 적잖은 관심을 갖고 있는 것으로 보이는 '철학자'가 이렇게 말하는 것을 보고 나는 놀라지 않을 수 없다. 독자들의 책을 보는 '시력'에 따라 다르겠지만, 백 보 양보해서 그의 말대로 이 책의 원저가 평면적이라고 치자. 그렇다면 일본의 역사를 간략하게나마 서술하고 이 책에 등장하는 인물들을 어렵사리 찾아 '부록'으로 단 것을, 부족한 입체성을 보강하기 위한 출판사 편집진의 성의로 보아줄 수는 없는가. 이것을 '불필요한 친절'이라고 매도하는 데에는 씁쓸함을 금하기 어렵다. 일본의 고유명사를 우리말로 정확하게 표기하는 일 하나에만 얼마나 많은 시간이 드는지 모른다면 할 말이 없다. 한국에서 일본의 역사를 쉽게 접할 수 있는, 신뢰할 만한 '대중적인 책'이 얼마나 부족한지를 모른다면 역시 할 말이 없다. 쓸데없는 부록을 달아 책을 두껍게 만들었고 그리하여 책값을 올리려는 출판사의 '저의'라도 발견했다는 말인지, 자못 궁금하다.

또, 왜 '청일전쟁' '러일전쟁'이라 하지 않고 '일청전쟁' '일러전쟁'이라고 한 것이 대단히 눈에 거슬렸던 모양이다. 이 책은 일본인이 쓴 책이다. 그래서 그렇게 표기한 것이다. 만약 원저의 '우리 일본이 어찌어찌했다'는 표현을 '저들 일본이 어찌어찌했다'로 옮기는 게 주체적인 번역이라 우긴다면 할 말 없지만. 그리고 관례상 전쟁을 표기할 때에는 승전국이 앞에 오게 마련이다. 청이나 러시아가 한국과 더 가깝고 더 친하니까 '청일전쟁' '러일전쟁'이라고 쓰자? 또는 관례적으로 그렇게 써 왔으니까? 그렇다면 '천황붕어'를 '일왕의 죽음'으로, 일본에서 열린 '일영박람회'를 '영일박람회'로 바꾸어야 마땅하다. 그러나 나는 그것이 무슨 의미가 있는지 잘 알지 못한다.

내가 역자서문에서 썼듯이 한국 근대의 특수성을 말할 수 있기 위해서라도 일본 근대의 다양한 풍경과 그것의 정치적·경제적·사상적·문화적 맥락을 읽을 능력을 키워야 한다. 그 과정에서 이 책은 하나의 촉진제 역할을 할 수 있을 것이다. 그 이상도 그 이하도 아니다. 따라서 『근대 일본의 풍경』이 어떤 독자들에게는 많이 부족하게 보일 수도 있다. 하지만 서평자의 역할이란, 독자들에게는 그 책이 출판된 맥락과 의미를 짚어주고, 출판사와 번역자들에게는 여기에서 부족한 것을 어떻게 채워나가야 하는지 '대안'을 제시하는 것이라고 나는 생각한다. 그런데 서평자 탁석산 씨는 이렇게 말한다. "이 책은 자료집으로는 재미있고 유용하다. 하지만 그 이상을 원한다면 실망할 것이다. 즉 계보학을 좋아하는 사람들에게는 흥미진진할 수 있겠으나 계보학이 과연 지금 우리에게 무엇을 말할 수 있겠는가에 대해 회의적인 사람들에게는 쓸모 없는 책이 될 것이다. 나에겐 재미있는 책이다." 나는 '주례사 서평'을 원하는 게 아니다. 제대로 읽고 평을 해달라는 것이다. '계보학에 회의적인 사람들'에게 쓸모 있는 책이 될 수 있도록, 그리하여 부족한 부분을 메울 수 있도록 지원할 수는 없을까. 나는 모르겠다. 왜 『북 앤 이슈』라는 서평전문지에서 『일본 근대의 풍경』을 '이 달의 책'으로 선정했는지. 선정위원인 탁석산 씨가 왜 이런 서평을 썼는지. 별볼일 없는 책이라 말해놓고서 왜 "나에겐 재미있는 책이다"라는 사족을 달았는지. 궁금하다. 참으로.

일본 지식인들의 근대 일본 비판

봄빛이 완연한 휴일, 나는 얼마 전에 번역 발간된 나카노 도시오中野敏男의 책『오쓰카 히사오와 마루야마 마사오 – 일본의 총력전 체제와 전후 민주주의 사상』삼인을 읽고 있다. 저자 나카노 도시오는 1945년 8월 15일 패전 후 일본 지성계/사상계를 대표하는 두 지식인 오쓰카 히사오大塚久雄와 마루야마 마사오丸山眞男의 사상 구조를 정치하게 분석·해부함으로써 패전 후 일본의 민주주의가 전쟁 후의 '제로지점'에서 새롭게 출발했다는 신화가 어떻게 형성되었는지를 밝힌다.

그의 견해에 따르면 일본의 '전후戰後'는 1930년 이후 총동원체제또는 총력전체제로 돌입했던 이른바 '15년전쟁' 시기와 불가분의 관계에 놓여 있음에도 불구하고, 제국주의 일본이 일으킨 전쟁들과 '국민'이라는 이유로 전쟁에 동원되어 죽음의 강을 건너야 했던 일본국민들의 기억을 지워버림으로써 '민주주의 일본'이라는 신화를 재구축해왔다. 매년 8월 15일이면 반복되는 천황에 대한 죽음과 재생의 의식, 전쟁의 잔학성을 자신들의 무용담으로 바꾸어 거기서부터 '기적적인 부흥'을 말하고 그것을 이룩한 '근면성'을 자화자찬하는 국민적 기억의 제전은 일본인들의 전쟁체험의 망각을 조장하는 문화적·일상적 정치이다. 이러한 망각을 사상적으로 뒷받침한 인물이 바로 오쓰카 히사오와 마루야마 마사오라는 전후 일본사상계의 거목이라는 게 나카노 도시오의 진단이다.

일본의 '전후'가 억압하고 은폐해온 전시戰時와 전후의 연속성을 재확인함으로써 일본의 전후책임을 준엄하게 묻는 저자의 발언을 들으면서 나는 폭력으로 점철되어온 '대일본제국'의 역사와 더불어, 국가적 폭력에 저항함으로써 새로운 삶과 정치의 가능성을 타진했던 적지 않은 양심적인 지식인들을 떠올리지 않을 수 없다. 러일전쟁에 반대했던 가타야마 센片山潛, 천황에 대한 예배를 거부하는 '불경죄'를 저지른 무교회주의자 우치무라 간조內村鑑三, 역시 천황제의 신화와 폭력성에 저항하다 형장의 이슬로 사라져간 사회주의자 고도쿠 슈스이幸德秋水, 서양따라잡기에 급급하여 현실의 삶을 내팽개치고 내달리는 근대 일본 문명의 질주를 의심에 가득찬 눈길로 주시했던 소설가 나쓰메 소세키夏目漱石, 폭력의 진원지인 천황을 폭살하고자 했던 아나키스트 가네코 후미코金子文子, 일본 파시즘의 정체를 폭로한 맑시스트 하세가와 뇨제칸長谷川如是閑 등등이 '폭력의 화신'에 대항한 이들이다.

잘 알려져 있다시피 메이지유신1868 이후 근대 일본은 대대적인 번역을 통해 근대 서양의 사상과 과학은 물론 문물·제도·매너 등을 받아들였으며, 이를 바탕으로 하여 근대화의 모범생이라는 이름에 걸맞게 비서구사회에서는 유례가 없는 성공적인 근대국민국가체제를 수립했다. 그런데 그와 같은 '성공 신화'의 일등공신은 다름 아닌 전쟁이었다. 청일전쟁1895─러일전쟁1904─만주사변1931─중일전쟁1937─태평양전쟁1941으로 이어지는 일련의 전쟁은 근대 일본을 이끄는 동력이었으며, 일본인뿐만 아니라 아이누인·오키나와인·타이완인·조선인 등을 '천황의 적자赤子'이자 '대일본제국의 신민/국민'으로 동원하는 데 대단히 효과적인 정치공학이었다. 그리고 그 중심에 국화와 칼로 상징되는 천황이 있었으며, 죽음과 희생은 국민적 주체로 호명당한 '대일본제국 국민'의 몫이었다.

나카노 도시오뿐만 아니라 폭력을 일상적으로 자행해온 일본 근대국민국가의 사상적 근거를 밝히고, 그 배후를 타격하여 일본이 걸어온 길을 되묻는 양심적인 학자들의 저작들이 최근 몇 년 사이에 잇달아 발간되고 있다. 예컨대 일본의 국민적 주체를 형성하는 데 '혁혁한' 공적을 남긴 단일민족론이 허구로 가득한 신화임을 밝히는 오구마 에이지小熊英二의 『일본 단일민족신화의 기원』소명출판을 비롯하여 제국주의 일본이 식민지인들과 자국의 국민들을 어떤 식으로 전쟁의 불구덩이 속으로 몰아넣었으며 또 어떻게 이들을 선택적으로 기억하고 망각하는지를 논구한 도미야마 이치로富山一郎의 『전장의 기억』이산, 근대 일본의 전쟁과 폭력의 중심에 있으면서도 끊임없이 은폐되어온 천황이라는 게 정작 어떻게 만들어졌는지를 폭로하고 있는 『화려한 군주―근대일본의 권력과 국가의례』이산 등이 그 좋은 예이다. 이 외에도 이에나가 사부로家永三郎의 『전쟁책임』논형, 고모리 요이치의 『1945년 8월 15일 천황 히로히토는 이렇게 말했다』뿌리와이파리 등 하나하나 헤아리기 어려울 정도이다.

그렇다면 이러한 근대 일본을 비판하는 책들이 번역 출간되는 현상을 어떻게 보아야 할까. 일본의 근대를 시야에 넣지 않고서는 한국의 근대를 균형감각을 갖고 바라볼 수 없을 뿐만 아니라 '근대 너머'에 관한 담론들이 무의미해질 가능성이 높다는 지적에 대해서는 어렵지 않게 동의할 수 있을 것이다. 그리고 최근 들어 비교적 폭넓은 동의를 얻고 있는 동아시아담론이나 새로운 동아시아 구상 또한 역사를 참조하지 않는 한 한갓 지적 유희로 끝날 공산이 크다. 새삼스러운 말이지만 지금―여기를 디딤돌로 하여 지금과는 다른 미래를 상상할 수 있기 위해서는, 그리고 그 상상을 현실적 힘으로 전환시키기 위해서는 폭력을 자양분으로 하여 그 생명을 지탱해온 근대국민국가의 이면을 주시할 수 있어야 한다.

한국에서 일본의 비판적 지식인들의 저작이 활발하게 번역되는 이유도 여기에서 찾을 수 있을 것이다. 최근 번역되고 있는 일련의 책들은, 명시적으로든 암시적으로든, 국가주의나 민족주의의 그물망에 갇혀 근대를 사유하는 순간 우리는 역사의 족쇄로부터 영영 풀려날 가망이 없다는 것을 전하고 있다. 피로 얼룩진 역사를 문명화＝근대화라는 화려한 불빛으로 은폐해온 근대 일본의 길을 톺아가면서 우리는 보다 냉철한 눈으로 한국의 근대를 성찰할 수 있는 계기를 마련해야 할 것이다. 화사한 4월 오후, 근대국민국가의 폭력과 대결하는 일본의 비판적인 지식인이 타전하는 목소리에 귀를 기울이며 나는 구호를 넘어 진정한 연대를 모색할 수 있을 것이라는 희망을 또 다시 발견한다.

일제 말기의 '일본어 소설', 한국 근대문학의 상처인가?

거칠게 말하자면 '한국문학'이란 '한국인이 한국어로 한국인의 사상과 정서를 표현한 것'이라 정의된다. 그렇다면 향찰로 표기된 향가는 한국문학인가. 한문으로 씌어진 이규보의 『동명왕편』이나 김시습의 『금오신화』는 어떤가. 박지원의 「허생전」 「양반전」을 비롯한 걸출한 한문소설은 과연 한국문학인가. 그리고 그 수를 이루 헤아리기 어려운 한시들은 또 어떠한가. 해묵은 물음이긴 하지만, 위의 정의에 따르면 이들은 한국문학으로서 시민권을 획득할 자격이 없다. 외국인이 한국어로 쓴 소설, 한국인이 한국어로 외국인의 정서를 표현한 작품 등등도 위의 정의를 충족시키지 못한다는 점에서 사정은 크게 다르지 않다.

훈민정음 창제를 경계로 하여 한국문학사는 변전變轉의 소용돌이를 경험하지만, 어떤 문자로 표현할 것인가라는 논란은 근대문학에 들어서도 쉽게 수그러들지 않는다. 한국 근대문학으로 좁혀 말할 경우, 처음 '근대소설'을 창작한 많은 작가들은 한국어가 아니라 일본어로 문학을 학습하고 일본어로 글을 쓰기도 했다. 예컨대 일본에 유학한 이인직과 이광수는 일본어로 소설을 썼으며, 김동인은 일본어로 구상하고 한국어로 써야 하는 고충을 토로하기도 했다. 뿐만 아니라 한국 근대소설을 대표하는 작가 중 한 사람인 염상섭의 초기 소설에서는 일본 근대소설의 문법과 표현을 적잖게 찾아볼 수 있다.

한국의 근대는 독자적인 국민국가를 형성하기도 전에 제국주의 일본의 식민지로 전락했으며, 한국인들은 법적으로는 일본인으로 살면서도 현실적으로는 동화와 차별 사이에서 심각한 고통을 경험해야 했다. '조선민족'으로서 '일본국민'이 되어야 했던 한국인들에게 한국어는 한국인의 정서와 삶을 말하고 기록할 수 있는 수단이자 민족의 정체성을 지키기 위한 저항의 거점이었다. 그런 까닭에 많은 작가들이 일본에 유학하여 일본어로 근대문학을 학습했음에도 불구하고 한국어로 표현한 뛰어난 작품들을 창작했다는 것은 한국 근대문학사의 빛나는 성취라 할 수 있을 것이다.

그러나 상황은 그렇게 호락호락하지 않았다. 1937년 7월 발발한 중일전쟁이 장기전으로 돌입하면서 제국주의 일본은 '국민총동원'이라는 명분 아래 강력한 사상 통제 정책을 실시했다. '조선인'을 '충량한 대일본제국 신민'으로 개조해야 한다는 슬로건 아래 조선총독부는 급기야 '조선인'의 기억의 저장고인 '조선어'를 철저하게 말살하기 위해 온갖 수단과 방법을 동원했다. 이러한 엄혹한 상황 하에서도 이육사나 윤동주를 비롯한 시인들은 아름다운 모국어로 한국인의 정서와 사유를 형상화했다. 그들이야말로 민족사의 칠흑같은 어둠과 대결한 빛나는 결정結晶이자 '민족의 언어를 지키는 것이 민족을 지키는 것'이라는 논리를 끝까지 견지한 암흑시대의 정화精華라 할 수 있을 터이다.

그렇다면 이들을 제외한 그 많던 작가와 시인들은 어떻게 되었을까. 어떤 사람들은 붓을 꺾은 채 침묵으로 일관했고, 어떤 사람들은 망명을 선택했으며, 또 어떤 사람들은 '국어'인 일본어로 시를 쓰고 소설을 써야 했다.

서정주, 임학수, 김종한, 이광수, 한설야, 김남천, 김사량, 이효석, 최재서, 박영희, 유진오 등등 많은 문인들이 일본어로 시를 쓰고, 일본어로 소설을 썼으며, 일본어로 평론을 발표했다. 그 후로 오랫동안 이들의 일본어 작품은 제국주의 일본의 언어로 글을 썼다는 이유로 '민족의 죄인'이라는 낙인이 찍힌 채 제대로 평가를 받지 못했다. 최근에 이르러서는 사정이 달라지긴 했지만, 많은 문학연구자들은 일제 말기 문학사를 '암흑기'라는 이름으로 괄호 안에 넣어 버리고는 진지한 접근을 시도하지 못했다.

이들의 일본어 작품 중 제국주의 일본에 순응하는 것이 적지 않은 것은 사실이다. 그리고 그들이 일신의 안위를 위해 민족의 언어를 버리고 제국의 언어로 투항했다는 것은 충분히 비판받아 마땅하다. 그러나 일본어로 씌어진 작품 중에서는 일본의 제국주의적 동화정책과 차별정책, 지배의 부당성과 폭력성을 문학적으로 형상화한 작품들도 어렵지 않게 찾아볼 수 있다. 김사량·이효석·한설야·임순득 등의 작품이 그 좋은 예이다. '제국의 언어'로 '제국의 사고'에 균열을 초래한 이들의 글쓰기 행위는 예술적 저항의 일환으로 자리매김하기에 모자람이 없다. 하지만 '한국 근대문학＝한국어 문학'이라는 등식을 척도로 삼는 한 이들에 대한 평가는 요원하다. 한국 근대문학 연구가 언어중심주의의 자장磁場으로부터 벗어날 필요가 있는 것도 이 때문이다.

식민지 시대를 직접 경험하지 못한 사람으로서 모국어를 버리고 '제국의 언어'를 선택해야만 했던 그들의 정신적 고뇌를 헤아리기란 쉬운 일이 아니다. 하지만 그들의 입장에 서서 고뇌와 상처의 의미를 되새기려는 노력을 기울일 수는 있을 것이다. 진정한 작가나 진정한 시인은 글을 쓰지 않고서는 밀려오는 시간을 살아낼 수 없는 존재들이다. 물론 옥석玉石을 가리긴 해야겠지만 일본어로 글을 썼다는 이유만으로 싸잡아 비난하는 것은 우리의 삶을 위해서도 아무런 도움이 되지 못한다. 그들의 신체와 정신에는 앞선 세대들이 겪어야 했던 비극의 기억이 새겨져 있다. 그것은, 상처든 영광이든, 과거로부터 자유롭지 못한 우리의 일부일 수밖에 없다.

　상처는 감출수록 덧나게 마련이다. 상처를 상처로 의식하고 그 상처에서 새살이 돋게 하는 방법을 모색하기 위해 우리는 괄호에 묶인 시대의, '낯선 언어^{일본어}'에 깃든 기억의 흔적들과 진지한 대화를 나누어야 한다. 이제 다시 물어야 한다. '식민지 말기 한국인이 일본어로 한국인의 사상과 정서를 표현한 문학'은 한국문학인가 아닌가. 한국문학이라고 답한다면 우리는 그 속에 깃든 혼돈과 상처의 의미를 사유의 자양분으로 길어올릴 수 있어야 한다. 한국문학이 아니라고 답한다면 그것을 어디로 추방해야 할지 물색해야 한다. 나에게 묻는다면, 추방당한 트라우마의 복수가 두렵다고, 우회적으로 말할 것이다.

천황이라는 '텅 빈 중심' 또는 표상의 정치학

프랑스의 기호학자 롤랑 바르트는 일본이라는 텍스트 또는 기호가 지닌 의미를 읽어내면서 도쿄에 존재하는 '중요한 역설'을 이렇게 설명한다.

이 도시에는 중심부가 있지만 그 중심부는 텅 비어 있다. 이 도시 전체는 금지된 중립의 공간을 빙 둘러싸고 있다. 이곳은 나뭇잎 뒤에 숨겨져서 해자垓字로 보호받는 곳이며, 아무도 본 적이 없는, 말하자면 문자 그대로 그가 누구인지 아무도 알지 못하는, 천황이 살고 있는 곳이다. 매일매일 정력적으로 총알처럼 빠르게 달리는 택시들도 이 원형의 공간은 피해간다. 이곳의 낮은 용마루 장식은 보이지 않는 것을 가시화한 형태인데, 신성한 '무rien'를 숨기고 있다. 현대 사회에서 가장 강력한 두 도시 중의 하나가 이렇듯 성벽과 시냇물, 지붕 그리고 나무로 이루어진 불투명한 원을 중심으로 만들어져 있다. 그 중앙부는 하나의 사라진 개념에 불과하다. 그것은 권력을 사방에 퍼뜨리기 위해 존재하는 것이 아니다. 그보다는 오히려 도시 전체의 움직임이 중앙을 텅 빈 상태로 유지하기 위해서 존재한다. 그러기에 주행하는 차들은 끊임없이 돌아가야만 한다. 이런 식으로 상상력의 세계도 하나의 텅 빈 주제를 따라 돌아가기도 하고 다시 되돌아오기도 하면서 둥글게 퍼져나간다.

도쿄의 한복판, 천황이 사는 곳 '황거皇居'를 본 사람이라면 '도시 전체의 움직임이 중앙을 텅 빈 상태로 유지하기 위해 존재한다'는 바르트의 설명을 어렵지 않게 이해할 수 있을 것이다. 정말이지 황거 뒤로는 동산의 나무 몇 그루만 보일 뿐 아무것도 가린 게 없다. 그리고 도쿄역을 비롯한 수많은 초현대식 고층건물들이 이 텅 빈 정적의 공간을 향해 배알하고 있다. 대도시에 어울리지 않는, 하얀 모래 위에 부서지는 고요가 낯설어서 한참을 두리번거렸던 기억이 지금도 생생하다. 늘 꽉 차 있는 서양의 중앙집중형 도시와 달리 모든 것이 중심을 텅 빈 상태로 유지하기 위해 존재하는 곳 도쿄는 근대 일본의 심장부라 할 수 있을진대, 그 심장을 움직이는 힘이 텅 빈 '무無'에서 나온다면 우리는 이를 어떻게 이해해야 할까.

● ● ●

천황이라는 표상Vorstellung이 어떻게 작성되고 그것이 현실에서 어떤 식으로 작동했는가를 파악하는 것은 근대 일본을 이해하는 데 있어서 빠뜨릴 수 없는 항목이다. 근대 일본이라는 거울에 비친 한국의 자아상을 문학적 관점에서 그리고자 하는 나에게 일본을 지탱하는 '텅 빈 중심' '천황'은 각별한 관심의 대상일 수밖에 없었고, 지금도 그러하다. 메이지 천황에서 히로히토에 이르는 천황의 표상은 근대 일본을 움직이는 강력한 엔진이었다. 그럼에도 그 엔진의 구조와 작동원리를 파헤치고자 하는 노력을 만나기란 쉬운 일이 아니다. '천황이란 무엇인가'라는 물음에 '미학적이어서 대답하기 곤란하다'고 말하는 어느 일본 학자의 고민을 이해할 수 없는 것은 아니다. 하지만 '미학적'이라는 말이 머금고 있는 의미를 읽어내지 못한다면 우리의 천황에 대한, 천황의 이름으로 이뤄진 행위에 대한 이해는 실체 없는 그림자를 향해 발길질을 하는 수준에서 크게 벗어나지 못할 것이다.

그렇다면 천황이란 무엇인가. 천황이라는 표상은 어떻게, 왜, 누구에 의해서 만들어졌는가. 이 질문에 대한 대답을 어디에서 얻을 수 있을까. 한국어로 번역된 것들만 일별하자면, 도널드 킨의 『메이지 천황』다락원, 레너드 모즐리의 『일본 천황 히로히토』깊은샘, 에드워드 베르의 『히로히토 : 신화의 뒤편』을유문화사 등은 일본 근현대사의 주요 사건들과 불가분의 관계에 있는 메이지 천황과 히로히토 천황의 일대기를 비하인드 스토리와 함께 읽을 수 있는 책들이지만, 그 내용은 우리가 원하는 대답으로부터 한참 동떨어져 있다. 이와 다른 성격의 책으로는 스즈키 마사유키의 『근대 일본의 천황제』이산, 후지타니 타카시의 『화려한 군주』이산, 그리고 타키 코지의 『천황의 초상』소명출판이 있다. 『근대 일본의 천황제』는 법과 제도 속에서 천황상天皇像이 어떻게 구축되는지를 보여주며, 『화려한 군주』는 천황을 중심으로 하는 갖가지 국가의례의 발명과 대중 동원의 메커니즘을 푸코의 관점에서 분석하고 있다. 『화려한 군주』는 천황이라는 근대 일본의 '엔진'이 만들어지는 과정과 작동원리를 보여준다는 점에서 설득력을 확보하고 있다. 그런데 이 책보다 8년 먼저 간행된 『천황의 초상』은 『화려한 군주』의 논의를 선취하고 있어 우리의 주목에 값한다.

• • •

‘황거’라는 텅 빈 중심에 거주하고 있는 천황, 그 천황의 신체가 어떻게 일본인들의 시선을 하나로 모으는 ‘소실점’이 되었는지, 천황의 이미지에 새겨진 권력의 표정은 어떠했는지, 천황이라는 가공의 이미지가 일종의 블랙홀이 되어 일본인들을 하나의 국민으로 호명하고 동원하는 과정은 어떠했는지를 시종일관 침착한 어조로 말하는 『천황의 초상』타키 코지, 박삼헌 옮김, 소명출판, 2007은 천황이라는 ‘엔진’의 구조와 작동원리를 적실하게 보여준다. 구중궁궐에 갇혀 있던 천황이 근대화라는 파고 속에서 일약 ‘대일본제국’이라는 배의 ‘선장’으로 등장하는 드라마를 읽고 있노라면, 허구가 실재보다 더 현실적인 힘을 발휘한다는 말의 의미를 실감할 수 있다.

니시키에에 등장하면서 민중들과 대면하기 시작한 천황은 순행巡幸이라는 퍼포먼스를 통해 자신의 존재를 각인시킨다. 이어서 근대문명의 산물인 다양한 매체, 특히 사진을 통해 민중들 속으로 깊숙이 침투한 천황은 신성한 존재이면서 동시에 새로운 풍속또는 유행을 선도하는 ‘패션 리더’이기도 했다. 타키 코지가 강조하고 있듯이, 천황의 사진 촬영은 외부로부터 새로운 시대의 시선이 한 나라의 원수에게 도달했음을 의미한다. “이 시선은 근대가 만들어낸 것이고, 나아가 이 시선은 히말라야든 태평양의 외로운 섬이든 세계 모든 공간을 정복하고자 했다.”112쪽 편재하는 천황의 신체, 편재하는 천황의 시선! 서양식 제복으로 말쑥하게 차려입은 당대의 슈퍼스타 천황의 시선은 일본이란 영토의 구석구석과 그 속에서 살고 있는 인민들을 감시하고 동원하는 강력한 자력磁力을 내뿜는다. 그리고 시선에 포획된 공간은 균질적인 ‘국토’로 바뀌며, 인민은 균질적인 ‘국민’으로 거듭난다.

이상적인 천황의 초상은 역사적 시간을 초월한다. 천황은 역사 안에서 역사를 초월하는, 신이면서 인간이고 인간이면서 신인 '형용모순'의 존재로 표상되었던 것이다. 이 형용모순을 가능하게 한 것은 초상의 제작을 지휘한 자들의 치밀한 정치공학이었다. 이를 두고 '초상의 정치학'이라 부를 수 있을 터이며, 타키 코지의 『천황의 초상』이 가장 빛나는 부분도 사진으로 도상화된 신체를 분석하는 지점이다. 몇 번에 걸쳐 다시 그려지는 천황상에는 천황을 이상화理想化하는 정치적 시선이 작용하고 있으며, 이상화된 천황은 '어진영'을 매개로 하여 '국민＝신민'들의 신체와 의식에 각인된다. 예컨대 1888년에 그려진 초상은 그 스타일을 통해 시각적이면서도 거의 정치적인 언어처럼 구성되었고, 나아가 직관할 수 있는 비언어적 이미지가 되었다. 급기야 '천황의 초상'은 근대 일본의 정치와 법률의 움직임 속에서 천황의 존재를 둘러싸고 발생하는 다양한 모순된 요소를 동시적으로 통합하고, 지극히 통속적인 도상 특유의 친밀감을 매개로 하여 이질적인 이미지를 부지불식간에 사람들의 심리에 뿌리내리게 했던 것이다.

● ● ●

합리성을 사유의 기축으로 삼는 근대인들이 가상假想 앞에 너무나 맥없이 굴복하고 만다는 것은 이해하기 어려운 아이러니이다. 하기야 탈주술화 또는 탈마법화를 드높이 내세웠던 근대국민국가가 고대신화를 재신화화함으로써 그 존재 근거를 확보했다는 사실을 상기한다면 그다지 이상할 것도 없다. 만세일계萬歲一系의 천황의 이미지 속에 깃든 신화적 사고가 이성理性으로 무장한 근대 일본의 많은 지식인들의 심성을 지배했다는 것을 우리는 어떻게 설명할 수 있을까. 그리고 적어도 패전까지는 천황의 사진 속에 신성성神聖性을 새겨넣음으로써 '제국 일본'의 지배 근거를 합리화하고자 했던 기획자들의 의도가 관철될 수 있었던 이유는 무엇일까.

새삼 텅 빈 중심 또는 텅 빈 블랙홀 속으로 빨려든 것들이 무엇이었는지 되돌아보는 것으로 충분할 것이다. 천황의 초상이 지닌 '미학'은 미시적인 영역에서 작동하는 폭력의 정당화하는 선을 훌쩍 뛰어넘어 홀로코스트의 기억마저 미화하는 영역에까지 뻗쳐 있다. 양심적인 시민의 판단력은 이 텅 빈 미학의 소용돌이 속에서 아무런 힘도 발휘하지 못한다. 결론 가까운 지점에서 타키 코지는 이렇게 말한다.

어진영이 감정적인 측면에서 천황의 대리물 또는 분신으로 받아들여질 수 있었던 것은 개인적 심성이 집단으로 확대되었음을 의미한다. 이것은 '이에家'가 국가로까지 확대되었던 것과 같은 형태이다. 그러나 만약 집단이 한 개인처럼 일체화되어 있는 경우에는 진정한 개인적 주체가 존재할 여지는 없어진다. 그리고 이러한 개인과 집단의 관계가 발생하기 위해서는 의례가 필요했다. 208쪽

천황과 일체가 된 개인의 신체! 근대 일본의 민중들은 권력이 제작하고 유포한 천황의 이미지에 포획되어 자신의 신체를 천황이라는 이름의 '신위神位＝초상' 앞에 바쳐야만 했던 것이다. 그 신위를 둘러싸고 있는 신비한 위광威光의 이면을 해부하는 작업, 그것은 패전으로 상징되는 근대 일본의 파탄 과정을 정확하게 이해하기 위해서라면 피해갈 수가 없다. 롤랑 바르트의 말을 바꾸어 '일본의 근대는 천황이라는 텅 빈 중심을 유지하기 위해 존재했다'고 할 수 있을 터인데, 우리는 이제 『천황의 초상』을 안내자로 삼아 텅 빈 중심 또는 권력의 블랙홀을 창안한 이들의 의지가 지금은 어떤 방식으로 작동하고 있는지를 물어야 할 것이다.

근대라는 아포리아를 돌파할 단서는 무엇인가

'근대(화)'를 뭐라 정의할 수 있을까. 정치경제적 차원에서 라이프스타일에 이르기까지 또는 세계관이나 발화자의 위치에 따라 근대라는 피정의항은 수많은 정의항을 거느릴 수 있을 터이다. 그리고 그것을 어떤 관점에서 어떻게 정의하느냐에 따라 근대 세계와 관련한 문제 설정도 달라질 것이며, 문제 설정에 따른 담론의 구성도 근대주의에서 (이렇게 말할 수 있다면) 몰근대주의에 이르기까지 다양한 스펙트럼을 보일 것이다.

『근대라는 아포리아』아규 마코토, 최재목 · 이광래 옮김, 이학사, 2008의 저자 고사카 시로는 근대화를 세계의 통일 과정으로 이해하는 듯하다. 즉, "통일이라는 이름 아래 개개의 특수한 지역 · 문화 · 가치를 사상捨象하고 일원화하는 통합 과정을 바로 근대화"라고 부를 수 있으며, "근대화란 한편으로는 화폐경제에서 보이는 중앙집권 기구에 의한 통일 혹은 일원화이고, 다른 한편으로는 그 일원적인 통일체 내부에서의 분화 · 독립"이라는 것이다.

동아시아의 경우 근대(화)는, 리오타르의 표현을 빌려 비유적으로 말하자면, 서양이 제작한 '철학적 장편소설'을 번역하는 과정이었다. 헤겔의

『정신현상학』이 철학적 장편소설의 전형적인 예인데, 이 '작품'에서 헤겔은 정신의 변증법, 의미의 해석, 이성적인 인간 또는 노동으로서의 주체의 해방, 부의 발전 등에 근거해 세계를 하나의 원리로 포괄하는 장대한 내러티브를 작성했다. 이 서사의 주인공은 자본과 이성을 무기로 장착한 '서양'이었으며, 그 나머지 세계는 통일의 메커니즘에 따라 서양의 분신이 되거나 노예가 돼야 했다.

선택의 폭은 지극히 제한적이었다. 서양=근대의 충격에 대응하는 동아시아 지식인들의 '노선'을 거칠게 '급진적 근대주의', '급진적 반근대주의', '점진적 근대주의'라 명명할 수 있거니와, 각각은 독자적으로 존재하는 것이 아니라 착종과 균열, 이합집산을 거치면서 다양한 사상적 지형도를 그린다. 일본의 경우, 민권파가 국권파로 '전향'하거나 기타 잇키처럼 사회주의자에서 국체론자로 선회하는 것, 마르크스주의자였던 미키 키요시가 일본주의자로 돌아서는 것 등이 단적인 예이다.

그런데 저자는 '점진적 근대주의'를 중심에 두고 일본의 근대가 어떤 '운동 과정'을 거쳐 파국에 이르렀는지를 사상사적 관점에서 고찰한다. 일본의 화혼양재和魂洋才, 중국의 중체서용中體西用, 조선의 동도서기東道西器를 앞에 표 나게 내세우고 그들 사이의 공통점과 차이점을 발견하고자 하는 것도 근대 일본이 도달한 아포리아의 실상을 보다 입체적으로 재구再構하려는 노력의 일환이라 할 수 있다.

잘 알려진 바와 같이 동아시아의 근대는 보편성이라는 이름으로 무장한 서양의 총공세에 어떻게 대처할 것인가라는 문제를 두고 고심참담해왔다. 서양은 동양 또는 아시아라는 심상지리를 설정하는 데 빼놓을 수 없는 타자=거울이었다. 중화시스템에 속해 있던 한·중·일 삼국의 근대는, 시간과 계기의 차이에도 불구하고, 공통의 고민을 갖고 출발했다. 동시에 무엇을 어떻게 받아들일 것인가라는 문제에서는 적지 않은 낙차를 보이기도 했다. 예컨대, 저자의 주장에 따르면, 일본은 학문과 기술을 우선적으로 수용했고, 한국은 기독교를, 중국은 공산주의를 수용했다.

이처럼 중국과 한국의 서양=근대 수용 역사와 일본의 그것은 차이가 있다는 결론을 바탕으로 일본의 근대가 도달한 아포리아의 의미를 밝히고자 하는 저자의 노력은 충분히 존중할 만하다. 또 자기 부정을 수반하지 않고서는 다른 문화를 받아들일 수 없으며, 자기 부정은 자기 상실의 불안을 초래하고, 불안의 다시 주체성의 회복을 요구한다는 저자의 진술에 수긍한다면, 근대 일본에서 전개된 사상운동의 진폭과 변이를 동아시아 근대와의 관련성 속에서 포착하고자 하는 노력도 충분히 주목할 만하다.

그러나 동아시아 삼국의 근대 수용 양상을 지나치게 단선적으로 파악하고 있다는 점은 차치하고라도, 저자가 한국과 중국의 근대 사상의 전개를 너무 단순화하고 있다는 느낌을 지울 수 없다. 예를 들어 한국 근대 사상의 전개와 그 특징을 강재언과 유동식의 연구를 비롯한 70~80년대의 성과에 전적으로 기대어 포착하고 있다는 점에 주의할 필요가 있다. 70~80년대의 연구 성과들의 시효가 만료되었다는 말은 아니지만, 최근 한국에서 쟁점이 되고 있는 '식민지 근대화론'이나 여타 근대를 둘러싼 논쟁 등을 고려할 때, 지금-여기에서 저자의 주장이 어느 정도 설득력을 얻을 수 있을지는 미지수다. 특히 마루야마 마사오의 논리를 통렬하게 비판하면서도, 마루야마적 논리를 수용한 강재언의 논의를 전폭적으로 수용하고 있다는 것은 자가당착이라 할 수밖에 없다.

이와 함께 동아시아를 시야에 넣고서 일본의 근대를 비판적으로 바라본다는 관점도 특정 시기^{이른바 '문명개화기'}에만 편중되어 있어 많은 아쉬움을 남긴다. 아시아연대론에서 대동아공영권에 이르는 과정에서 동아시아 삼국의 지식인·활동가들은 적지 않은 편차를 보이면서 자신의 사상을 피력했다. 일본의 경우, 이 책에서 간략하게 언급하고 있는 기타 잇키나 도사카 준뿐만 아니라 요시노 사쿠조, 야나기 무네요시, 오자키 호츠미, 하세가와 뇨제칸, 가네코 후미코, 야나이하라 타다오 등등은 어떤 식으로든 중국과 한국을 시야에 넣고 제국주의의 분신으로 '환골탈태한' 일본의 근대를 고민한 사람들이다. 뿐만 아니라 '패전' 이후에도 루쉰의 격투를 통해 근대란 무엇인가를 치열하게 물은 바 있는 다케우치 요시미는 '방법으로서의 아시아'라는 개념을 무기로 일본적 근대의 딜레마를 파고들었다.

새로운 동아시아의 상을 구성하려는 노력은 여전히 현재진행형이다. 동아시아상이라 했거나와 그것은 이미 오래 전에 다양한 시각에서 그려지고 있었다. 동양평화론이나 아시아연대론, 동아협동체론, 대동아공영권 등등이 그 예이다. 기억해야 할 것은 자국을 보호하기 위한 고육책이었든, 이웃나라를 침략하기 위한 포석이었든, 아니면 자본에 저항하는 국제적 연대를 염두에 둔 것이었든 이 논의들이 근대의 산물인 민족주의^{國民主義} 앞에 무릎을 꿇고 말았다는 점이다. "당면 목표인 민족국가를 수립하자마자 그 주된 목표를 상실하고 다른 민족을 침략하는 원리로 변모하고 마는" 민족주의에 대한 비판 없이 새로운 동아시아를 상상한다는 것은 본말이 전도된 어불성설이다.

물론 저자에게 이 모든 것을 요구할 수는 없는 노릇이다. 그러나 근대화는 일원적 통일=폭력의 전면화를 지향한다는 것, 일본의 근대는 서양 근대의 폭력을 전유하는 방식으로 아시아를 통일하고자 했다는 것, '근대의 초극'을 표방했지만 그것은 하루투니언의 예리한 지적대로 '근대에 굴복한_{overcome by modernity}' 것이었다는 것, 그리고 그것이 일본 근대의 아포리아였으며 그 결과는 '패전'이었다는 것을 받아들인다면, 저자의 접근 방식이

지나치게 우회적이고 조심스럽다는 것을 어렵지 않게 알 수 있을 것이다.

요컨대 니시다 기타로를 비롯해 다나베 하지메나 와쓰지 데쓰로처럼 일본 중심의 통일 논리로 치달은 이들의 사상적 궤적뿐만 아니라, 근대화 = 통일화 = 침략주의를 추동하는 힘의 정체 및 그것의 구체적인 현상태와 긴장을 유지하면서 대결을 펼친 사상가·활동가들에게도 그 이상의 주의를 기울여야 근대라는 아포리아를 돌파할 수 있는 단서를 찾을 수 있을 것이다. 일본 근대의 아포리아 또는 '착각'을 확인하는 선에 머무를 경우, '대동아공영권'의 논리와 다른 성격의 동아시아를 상상하기란 쉽지 않을 것이며, 다케우치 요시미의 말마따나 동아시아를 포함한 비서구의 근대는 '패배감의 지속'에서 한 발자국도 벗어나지 못할 것이다.

인문학의 길 또는 위기 탈출의 징후들

다시 '인문학의 위기'를 얘기하면 언젯적 얘긴데 또 그 소리냐며 마뜩찮은 눈으로 바라보는 사람이 적지 않을 것이다. 인문학어디 인문학뿐이겠는가마는의 위기는 어제오늘의 이야기가 아니다. 제도적인 허점 때문이든 아니면 내부의 구조적인 문제 때문이든 인문학의 위기는 언제나 있어왔고 앞으로도 그러할 것이다. 학문의 속성상 인문학자들이 '배고픈 상황'을 탈출한다는 건 애시당초 난망한 일이 아닌가.

그런데 2002년 한 해 동안 인문학 관련 서적들의 면면을 보면 위기를 돌파하려는 적극적인 노력의 흔적을 곳곳에서 발견할 수 있다. 물론 번역서들에 치여 제대로 모습이 알려지지 않은 것들이 적지 않긴 하지만, 그럼에도 불구하고 소장학자들을 중심으로 전문적 지식에 갇히지 않고 학문의 행동반경을 넓히려는 고심들을 읽어내기란 그리 어려운 일이 아니다. '논문식 글쓰기'에서 벗어나 보다 많은 사람들에게 다가가려는 노력, 그러니까 전문적 지식을 새로운 글쓰기 전략을 통해 소통 범위를 확장하려는 수고야말로 위기를 말하기 전에 지식인들이 치러야 할 대가라 할 수 있을 터이다.

‘책세상 문고:우리시대’는 이러한 우리들의 바람을 저버리지 않은 가장 돋보이는 예이다. 2000년 4월 탁석산의『한국의 정체성』을 첫 권으로 발간하기 시작한 ‘책세상 문고’는 올해들어서도 정준영의『텔레비전 보기―시청에서 비평으로』, 조현범의『문명과 야만』, 홍성욱의『파놉티콘―정보 사회 정보 감옥』, 정철웅의『역사와 환경―중국 명청시대의 경우』등 얇지만 굵직굵직한 테마들을 지속적으로 선보이고 있다. 2002년 들어 현재까지 간행한 것만도 14권에 이르는데, 이 문고들이 가지고 있는 강점은 다양한 분야의 전문적 지식들을 새로운 글쓰기 방식으로 전달함으로써 독자층을 확장하고 나아가 학문적 소통의 부재를 타개할 가능성을 열어보였다는 데 있다.

문학과지성사에서 출간하는 ‘서남학술총서’도 주목할 필요가 있다. 주로 동아시아학에 관심을 보이고 있는 이 시리즈는 올해 들어 이혜경의『천하관과 근대화론―양계초를 중심으로』, 이보경의『문과 노벨의 결혼』, 김화경의『일본의 신화』등을 그 목록에 더했다. 여기에 한일공동연구총서 세 번째 권인『국가이념과 대외인식』^{아연출판부}도 이 분야의 체계적인 연구로서 우리의 관심을 끈다.

한편 미국과 유럽을 제외한 타지역의 연구가 척박하기 짝이 없는 상황에서 중동과 이슬람지방에 대한 지속적인 연구는 우리의 관심을 확대하고 인식을 심화하는 데 적지 않는 기여를 할 것이라는 점을 고려할 때, 이슬람문명 전문 연구자 정수일의『문명교류사 연구』^{사계절},『이슬람문명』^{창작과비평사},『문명의 실크로드』^{효형출판사} 등 일련의 저술이 단연 눈에 띈다. 이와 함께『근대중앙아시아의 좌절과 혁명』으로 잘 알려진 김호동의『동방기독교와 동서문명』^{까치}, 이성형의『라틴아메리카―영원한 위기의 정치경제』^{역사비평사}도 놓칠 수 없다.

전문연구자가 아닌 사람이 '상식'의 차원을 넘어선 철학 관련 저작을 읽어내기란 참으로 쉽지 않다. 지극히 전문적인 논문이나 난해하기 짝이 없는 번역서를 바라보며 입맛만 다시다 만 경험이 있는 사람이라면 이러한 심정을 충분히 이해할 수 있을 것이다. 학계와 학생들 사이에서 지속적인 관심을 끌고 있는 현대 프랑스철학의 쟁점들을 소화하여 전달해주는 김상환의 『니체 프로이트 맑스 이후』창작과비평사, 라캉연구자들의 본격적인 공동연구인 『라캉의 재탄생』창작과비평사, 김상봉의 『나르시스의 꿈』한길사, 서동욱의 『들뢰즈의 철학』민음사과 이진경의 『철학의 외부』그린비 등은 서양철학의 수용과 재해석이라는 측면에서 고무적이라 할 수 있다. 이러한 맥락에서 서양철학과 동양사상의 접목을 위해 노력하고 있는 김형효의 『하이데거와 화엄의 사유』청계를 읽는 재미도 쏠쏠하다.

대중문화연구가 부쩍 관심을 끌고 있는 상황에서 이동연의 『대중문화연구와 문화비평』문화과학사은 대중문화를 바라보는 시각을 확충 심화하는 데 유효한 저작이다. 그리고 기호학연대가 공동으로 집필한 『기호학으로 세상읽기』소명출판도 우리 사회의 다양한 코드들을 해독하는 데 길라잡이 노릇을 톡톡히 할 것이며, 지리학자 최병두가 쓴 『근대적 공간의 한계』삼인는 지리학적 방법이라는 비교적 낯선 시각으로 우리 사회와 세계를 읽는 설렘과 즐거움을 주기에 모자람이 없다. 이와 더불어 한문학의 '대중화'에 고심하고 있는 정민이 한글세대를 위해 번역한 이덕무의 소품 『한서이불과 논어병풍』열림원, 동의과학연구소가 심혈을 기울여 옮긴 『동의보감 제1권』휴머니스트, 한문학의 흐름을 새로운 시각으로 접근한 김풍기의 『시마—저주받은 시인들의 벗』아침이슬도 인문학의 길을 넓히는 데 기여할 것이다.

위에서 본 것만으로도 2002년 들어 우리의 인문학은 다양한 측면에서 자신의 영역을 확장하고 소통가능성을 배가하려는 노력을 게을리 하지 않았음을 알 수 있다. 물론 이들 말고도 인문학의 생명에 생기와 온기를 불어넣기 위해 애쓰는 학자들은 얼마든지 있다. 이러한 징후들을 적극적으로 포착하여 우리 인문학의 토양을 기름지게 하는 일이 위기 운운하는 것보다 훨씬 생산적일 것이다.

박노자, 역사와 현실의 경계를 넘나드는 우리 시대의 지식인

나의 경험에 비추어보건대 아무리 괴팍한 인터뷰어라 해도 그와 함께 얘기를 나누다보면 그의 성실하고도 진지한 태도에 자신도 모르게 '말려들고' 말 것이다. 박노자는 '과도하다 싶을 정도로' 진지한 사람이다. 그 진지함의 근원이 어디에 있는지를 나는 잘 알지 못한다. 그의 천성 때문일 수도 있고, 엄정한 역사학자의 태도가 몸에 밴 탓이기도 하리라. 그런데 그의 진지함은 상대방을 압도하지 않는다. 예기치 못했던 상황에서 튀어나오는 의미심장한 유머는 그렇다 치더라도, 사유의 치열함을 감싸는 '순박한' 표정이 보는 사람을 편안하게 한다^{또는 긴장하게 한다}. 그는 그 누구와도 논쟁할 수 있다고 말하지만, 그 발언의 이면에는 자신의 가치관이나 세계관에 대한 자신감이 아니라 다른 사유를 통해 스스로를 돌아보고자 하는 겸허함이 깃들어 있다.

그런 그는 참 바쁜 사람이다. '방학'을 틈타 한국에 머무는 동안 그를 '미행'해본 사람이라면, 그가 써내는 글들을 하나씩 챙겨본 사람이라면, 도대체 그 원동력이 무엇인지 한 번쯤 생각해 보았을 것이다. 그렇게 할 말이 많은 것일까. 무엇이 그로 하여금 쉴새없이 말하고 쓰게 만드는 것일까. 전생에 무슨 '말빚'을 졌기에……. 누군가 내게 '박노자는 어떤 사람이냐'고 묻는다면 나는 망설임 없이 '그는 평화를 사랑하는 사람이다'라고 대답할 것이다. 그렇다, 그는 진정 평화를 사랑하는 사람이다. 그러나 평화를 사랑한다는 게 어디 그렇게 쉬운 일인가. 그가 얘기하는 평화는 가만히 앉아 있어도 찾아오는, 그러니까 하늘의 별과 바다와 대지를 바라볼 때 찾아오는 그런 게 아니다. 누가 가져다주는 선물은 더더욱 아니다. 투쟁을 통해 획득해야 하는 무엇이다. 그가 '말이 많은' 것도 평화를 쟁취하는 길이 결코 평탄하지 않다는 반증이리라.

● ● ●

2005년 7월 11일 저녁, 나는 인사동 어느 음식점에서 그를 만났다. 해마다 한두 번씩은 만나온 터라 그다지 새삼스러울 것도 없었지만, 그와의 만남은 늘 일종의 긴장과 설렘을 동반한다. "인터뷰를 하라는데, 무슨 얘기를 할까요?" 사실 연일 학술발표회다, 특강이다 해서 여기저기 불려다니기에 정신이 없는, 피곤에 찌들대로 찌든 그를 붙들고 '공식적인' 얘기를 나누기가 영 미안했다. 촌각을 다투는 '스타 지식인'을 붙들고 시덥잖은 얘기를 늘어놓아서는 곤란하지 않은가. 어색한 물음에 그는 이렇게 대답했다. "잘 아시잖아요. 아는 대로 쓰면 될 것 같은데." 정말 그래도 될까 싶어서 다시 확인해 둘 겸 이렇게 말했다. "나중에 후회하기 없깁니다." "물론이죠." 그는 웃었다. (고백하자면 나는 그를 꽤 안다고 생각했는데, 막상 그의 생각에 '개입'하려고 드니 뭐 하나 제대로 아는 게 없었다!)

정선태(이하 정) _ 당신은 여러 곳에서 윤치호의 언어능력을 높이 평가했는데, 내가 보기엔 윤치호가 무덤에서 일어난다면 당신의 언어능력을 질투할 것 같다. 당신이 구사할 수 있는 언어는 도대체 얼마나 되는가?

박노자(이하 박) _ 글쎄, 윤치호가 질투할지 어떨지는 조금 기다려봐야겠다. 내가 구사할 수 있는 언어는 한국어, 러시아어, 노르웨이어, 영어, 그리고 일본어 조금이다. 그리고 불교를 연구했기 때문에 한문은 조금 읽을 줄 알고……. 다른 언어들도 시간이 닿는 대로 배우고 있으며, 또 배울 작정이다.

정 _ 일종의 '편집증' 아닌가?

박 _ 그럴지도 모른다. 그러나 다른 언어를 배우고 익힘으로써 정보나 자료 접근성을 높일 수 있고, 이를 토대로 하여 다양한 방향에서 우리의 문제에 다가설 수 있다. 언어는 액세서리가 아니라 나의 사유를 풍요롭게 하는 자양분이자 현실의 문제와 대결할 수 있는 무기다. 인간은 얼마든지 다른 언어들을 배울 능력을 내장하고 있다. 그 능력을 사용하지 않는다면 억울하지 않겠는가.

정 _ 내 기억이 정확한지 모르겠지만 방브니스트라는 언어학자는 몇십 개의 언어를 구사할 줄 알았다고 하는데, 끝내는 벙어리가 되고 말았다고 한다. 두렵지 않은가? 미안하다. 질투의 여신이 나를 충돌질하는 바람에……. (짧은 웃음, 그보다 긴 침묵) 쉬운 질문을 하겠다. 왜 당신은 한국역사를, 아니 한국을 택했는가?

박 _ 모든 게 인연이 있어서 그런 게 아니겠는가. 내가 '코레야'를 처음 만난 건 소련 텔레비전에서 방영한 북한 영화 〈춘향전〉을 통해서였다. 그 영화는 '환상적'이었다. 그때부터 나는 러시아에서 구할 수 있는 한국 고전소설 번역본을 닥치는 대로 구해서 읽었다. 그러나 그렇다고 해서 레닌그라드대학교 동방학부의 인도학과나 티베트학과에 들어가 산스크리트어와 불교를 전문적으로 공부할 계획을 바꾼 것은 아니었다. 그 당시 나를 포함하여 수많은 소련 청년이 불교에 심취하여 '평화와 참선, 무소유의 인생'을 꿈꾸고 있었다. 그 이유는 여러 가지였을 것이다. 그런데 나의 꿈은 '운명의 손'에 의해 예기치 못한 곳으로 향하고 있었다. 불교 관련 학과들이 경쟁률이 높은데다 "뇌물 없이는 입학은 생각하지도 말라"는 소문에 주눅이 들어 경쟁률이 비교적 낮은 조선역사학과에 입학 신청서를 내고 말았다. 또 하나 결정적이었던 것은 당시 소련에서는 학생의 병역을 면제해주었다. 군대에 가서 탱크와 대포를 '공부'하기는 죽어도 싫고……. 그래서 상황과 타협을 했던 거다. 이해해주기 바란다. (웃음)

정 _ 당신은 첫 번째 저서 『당신들의 대한민국』^{한겨레신문사, 2001}의 머리말에 해당하는 「짧고도 긴 한국과의 만남」이라는 글에서 "국적과 혈통을 대개 동일시하는 많은 한국인들에게 '화두'를 하나 던져보고 싶었다"라고 말했다. '오천 년 유구한 역사'와 '자랑스러운 단일혈통의 백의민족'임을 내세우는 이 사회에 적응하기가 쉽지 않았을 텐데…….

박 _ 물론이다. 출입국관리소에 제출해야 하는 서류^{아내의 은행통장과 전세계약서 사본 등}에서부터 귀화시험장에 이르기까지 난관의 연속이었다. 그러나 과연 한국인이라는 것이 '핏줄'로만 결정지어지는 것이냐는 질문을 꼭 던져

보고 싶었다. 나는 그나마 나은 편이었다. 한국인이 되고 싶어하는 많은 노동자들은 귀화신청자가 통과해야 하는 갖가지 조건들—특히 일정액 이상의 재산 보유 기준과 결코 쉽지 않은 한국어 시험—을 갖추지 못해 쓴잔을 마셔야 했다. 그 후 내가 한국에서, 한국 사람들과 만나면서 겪어야 했던 어려움은 타향사람이 겪어야 하는 것 이상은 아니었다.

• ● •

그랬을까. 과연 타향 사람이 겪어야 하는 것 이상의 어려움은 없었다는 그의 말을 믿어주어야 할까. 아마도 아닐 것이다. '위대한 한국인'으로 받아들여 주었으면 감지덕지하고 '다소곳이' 공부나 할 일이지, 사방팔방 헤집고 다니면서 '신성한 국가와 국민'을 향해 쓴소리를 내뱉고 다니는 그를 달갑게 여기는 사람은 많지 않았을 것이다. 더구나 자신이 몸담았던 교수사회의 패거리주의와 학벌주의를 비판하질 않나, 선배 학자들의 이론을 '감히' '훼손'하지 않나, '성역'으로 간주되는 교회와 사찰을 부패와 폭력의 온상으로 취급하질 않나, 양심에 따른 병역 거부를 '선동'하지 않나, 모르긴 해도 그는 '입바른 열등이'의 설움을 톡톡히 치렀을 터이다^{아니라면 치러야 할 것이다}. 그러나, 『당신들의 대한민국』이나 『좌우는 있어도 위아래는 없다』^{한겨레신문사, 2002} 『하얀 가면의 제국』^{한겨레신문사, 2003} 등 일련의 저서를 통해 익히 알려져 있기 때문에, 여기에서는 한국사회의 폭력적 배타성을 다시 거론하지 않기로 한다. 다만, 온갖 독버섯들이 악취를 풍기는 '전염병'의 진원지인 한국 사회의 어두운 이면이 그의 붓끝을 빌어 간신히 햇빛을 보게 되었다는 것만은 지적해 두고 싶다. 소수자의 고통을 대변하는 그의 목소리가 완강하게만 보였던 한국 사회의 '침묵의 카르텔'에 균열을 일으키고 있는 것이다.

정 _ 이제 본론으로 들어가자. 포용 · 관용 · 비폭력 · 다원성 등이 당신이 선호하는 말들이다. 이 말들이 표방하는 진정한 가치를 탐색하기 위해 당신은 자본주의의 화려한 이면에 도사리고 있는 반인륜성, 민족주의/국가주의의 신화, 오리엔탈리즘과 옥시덴탈리즘의 내면화 등등을 비판하는데 주력하고 있다. 단도직입적으로 묻겠다. 당신은 '역사의 발전'을 믿는가? 믿는다면 그것의 궁극적인 상像은 어떠한가?

박 _ 나는 역사의 발전을 믿는다. 그러나 '역사 발전의 궁극적인 상'을 제시한다는 것은 쉬운 일이 아니다. 또 무슨 이상적인 상을 제시해놓고 그 방향으로만 나아간다는 것도 말처럼 쉬운 일이 아니다. 그럴 필요도 없다고 생각한다. 관용이나 비폭력을 싫어할 사람이 어디 있겠는가. 이를 화두로 하여 진정한 인간적 가치를 억압하고 은폐하는 담론이나 제도와 싸워 나가는 과정이 중요하다. 우리들의 이상향은 먼 미래나 과거에 있는 것이 아니다. '지금 - 여기'에서 인간의 가치를 억압하는 모든 폭력과 투쟁하는 과정에서 그것은 느리지만 조금씩 그 윤곽을 드러낼 것이다. 자본주의는 하나의 '역사적 체제'에 불과한 것임에도 많은 사람들은 그것을 영원할 것이라고 믿는다. 자본주의는 태생적으로 사악하며, 착취와 전쟁을 그 양식으로 삼는다. 근대의 생산물인 민족주의/국가주의는 물론이고 오리엔탈리즘/옥시덴탈리즘도 자본주의 역사가 낳은 억압적 담론 기제다. 우리는 그것들을 어느 순간부터인지 '당연한 것'으로 여기지만 결코 그렇지 않다. 다시 강조하는데 그것은 차별과 억압을 영구화하기 위한 가진 자들의 책략에 지나지 않는다. 이 책략을 폭로하고 균열을 일으키는 것, 궁극적으로는 이를 분쇄할 수 있는 방법을 모색하는 것이 나의 길이다. 나는 평등과 자비 그리고 무소유를 근간으로 하는 초기불교의 사상에서 실마리를 찾곤 한다. 자본주의, 민족주의/국가주의, 오리엔탈리즘/옥시덴탈리즘 등의 담론적인 억압을 반성함으로써 궁극적으로 제거되어야 할 현실적인 억압과 투쟁할 수 있는 동력을 얻을 수 있을 것이다. 그리고 근대의 폭력적 담론이 제조한 '하얀 가면'을 벗어던지지 않으면 우리는 진면목 즉 진아眞我를 볼 수 없다. 하얀 가면을 벗는 일이야말로 사회·정치적 존재로서의 우리 자신을 인식하는 데 있어서 일종의 견성見性의 경험, 깨침의 경험이다. 그러한 견성이 이루어져야 사회적인 의미의 성불成佛, 즉 자본주의 이후의 인간다운 사회의 건설이 가능할 것이다.

정 _ 너무 추상적이고 관념적이라는 비판을 받을 수도 있을 텐데…….

박 _ 당신도 알다시피 나는 조직을 통해 혁명을 실현하고자 하는 '운동권 혁명가'가 아니다. 그럴 만한 그릇도 되지 못한다. 80년대 한국의 운동권을 이끌었던 사람들의 행보가 보여주듯이 조직을 통한 운동은 자신도 모르게 '위계질서'를 내면화하게 마련이며, 소련의 사례에서 보듯이 '권력의 맛'에 쉽게 길들여진다. 권력의 쟁취를 목표로 하는 혁명을 염두에 두고 나를 추상적이거나 관념적이라고 비판한다면 달리 할 말이 없다. 나에게 중요한 것은 개인의 도덕적 각성이다. 이는 모든 생명은 소중하다는 '진리'에 바탕을 둔다. 이를 가로막는 물질적·제도적·학문적 메커니즘과 투쟁하는 것은 지극히 당연하지 않은가. 피부 색깔이 다르다는 이유로, 종교가 다르다는 이유로 다른 사람을 눈 하나 깜박이지 않고 살해하는 '살인기계'와 대결하는 방법은 여러 가지가 있을 것이다. 또 자신의 밥그릇을 챙기기에 급급하여 수많은 약자들을 차별하고 억압하는 파렴치한 자들과 싸울 수 있는 방법도 하나둘이 아닐 것이다. 잘 안다. 그러나 내가 할 수 있는 게 있지 않겠는가. 나는 누가 나를 팬다고 해서 같이 두들겨 패지는 않을 것이다. 그럴 힘도 없지만……. 폭력은 폭력을 낳는다. 폭력에 폭력으로 응한다면 이 세상이 어떻게 될 것 같은가. 비폭력적인 방식으로 저항해야 한다. 그것이 쉽지 않은 일이라는 건 나도 잘 안다.

정 _ 시간강사나 조교들을 착취하면서도 짐짓 근엄한 표정을 짓는 교수들이나, 천국행 티켓을 남발하여 '헌금'을 갈취하는 목사들, 민족주의와 국가주의를 지고의 가치로 아는 학자들과 그 제자들, 미국의 '부시 도당'이나 러시아의 '푸틴 패거리'들의 눈에 당신은 충분히 '폭력배'일 수 있다. (웃음) 농담이다. 그렇다면 좀 더 구체적으로 묻겠다. 비폭력적인 방식으로 저항한 사례랄까 인물들을 말해줄 수 있는가.

박 _ 한국의 경우라면 민족주의자에서 아나키즘 또는 사회주의로 '전향'한 신채호와 속류화한 불교를 비판하면서 불교의 본래적 정신을 구현하고자 애쓴 한용운을 들 수 있다. 그리고 한국에서는 잘 알려져 있지 않지만, 음악계의 패거리들을 조롱하면서, 즉 인간적인 희로애락을 벗어나 우주의 도道가 들려주는 '초인간적'인 음악, 인류 전체를 좀더 나은 정신적 수준으로 끌어올릴 수 있는 '해탈의 음악'을 써야 한다는 이념에 입각하여 자신만의 음악세계를 열어간 유리 한인Yuri Khanin, 미시집단과 타협을 가장 잘하는 둥글둥글한, 개성이 없는 사람들일수록 출세가 잘 되는 사회는 궁극적으로 장래가 밝을 수 없다는 지론을 펼친 지노비에프A. Zinoviev 등 러시아의 음악가와 사회학자, 미국과 영국의 중동정책을 체계적으로 비판하면서 팔레스타인의 해방을 위해 온 힘을 기울여 온 영국의 노동당 국회의원 조지 갤러웨이, 자국네덜란드의 식민지 지배정책을 비판하면서 식민지 인도

네시아 민중의 피와 눈물의 의미를 되물었던 소설 『막스 하벨라르』의 작가 물타툴리Multatuli, 개인의 자유를 원칙적으로 불허하는 대량생산과 소비 그리고 그러한 대량 우민화의 지옥에서 동심과 양심을 잃지 않기 위해 은둔 생활을 하면서 반전운동을 이끌고 있는 미국의 시인 샘 해밀Sam Hamil 등등 얼마든지 있다. 뿐만 아니라 나혜석, 체 게바라, 프란츠 파농 등의 예에서 보는 것처럼 개인마다 자기 나름의 우주를 이루고 있다는 신념 아래, 개인이 천편일률적인 '국민'이나 체제의 부속물이 아니라 약탈적 체제와 거리를 둘 수 있어야 한다고 주장하고 또 그렇게 살아간 사람들도 나에게 많은 영감을 준다. 어디 이들뿐이겠는가. 양심적 병역거부를 통해 자신의 신념을 지키려 몸부림치는 오태양 등 폭압적 체제에 비폭력적으로 저항하는 '창조적 소수자'는 얼마든지 있다.

정 _ 당신을 개인주의적 아나키스트라고 부르는 사람들이 있는데, 동의하는가?

박 _ 나는 기본적으로 무슨무슨 '주의자'라고 딱지를 붙이는 것을 생리적으로 거부한다. 그러나 나를 굳이 그렇게 부른다면 어찌할 수 없는 노릇 아닌가. 아시다시피 아나키즘의 스펙트럼은 극단적 테러리즘에서 급진적 개인주의에 이르기까지 대단히 넓다. 내가 테러리즘을 지지하지 않는다는 것은 앞에서 말한 대로다. 그 다음은 내 글을 읽는 사람들의 판단에 맡길 수밖에 없다.

맞는 얘기다. 그에게 무슨무슨 '주의자'라는 딱지를 붙이는 게 무슨 의미가 있겠는가. 그는 『나를 배반한 역사』인물과사상사, 2003에서 근·현대 한국 사회가 개인을 어떻게 말살해왔는지를 고찰하면서, 자신의 권리를 주장할 수 있는 자유를 확보함으로써 집단주의에 매몰되지 않을 '내공'을 기르고 이를 근간으로 하여 개인의 내면적 자유를 사회적 차원으로 확대해야 한다고 주장한다. 한국의 진보진영을 비판할 때도 그는 개인주의를 '사이비 개인주의'와 동일시하여 배척하는 것은 커다란 문제가 아닐 수 없다고 말한다. 사실 한국 사회에서 개인주의를 말하다가는 오해를 사기 쉽다. 그러나 근대계몽기의 국가주의/민족주의에서 군사독재정권의 전사회의 병영화 책략에 이르기까지 '나'를 배반해온 역사를 추적하다 보면 집단주의라는 '마약'이 우리의 정신과 양심을 얼마나 피폐하게 만들었는지를 분명하게 볼 수 있다. 전쟁과 살육에 반대하고 대량소비사회의 대대적인 공세에 굴복하지 않으면서 자신의 권리를 당당하게 내세울 수 있는 개인주의, 나아가 인류의 평화로운 공존과 이를 가로막는 모든 세력과 대결하기 위해 창조적 소수와의 연대를 끝없이 찾아가는 개인주의는 우리들이 흔히 알고 있는 '사이비 개인주의'와 선명하게 구별된다. 내가 아는 한 한국 근·현대 지식인들 중에서 박노자만큼 집요하게 개인주의를 말하는 사람도 드물다.

정 _ 당신의 글은 크게 둘로 구분할 수 있을 것 같다. 하나는 신문이나 잡지에 쓰는 '칼럼' 형식의 글이고, 다른 하나는 '학술적 논문' 형식의 글이다. 그런데 나의 주목을 끄는 것은, 『나를 배반한 역사』나 『우승열패의 신화』한겨레신문사, 2005처럼 학술적인 글이라 하더라도 언제나 현실과의 내적 연관성을 놓치지 않고 있다는 점이다. 그래서 혹자는 '재미있는 학술 논문'이라고 하는 듯하다.

박 _ 역사학자로서 나는 글을 쓸 때마다 역사의 현실연관성을 놓치지 않으려고 애쓰는 편이다. 역사적 사실이 의미가 있는 것은 현실에 뭔가 말을 걸 수 있기 때문이 아닌가. 물론 '객관적'인 논문도 얼마든지 현실에 개입할 수 있다. 그런 식의 글쓰기를 선호하는 사람은 그 사람 나름대로 어떤 취향이랄까 성향이 있지 않겠는가. 내가 생각하기에 중요한 것은 우리는 역사의 퇴적층 위에 존재한다는 점이고, 역사를 참조하지 않는 이상 현실의 변혁 가능성을 말하는 것 자체가 난관에 봉착하고 만다는 점이다. 칼럼 형식의 글에서 한국에서는 잘 알려져 있지 않은 '머나먼' 팔레스타인의 역사나 체첸 등의 역사를 비교적 상세하게 소개하는 것도 지금 – 여기의 우리 사회를 말하기 위해서이다. 내가 근대계몽기에 관심을 기울이는 것도 지금 우리 사회의 원형이 '구성된' 지점이 그 시대라고 생각하기 때문이다. 역사를 현실에 너무 쉽게 '대입'하는 게 아니냐는 비판이 있다는 것도 알고 있지만, 나는 역사를 통하여 현실에 개입할 수 있는 방안을 찾아왔고 또 그럴 것이다. 그러다 보니 학술적 논문도 그다지 '학술적'으로 보이지 않을 때도 있다. 이해해주기 바란다.

정 _ 이해하고 말고가 어디 있겠는가. 그렇게 계속 '비학술적'으로 쓰다 보면 그것이 언젠가는 '학술적'인 것으로 통용되지 않겠는가. 내가 보기엔 몇몇 사람만 읽는 '정통적 학술논문'보다는 당신의 '비정통적인 학술논문'이 훨씬 낫다. 쉽게 읽히고, 의미도 충분히 전달하고, 또 책도 많이 팔리고. (싱거운 웃음)

박 _ 나는 우리 사회에서 지식인이란 무엇인가, 지식인은 과연 무엇을 할 수 있는가를 스스로 묻곤 한다. 우리 대학사회는 자본과 권력의 공략에 너무 무력하다. 나는 그 중요한 이유가 한국 사회의 대표적인 지식인 그룹인 교수들이 보다 적극적인 소통을 시도하지 않은 채, 자기 영역에 안주하기 때문이라고 생각한다. (그는 여러 차례 강조했다. 그렇지 않은 교수들도 있다고.) 지식인의 존재 이유는, 촘스키나 하워드 진의 예에서 볼 수 있듯, 자신의 학문 영역에 안주하지 않고 사회적 차별과 억압과 부당한 폭력에 저항하고 또 개입할 수 있어야 한다. 이것이 지식인의 권리이자 의무이다. 글쓰기의 형식이 문제되는 것도 이러한 맥락에서일 것이다.

• • •

정확한 기억은 아니지만, 누군가 박노자를 두고 "우리는 그의 글을 통해 우리와 몰랐던 세계와 만날 수 있으며, 한국 사회는 세계적 시각에서 자신의 위상을 파악할 수 있게 됐다"는 요지의 말을 한 바 있다. 그의 사유는 역사와 현실의 경계를 넘나들고 국경을 넘나들며 우리 사회에 은폐된 폭력성과 대결하는 굵직한 선을 그리고 있다. 박노자는 그의 글을 통해 북유럽의 역사와 삶, 러시아의 부패상, 이스라엘과 팔레스타인의 처절한 상쟁相爭의 역사, 체첸독립군의 투쟁, 중국의 폭력성과 티벳인들의 간고艱苦한 삶, 유대인 학살을 훨씬 능가하는 미제국주의의 인디언 학살극 등등을 한국의 역사 및 현실과 한 자리에 놓고 그 의미를 파고든다. 그래서 인간의 존엄성을 파괴하는 모든 폭력과 맞서 대결하는 그의 글을 읽는 일은 늘 서늘하고 신선하며 지적 호기심을 자극한다. 이제 우리는 박노자를 '스타'로 놓아둘 게 아니라 그와 더욱 생산적인 논쟁을 벌일 수 있어야 하며, 논쟁의 장으로 끌어들일 수 있어야 한다. 그래야 그의 힘겨운 고투도 의미 있는 열매를 맺을 게 아닌가.

세상의 풍경

'애국심'이라는 이름의 상표

　　　　　　　　그날, 그러니까 2006년 3월 19일 일요일 한국과 일본의 월드 베이스볼 클래식 준결승전이 열리던 날, 나는 분명히 보았다. 일본 쪽 응원석에서 붉은 빛깔의 '히노마루'와 '야마토 다마시이大和魂'라 쓴 큼지막한 플래카드 그리고 '복수REVENGE'라고 선명하게 적힌 천 조각이 어지럽게 휘날리는 것을. 그리고 3월 21일 밤, 나는 보았다. 우승 소식이 전해지자 간난신고 끝에 세계를 제패했다며 열광하는 일본 열도의 모습을. 그 장면 위에 히노마루를 흔들며 '미영격멸'을 외치는 사람들을 찍은 뿌연 흑백사진 몇 장이 포개졌다. 수많은 사람들을 죽음의 시간으로 내몰았던 그 깃발이 보이고 그 구호가 들리는 듯했다. 과민한 신경 탓이리라.

　3월 16일 목요일 한국이 일본을 꺾자 투수 서재응은 애너하임 에인절스 구장의 마운드에 태극기를 꽂고 입을 맞추었다. 다시 3월 19일 한일전이 있던 날 잠실야구장에는 수만 명이 모여 전광판을 통해 경기를 지켜보면서 열렬한 응원전을 펼치고 있었다. 초대형 태극기를 그라운드에 펼쳐놓고, 이역만리 제국의 본토에서 '숙적' 일본을 상대로 고군분투하고 있는 선수들에게 아낌없는 응원을 보냈다. '본국' 미국을 물리치고, 우리보다 몇 십년 앞선 일본을 연파한 자랑스러운 '전사'들을 향한 열광은 일본의 그것에 비해 조금도 뒤지지 않았다. 아니 더욱 뜨거웠다. 이건 스포츠를 빈 '대리전쟁'이다.

스포츠 국가대항전이 '대리전'의 성격을 띠게 된 지 이미 오래다. 스포츠 정신이나 선의의 경쟁과 같은 말은 한갓 구두선에 지나지 않는다. 스포츠가 정치와 자본의 사주를 받아 한판 혈투를 벌이는 장면을 보면서 대중들은 열광하고, 정치가와 자본가는 그 열광을 팔아 살을 찌운다. 월드 베이스볼 클래식이라는 것이 처음부터 미국 쪽의 불순한 의도 아래 기획되었다는 것은 알 만한 사람이면 다 아는 사실이다. 미국은 자신들의 의도를 관철시키기 위해 기본적인 규칙마저도 서슴없이 내팽개쳤다. 하기야 '미국이 곧 법'인 시대이니 새삼스레 뭐라 할 것도 없다. 못난 자신의 존재를 '증명'해 보이려면 약자의 자존심 따위는 기꺼이 접어둘 수밖에.

어찌됐든, 한국과 미국의 야구 대표팀은 미국이 펼쳐놓은 잔치판에서 '주인'을 몰아내고 일대 격전을 치렀다. 수많은 일본인들은 기어코 '복수'를 해야 한다며 선수들을 전장으로 내몰았다. 그리고 히노마루를 휘날리면서 외쳤다. 이 자랑스러운 '야마토 다마시이^{일본혼}를 보라'고. 또 수많은 한국인들은 쓰러지는 한이 있더라도 '숙적 일본'을 연파하여 다시는 우리를 얕보지 못하게 해달라며 잠실야구장에 펼쳐진 초대형 태극기를 향해 간절하게 기원했다. 이쯤 되면 히노마루와 태극기는 '국가라는 종교'를 상징하는 '십자가'라 불러도 손색이 없지 않은가.

스포츠는 스포츠다. 그러나 국가의 상징인 국기가 내걸리는 순간 그것은 정치가 되고 전쟁이 된다. 한국과 일본의 경우는 특히 그렇다. '대첩'·'전사'·'원정대'·'애국심' 등등 섬뜩한 전쟁의 수사학이 난무한다. 그러나 국가라는 종교의 십자가 뒤에서 '국민'을 열광의 도가니로 몰아놓고 계산에 분주한 자들의 모습을 찬찬히 살펴볼 일이다. 4강에 오르자 중계권을 둘러싸고 벌이는 방송사들의 아귀다툼을 우리는 씁쓸하게 지켜보았다. 그들은 응원단장이 되어 '일본은 없다'며 대한민국을 외치고, 애국심을 말한다. 애국심을 판매하기 위해서다. 고향을 사랑하는 마음이 자연스럽게 우러나오듯이 나라를 사랑하는 마음도 자연스럽게 우러나와야 한다. '보이지 않는 손'에 의한 애국심은 증오를 원료로 하여 제조된다. 히노마루와 야마토 다마시이로 상징되는 '대일본제국'의 역사가 이를 웅변하고 있지 않은가.

성공신화의 빛, '어머니의 기억'

"전쟁을 지휘하는 수뇌부는 처음부터 알고 있었다. 긴 기간 동안 병사들을 전쟁터에 내보내 싸움을 시키려면 무기와 군마와 군량 말고도 '여자'라는 또 하나의 병기가 필요하다는 것을. 그러기에 군수송선에 태워 그 멀고 먼 길을 데려온 것이다. 그러기에 병사들을 파견하여 위안소 건물을 짓게 한 것이다. 그러기에 우리들의 주식과 부식을 군부대에서 공급해준 것이다. 그러기에 야전병원에서 그들의 병기인 우리의 아랫도리를 주기적으로 점검한 것이다. 그들은 병사들의 밑에 깔린 우리 여자들이라는 바탕그림 위에 전쟁이라는 그림을 완성시킨 것이다."

얼마 전에 간행된, 이른바 '종군위안부'의 삶을 주인공 '오마당순'의 눈으로 그린 소설 『날아라 금빛 날개를 타고』^{고혜정, 소명출판} 중 일부이다. 어떤 언어가 적절할까, 슬픔과 공포와 분노와 안타까움이 뒤섞인 착잡한 심경을 억누르기가 참으로 어려웠다. 식민지의 여자라는 이유로 끌려와 낯선 남태평양의 외로운 섬에서 지옥의 시간을 견뎌야 했던 그 사람들, 특공대의 위패를 간직해주고 '소원목'을 만들어 자신들을 짐승처럼 다룬 병사들의 아픔을 '위로'했던 그 사람들, 일본이 패전하자 조국으로 돌아오는 배

에서 '죄의식' 때문에 아득한 바다로 몸을 던져야 했던 그 사람들, 이 소설
의 곳곳에서 출몰하는 그들의 아픈 기억을 견디기 힘들었던 것이다.

　내가 이 소설을 읽고 있던 시각, 모든 언론들은 너나없이 '금의환향'한
한국계 미국인 미식축구 선수 하인즈 워드를 극찬하느라 여념이 없었다.
어디 언론뿐인가. 내로라하는 기업들은 경쟁이라도 하듯 후원 상품을 그
에게 내밀었다. 하루 묵는 데 몇 백만 원이 넘는 호텔, 몇 천만 원짜리 승용
차 몇 대, 몇 백만 원이 넘는 양복에서 모자에 이르기까지 '걸어다니는 광
고판'에 아낌없이 자신들의 상호를 내걸었던 것이다. 뭐 그럴 수 있는 일
이다. 홍보나 마케팅의 일환으로 스타를 받들어 모시는 것은 그들의 생리
일 터이니.

　그러나 왠지, 한국인들에게는 그다지 익숙하지 않은 미식축구 스타를
한국인의 피가 섞여 있다는 이유 하나만으로 그렇게 융숭하게 대접하는
모습을 바라보는 나는 몹시 불편했다. 하인즈 워드를 향해 쏟아지던 카메
라 플래시와 환호성이 왜 그렇게 마뜩치 않았던 것일까. 자신을 위해 바친
어머니의 힘겨운 세월을 눈물을 가득 담고 말하는 그의 표정은 충분히 진
솔했다. 무관심 속에 내팽개쳐진 한국의 혼혈아들을 만나 그들을 위로하
고 지속적인 관심을 보이겠다고 말하는 그의 모습도 아름다웠다. 그런데
뭐가 그리 못마땅했을까.

　며칠이 지나면서 선명해진 그 이유, 참으로 간단했다. 혼혈아에 대한
관심을 바꿔야 한다는 말, 강고하게 자리잡은 '단군의 자손 신화'에서 벗
어나야 한다는 말, 다인종 사회를 대비해야 한다는 말, 구구절절이 옳은 얘
기다. 하지만 그 전에 우리는, '하인즈 워드 스토리'와 관련하여 짚고 넘어
갈 게 있다. 왜 그토록 '멋진' 스타의 모습만을 클로즈업한단 말인가. 그의
뒤에서 오로지 아들을 위해 헌신한 어머니 김영희씨에게 보인 우리들의

상대적인 무관심을 뭐라 설명할 수 있을까.

　차근히 하인즈 워드를 잠깐 가리고 '어머니의 시간'을 되짚어보자. 그녀는 어떻게 해서 미국으로 건너가게 되었을까. 미국으로 건너간 지 한 달 만에 이혼한 삶은 어떠했을까. 먼 이국땅에서 섬처럼 고립된 생활을 하면서 자신이 나고 자란 한국을 어떻게 생각했을까. 하인즈 워드 같은 '훌륭한' 아들을 두지 않았다면, 과연, 그녀는 이번처럼 '당당하게' 한국땅을 밟을 수 있었을까. 내 머릿속에 식민지 시기 여성이라는 이중의 굴레에 갇혀 '짐승의 시간'을 보내다 돌아온 '오마당순'과 '일본놈과 붙어먹은 화냥년'이라는 소리를 들을까 무서워 귀국선에서 바다로 몸을 던진 여성들의 모습이 갈마드는 것을 어찌할 수가 없다. 바라건대, 어리석은 걱정이기를.

축제의 배설물

바야흐로 월드컵의 계절이다. 공영성을 입에 달고 사는 신문과 방송의 월드컵에 대한 너무도 자상하고 세심한 배려가 눈물겨울 정도다. 어떤 사람들은 스포츠 내셔널리즘이니 월드컵 상술이니 하면서 곱지 않은 시선을 보내기도 하는 모양이지만, 그런들 어떤가, 화려한 영상을 즐기며 한 번쯤 '광란의 시간'에 빠져보는 것도 꼭 나쁘다고만은 할 수 없을 터이다. 방송사들의 혈투에 가까운 호객 행위를 외면할 수 없을 바에야 그 유혹에 몸을 맡겨버리는 것이 차라리 속 편한 선택일 수도 있다.

그런데 한 가지 견딜 수 없는 게 있다. 시청앞 광장에서, 광화문에서, 월드컵 경기장에서 방송사들의 '호객 전쟁'에 동원되어 대규모 응원전을 펼치는 시뻘건 군중, 그들이 남기고 간 어마어마한 양의 쓰레기가 나를 우울하게 한다. 그까짓 쓰레기 좀 버린 것을 두고 그렇게 '오버'할 필요까지야 없지 않느냐고 말하는 사람이 있을지도 모른다. 그러나 군중들이 썰물처럼 빠져나간 빈자리를 어지럽게 나뒹구는 '축제의 배설물'들을 바라보면서 눈살을 찌푸리지 않을 사람은 아마 없으리라.

쓰레기를 버리는 행태도 갖가지여서 자기가 머물렀던 자리에 그냥 두고 오는 사람들은 그나마 나은 편에 속한다. 무슨 보물이라도 감추듯 하수도 뚜껑 안으로 밀어넣거나 벽 틈에 우겨넣는 사람들의 심사를 가늠하기가 좀처럼 쉽지 않다. 배설물을 아무데나 버릴 만큼 낯 두꺼운 사람이 많지 않다는 증거라며 위로하고 싶은 심정이다. 2002년 외국에서 온 사람들을 감동시켰던 그 '성숙한 시민의식'은 도대체 어디로 사라져 버린 것일까. 아니, 애시당초 우리들에겐 실종될 시민의식마저 없었던 게 아닐까.

시민의식은 자기 자신의 자존감과 남에 대한 배려를 전제로 한다. 내가 보기 싫고 하기 싫은 일을 억지로 하지 않을 뿐만 아니라 남에게 떠넘기지도 않는 것, 말인즉슨 지극히 간단명료하다. 우리에게 그런 시민의식이 있기는 한 것일까. 없다고 한다면 4년 전의 '성숙한 시민의식'을 어떻게 설명할 거냐고? 오해의 위험을 무릅쓰고 말한다면, 4년 전의 그것은 내면화한 윤리감각의 발현이 아니었다. 오히려 보이지 않는 감시의 시선을 의식한 일종의 제스처였다고 해야 옳을 것이다.

자발적으로 응원에 나섰으며 또 자발적으로 머물렀던 자리를 치운 시민들에게는 참으로 미안한 말이지만, 감시의 시선에 노출되어 있다는 자각이 없으면 쓰레기 따위를 치우고 앉았을 사람은 많지 않다여름철 계곡과 바닷가를 뒤덮는 쓰레기들, 담배꽁초를 차창 밖으로 쏟아내는 운전자들, 대학캠퍼스 곳곳에서 볼 수 있는 질펀한 음식물 찌꺼기들 등등등, 그 증거는 얼마든지 댈 수 있다. 따라서 자발적이 아닌 동원된 '축제' 현장에 나뒹구는 '배설물'들은 우리의 (무)의식의 심연을 비추는 거울이라 해도 잘못이 아니다.

일본제국주의 권력과 미군정 그리고 30년이 훌쩍 넘는 독재 정권의 집요한 감시와 처벌이 시민의식 또는 윤리감각의 발효를 차단해 왔다는 사실을 상기해야 한다. 그러니 지금 우리에겐 잃어버릴 시민의식이 없다고 해야 하지 않겠는가. 자기에 대한 배려와 남에 대한 배려를 아우르는 시민 의식은 한두 번의 이벤트로는 그 싹조차 틔울 수 없다. 주인에게 잘 보이려 굽신거리는 노예마냥, 우리는 지금도 '식민지적 무의식'에 젖어 감시카메라 앞에서만 '버려진 양심'을 주우며 비굴한 표정을 짓고 있지는 않은지 새삼 돌이켜볼 일이다.

'어머니'의 메마른 젖가슴

조금 멋쩍은 얘기부터 시작하자. 마흔이 훌쩍 넘은 나이임에도 나는 어머니와 함께 잠들 때면 어머니의 말라붙은 젖가슴을 만지작거리곤 한다. 아내의 지청구나 다 큰 아이들의 한심스러워하는 듯한 표정에도 아랑곳하지 않는다. 누가 볼까 부끄럽다며 몇 번 돌아눕곤 하던 칠순의 어머니도 막무가내인 '중년' 아들의 어리광을 못 이기는 체 받아들인다. 일 년에 고작 서너 번밖에 만나지 못하는 미안함을 얼버무리려 이런 짓을 하는 것일까. 모를 일이다. 멀지 않은 날에 나에게 생명을 부여하고 또 먹여 키운 그 젖줄로부터 영영 떨어져 버릴지도 모른다는 불안감이 그런 유아적인 행위와 관련이 있을 것이라고, 사뭇 그럴 듯한 '자가정신분석'을 시도해 보기도 하지만 이 또한 확신할 수 없기는 마찬가지다.

어떤 사람은 말할 것이다. 어머니에 대한 진한 애정을 품고 있는 사람이 어디 당신뿐일까 보냐고. 오해하지 마시라. 나는 '어머니의 사랑'이나 '어머니의 은혜'를 노래하려는 게 아니다. 어느 쪽이냐 하면, 나는 어머니를 내놓고 예찬하는 사람들을 그다지 신뢰하지 않는 축에 속한다. 괜한 심술을 부리고 싶어서가 아니다. 묻건대, 어머니의 은혜를 목청껏 노래하면서 우리는 어머니의 희생을 강요하지는 않았는가. 다시 묻건대, '어머니의 신화'를 근거로 그들의 생명과 인권을 내놓으라고 윽박지르지는 않았는가. 솔직하게 대답해보시라.

사람들은 흔히 어머니를 고향에 비유하고, 안식처에 빗댄다. 그렇다면 고향이란 어디인가. 정확한 통계를 참조하지 못해 분명하게 말할 수는 없으나, 젊은 세대가 아니라면 열에 일고여덟은 농촌 또는 어촌이라고 말할 것이다. 고향의 풍경을 떠올려 보라. 지금 그곳이 과연 누렁 송아지가 풀을 뜯고 종달새 우짖는 전원인가. 하얀 돛을 단 배가 잔잔한 바다를 한가로이 떠돌고 건강한 어부들이 풍어를 노래하는 곳인가. 나는 '절대 그렇지 않다'고 대답할 것이다. 유령들이나 살 것 같은 빈 집에서 꼬부랑 할머니와 할아버지가 퀭한 눈으로 먼 산을 바라보는 곳, 귀신을 쫓는다는 아이들의 웃음소리가 가뭇없이 사라져 괴괴한 정적만이 가득한 곳, 빚더미를 깔고 앉아 깊은 한숨과 함께 내품는 담배 연기만이 자욱한 곳, 나의 고향은 그런 곳이다. 우리들의 고향은 어머니의 품처럼 아늑한 곳이 결코 아니다. 해마다 젖은 시커멓게 말라붙고, 거친 주름에 세월이 내려 앉아 묘지로 향하는 길을 재촉하는 빈사瀕死의 공간이다.

'국익'을 극대화하기 위해서, 2만 달러 시대를 앞당기기 위해서, 국민 모두가 선진국 수준의 삶을 살기 위해서 등등, 갖가지 핑계와 증거 아닌 증거를 들이대며 자본과 권력은 한편에서는 쌀시장을 개방하고, 다른 한편에서는 갯벌의 숨통을 틀어막고 있다. 탐욕스럽기 그지없는 자본은 '돈이 되지 않는' 모든 것을 죽음의 땅으로 추방해 버린다. 그런데도 자본과 권력의 하수인들은 텔레비전과 신문을 통해 구석구석 '고향의 신화', '어머니의 신화'를 퍼뜨린다. 농어촌을 살리자며 '신토불이'를 주문처럼 되풀

이한다. 가증스러운 거짓이자 동정이다.

　오폐수 때문에 허옇게 강물 위로 떠오르는 물고기와 숨구멍이 막힌 갯벌에서 쫓겨난 꽃게와 터전을 빼앗겨 무거운 날개짓에 지쳐가는 철새. 그들의 모습에서 우리들의 미래를 보지 못한단 말인가. 우리는 지금 '어머니'를 살해하는 패륜아의 길을 걷고 있다. 2만 달러라는 휘황찬란한 말주변에 현혹되어 우리의 어머니를, 우리의 고향을 자본이 내뿜는 독가스실로 내몰고 있다. 시커멓게 말라붙은 어머니의 젖가슴에 귀를 대고 자본의 무차별 폭력에 신음하는 소리를 들어볼 일이다. 아, 이 화창한 봄날 휑한 벌판을 울리는 귀곡성鬼哭聲이라니.

숨을 멈춘 '천사의 나팔'

지난 3월 집들이 하던 날, 친구는 거실에서 자라기에는 어울릴 성싶지 않은 큼지막한 화분 하나를 선물했다. 이름이 뭐냐고 물었더니 '천사의 나팔^{Angels Trumpet}'이라 했다. '천사의 나팔'이라…… 썩 매력적인 이름이었다. 인터넷 검색 사이트를 뒤져 보니 이렇게 씌어 있었다. "남아메리카 원산의 상록 저목^{樗木, 가죽나무}. 나팔 모양의 긴 꽃이 아래를 향해서 피며, 저녁 8시경부터 꽃잎을 활짝 펴고 달콤한 향기를 발산한다." 그렇게, 고향인 남아메리카를 떠나 비싼 값에 팔려 이 후미진 곳까지 찾아든 이국적인 취향의 식물을 나는 한참이나 바라보았다.

그날 이후, 한국인이 가장 선호하는 주거 형태 중 하나라는 아파트에서 함께 살게 된 이 식물은 며칠이 지나자 이름에 걸맞게 풍성한 잎사귀 사이로 나팔 모양의 노란 꽃을 피웠다. 한두 송이가 아니었다. 자고 일어나면 지난밤까지만 해도 흔적도 찾아볼 수 없었던 꽃송이가 고개를 숙인 채 나를 바라보고 있었다. 대문을 열고 들어서면 코끝에 와 닿는 특유의 '달콤한 향기'도 싫지만은 않았다. 소리 없는 향기로 말을 걸고 싶었던 것이리라. 아니, 들리지 않는 나팔소리를 향기에 실어 전하고 싶었던 것이리라.

환각이었는지, 환청이었는지 분명하지 않다. 어쩌다 거실 한쪽에 놓인 '천사의 나팔' 아래서 잠들었을 때 나는 아래로 고개를 떨어뜨린 꽃들이 얼굴을 부비며 웅성대는 소리를 들었던 것도 같다. 그런데 채 보름도 지나지 않아 녀석은 시름시름 앓기 시작했다. 제법 무성했던 잎이 다투어 떨어지는가 싶더니 어느 사이에 듬성듬성해졌고, 마침내 손가락으로 꼽을 수 있을 만큼밖에 남지 않았다. 간신히 싹을 틔운 새잎들도 고개를 내밀기가 무섭게 시들어버렸다.

'상식'에 따라 나는 비료를 섞은 물도 주고 집 안에서 햇빛이 가장 잘 드는 곳으로 자리도 옮겨 주었다. '생명이 있는 것은 모두 소중하다'는 진리를 실천하는 사람처럼 자못 진지한 표정으로 나는 '천사의 나팔'을 돌보았다. 그러나 녀석은 나의 애틋한? 보살핌에도 아랑곳없이 하루하루 빛을 잃어갔다. 그 모습을 바라보면서 나는 서운한 감정을 감추지 않았다. 이렇듯 알뜰하게 챙기는데도 나아질 기미조차 보이지 않는다니. 아무런 잘못도 없는 '천사의 나팔'을 향한 알량한 자존심이었다.

도대체 왜 이러냐고 조경사에게 물었더니 빛과 바람이 부족한데다 스트레스를 받아서 그런 거란다. 왜 몰랐을까. 식물들에게도 각기 생명의 호흡과 리듬이 있다는 것을. 싹을 틔울 때가 되어야 싹을 틔우고, 꽃을 피울 때가 되어야 꽃을 피운다는 것을. 잎은 떨어질 때가 되면 떨어지고, 꽃은 질 때가 되면 진다는 것을. 그리고 생명인 까닭에 새로운 곳에 적응하기까지 그 나름의 시간이 필요하다는 것을. 누구나 다 아는 너무나 당연한 '순리'를 나는 왜 몰랐던 것일까.

정작 나는 무성한 잎과 풍성한 꽃이 뿜어내는 향기에 취해 '천사의 나팔'이 타전하는 소리에 귀를 기울이지 못했던 것이다. 생명이 지닌 고유한 리듬과 호흡을 무시한 채, 지극히 인간중심적인 시선과 상식에 따라 다투라[이것이 녀석의 이름이었다!]라 불리는 '천사의 나팔'을 길들이려 했던 것이다.
뿌리가 썩어가는 줄도 모르고 물을 퍼부었으니 녀석의 고통이 오죽했을
까. '애완식물' 다투라가 불어대는 나팔소리는 더 이상 들리지 않는다. 아
마 내가 녀석의 타전에 응답하지 않는 한 영영 그 소리를 들을 수 없을지
도 모른다. 지금 '천사의 나팔'은 머나먼 곳 콘크리트 벽 사이에서 신음하
고 있다.

부대찌개의 기억

아마도 20년 전 쯤의 일일 것이다. 여러 사람들이 어울린 술자리에서 그 내력을 알 턱이 없는 나는 부대찌개를 식당 주인이 보기에 기특할 정도로 맛있게 먹었던 모양이다. 그러자 옆에 있던 누군가가 말했다. "너, 영락없이 미군부대 근처에서 쓰레기통이나 뒤져야겠구나." 이게 무슨 말인가. 미군부대 쓰레기통을 뒤지다니.

나의 뜨악한 표정을 눈치 챘는지, 그는 '부대찌개의 유래'를 장황하게 설명해주었다. 한국전쟁을 전후한 시기, 먹을 것이 없어 애태우던 한국인들이 미군부대에서 유통기한이 지나 버린 햄이나 소시지에 김치, 파, 마늘 등속을 넣어 끓인 게 부대찌개라고. 그러니까 부대찌개는 미국이 버린 쓰레기를 '창의적으로' 소화하는 한국인의 능력을 그대로 증명하는 음식이라고. 그의 표정이 어땠는지는 정확히 기억나지 않는다. 다만, 그날 격심한 토악질에 시달렸다는 것만은 선명하다.

미각, 촉각, 후각 등 오감은 우리의 의지와 전혀 상관없이 까마득히 잊고 있던 기억들을 환기하곤 한다. 나의 경우 바로 부대찌개가 그렇다. '부대部隊'를 '부대附帶'로 잘못 알고 있었던 나에게 부대찌개는 미국식 햄이나 소시지에 김치와 양념을 곁들인 '퓨전음식' 중 하나에 지나지 않았다. 그런데 미군부대에서 버린 찌꺼기를 뒤섞은 것이라니! 그 후로 오랫동안, 아니 지금까지도 나는 부대찌개를 보면 '최첨단 도시'인 서울의 한복판을 점령하고 있는 미군부대를 떠올리곤 한다. 부대찌개 팬들에게는 참으로 송구스럽지만 어찌 해 볼 도리가 없다.

오늘도 나는 어제처럼 용산 미군부대 옆을 지난다. 자주독립국 대한민국의 수도에 주둔하고 있는 '세계 경찰'의 깃발을 곁눈질로 바라본다. 선진국 진입을 눈앞에 둔 자랑스러운 대한민국 국민이 아직껏 미덥지 못하여 손수 전시작전권을 쥐고 있는 연합사 사령관의 깃발을 우러러 보는 사람들의 표정이 떠오른다. 여기에 3·1절 기념일인지, 광복절 기념일인지, 시청앞 광장을 가득 메운 사람들이 태극기와 더불어 대형 성조기를 힘차게 흔들던 장면이 오버랩된다.

부대찌개 재료를 '아낌없이' 제공함으로써 한국인의 미각을 바꾸는 데 적잖이 기여한 용산의 미군부대가 다른 곳으로 이전하기로 했다고 한다. 청나라 군대와 일본군대가 터를 잡았고 그 뒤를 이어 미국군대가 자리 잡은 한국 근현대사의 '유서 깊은' 표상공간이 다른 곳으로 옮겨진다는 소식을 접하고 착잡한 심경을 가누지 못하는 건 이태원의 주민들뿐만이 아니리라. 특별시민들의 입맛을 만족시켰던 부대찌개는 물론 남을 것이다. 그러나 심장부에서 '수호천사'가 떠나는 걸 불안해 마지않을 '뜻 있는' 사람들은 어찌할 것인가.

미군부대 이전 문제로 불안에 떨고 있는 이들은 그들만이 아니다. 머지않아 자신들의 삶터를 빼앗길 대추리 주민들의 불안과 공포는 부대찌개 맛에 길들여진 사람들의 그것에 비할 게 아닐 것이다. 대대로 농사를 짓고 살아온, 깊은 주름살 서러운 그들에게 새로운 미군부대는 삶을 짓밟는 무시무시한 점령군이 아니고 무엇이랴. 내 짧은 생각으로는 아무래도 용산의 미군부대를 이전하지 않는 편이 나을 성 싶다. 수도 서울에 미군부대가 당당히 주둔해 있는 게 훨씬 안전하지 않겠는가.

뿐만 아니라 수도 서울의 미군부대 옆에서 느긋하게 부대찌개 맛을 즐겨온 '올드팬'들에게도 예의가 아니다. 힘없는 농투서니들을 내쫓았다는 불명예를 뒤집어쓰는 것보다는 지금까지 그랬듯이 특별시민들 곁에서 오래오래 함께하는 것이 바다 건너 하얀집 주인이 보시기에도 좋을 것이다. 그래, 그렇게만 한다면 나의 의지보다 끈질긴 오감의 기억들을 단호하게 잘라내고 기꺼이 부대찌개를 먹어줄 것이다. 영원하라, 용산의 부대찌개여. 찌꺼긴들 어떠랴, 다 배불러서 하는 소리지.

정신적 난장이들의 세상

옛사람들은 다듬이질 소리, 어린아이 울음소리, 글 읽는 소리를 일컬어 '삼희성三喜聲' 곧 세 가지 즐거운 소리라 했다. 듣기에 즐거운 소리가 어디 이 세 가지뿐일까마는, 여기에 각별한 애정을 보인 이유는 이 소리들을 심신의 리듬과 생명력을 상징하는 것으로 이해했기 때문이리라. 고요한 밤 멀리서 혹은 가까이서 들려오는 다듬이질 소리는 아낙네들의 삶의 숨결이었고, 어린아이 울음소리는 새로운 생명의 호흡이었으며, 글 읽는 소리는 영혼을 넉넉하게 하는 울림이었다. 울던 어린아이는 다듬이질 소리를 자장가 삼아 잠이 들고, 남정네 역시 다듬이질 소리에 박자를 맞추어 글을 읽었을 게다.

그런데 언제부터인지 이 소리들이 우리 곁을 떠나기 시작했다. 다듬이질 소리는 문명의 이기가 토해내는 굉음에 묻혀 그야말로 까마득히 잊혀져 버렸고, 어린아이의 울음소리도 1.08명이라는 경이적인 출산율이 보여주듯 점차 희미해지고 있다. 글 읽는 소리는 어떠한가. 낭독이 아니라 묵독이 지배적인 시대에 웬 책 읽는 소리 타령이냐고 타박하는 사람은 없으리라. 눈으로 글을 읽을 때에도 우리는 소리를 낸다. 책이라는 이름의 활이 마음의 현을 켜는데 울림이 없을 리 만무하다. 귀에 들리는 소리만이 소리인 것은 아니다. 많은 사람들이 말하는 것처럼 이 '소리 없는 소리' 역시 다듬이질 소리나 어린아이 울음소리와 더불어 우리 곁을 떠나고 있다.

사람들이 책을 보지 않는 건 아니다. 한국의 학습용 참고서 시장은 둘째가라면 서러워할 정도로 활기가 넘친다. 지난 30년간 한국의 최고 베스트셀러를 꼽으라면 모르긴 해도 그 이름도 당당한 '정석'을 따라잡을 책이 없을 것이다. 공인중개사 시험에서 교사임용고시를 대비하기 위한 수많은 수험용 도서들이 그 뒤를 따른다. 그리고 처세술에 관한 책, 돈 버는 비법을 공개하는 책 등등이 이어진다. 이 책들은 한 마디로 '몸값 올리기'에 혈안이 되어 있는 소비자들을 겨냥한 것이라 할 수 있다. 화폐화할 수 없는 지식은 이미 죽은 지식이라는 불문율이 우리의 의식을 지배하고 있는 '자본의 전성기'에 시집과 소설책을 비롯한 인문학 서적들은 초라한 몰골을 한 애물단지로 전락하고 만 지 오래다.

물론 책을 읽지 않는 사람들을 탓할 수만도 없는 노릇이다. 책이 아니라도 사람들의 욕망을 얼마든지 충족시킬 수 있는 '물질'들이 무서운 속도로 양산되는 시대를 원망해야 옳을 것이다. 시간과 화폐의 노예가 되기를 강요하는 사회적 분위기 속에서 '정신'의 욕망이니 지적 호기심이니 떠들어본들 '너나 잘 하세요'라는 차가운 말을 들을 게 뻔하다. 핸드폰과 mp3와 컴퓨터에 빠진 요즘 대학생들의 눈에 시험과 관련 없는 책읽기는 한갓 호사취미에 지나지 않는다. 대학생들이 그런 형편이니 더 말해 무엇하겠는가. 논술시험 덕분?에 울며 겨자 먹기식이나마 '명작'을 찾는 고등학생들을 보며 위로해야 할까.

'좋은 책'을 읽는 일은 분명히 고통스럽다. 그러나 그 고통을 대가로 인간의 정신은 생명력을 유지할 수 있다. 노예와 자유인이 구별되는 것도 바로 이 지점이다. 글 읽는 소리가 사라지고 있다는 사실 만큼 우리 사회의 정신적 빈곤을 극명하게 보여주는 예도 드물다. 다른 생각이나 다른 삶과의 소통을 거부한 채 문명의 이기로 둘러싸인 자기만의 공간에 유폐된 사람들의 퀭한 표정은 인간이 자유인으로서 지녀야 할 삶의 리듬과 생명력을 상실해가고 있다는 강력한 증거다. 이 휘황찬란한 자본의 신전神殿에서 우리는 이렇게 퇴화하고 있다. 책 읽는 소리가 잦아드는 시대, 아마도 우리의 전능한 신 화폐는 정신의 난장이들을 바라보며 회심의 미소를 짓고 있으리라.

애연가를 위한 변명

애연가를 위한 변명이라……. 변명하는 사람들은 대부분 수동적인 포즈를 취한다. 아니, 죄의식마저 갖기 십상이다. 정연한 논리로 자신을 고발한 자들을 향해 맞대응을 펼칠 수 있는 '소크라테스의 후예'들이 적진 않겠지만, 대부분의 경우 다수자의 압박^{또는 횡포}에 의해 자신의 행위가 반사회적인 것으로 낙인찍힐 때 이에 당당하게 대처하기란 쉬운 일이 아니다. 내가 보기엔 담배를 피우는 사람들이 딱 그 처지에 놓여 있다. 어느 '공익광고'의 말마따나 다른 사람들을 서서히 살해하는 범죄자라는 인식이 무서운 기세로 확산되고 있는 상황에서 애연가로서 한 마디 '변명'이 없을 수 없다.

담배를 한 모금 깊게 빨아들여 그 맛과 향기의 차이로 몸의 컨디션을 체크하면서 하루를 시작하는 나에게 담배는 가장 소중한 벗 중 하나다. 내가 담배를 피우기 시작한 것은 고등학교 2학년 무렵 린위탕^{林語堂}이 지은 삼중당문고판 『생활의 발견』을 읽으면서였다. 어떤 구절이 '교복에 갇힌 청춘'을 '악마의 유혹'에 빠지게 했는지는 분명하지 않다. 담뱃불에 패인 책상 한 구석을 대단히 시적인 문체로 묘사해 놓았다는 것만은 확실하다.

어찌 그 구구절절한 사연을 다 읊을 수 있겠는가마는, 그 후로 지금까지 담배는 웃음과 눈물과 고독과 열정을 함께 한 나의 친구이자 애인이었다.

그런데 언제부터인가, 나의 벗은 사회적 지탄의 대상이 되어버렸다. '건강을 해치는 담배 그래도 피우시겠습니까?'라는 우스꽝스러운 경고 아닌 경고쯤이야 웃어넘기면 그만이다. 그런데 몇 년 전부터는 흡연자를 아예 '사회악'이자 '전염병자' 나아가 '범죄자'로 낙인찍는 말들이 난무하기 시작했다. 담배는 모든 암사망의 30%, 암발생의 20%를 차지하는 건강의 원흉이라는 둥, 담배가 야기하는 질병으로 숨지는 사람의 수만 해도 해마다 4만 7천명에 이른다는 둥, 그대가 담배를 끊지 않으면 다른 사람들이 그대를 끊는다는 둥, 담배를 입에 댄 적도 없는 어느 아주머니가 폐암에 걸린 이유는 담배 연기 때문이라는 둥, 그러니 너희 흡연자들은 미필적 고의에 의한 살인자라는 둥, 둥둥둥.

그러니 어떻게 해서든 담배를 끊게 해야 하는데, 여러 가지 방법 중 금연구역의 확대와 더불어 담뱃값을 올리는 게 가장 효과적이라는 '전문가'들의 진단이 뒤따른다. 이쯤 되면 애연가들뿐만 아니라 국민 하나하나의 건강을 그렇게 살뜰하게 챙겨주는 분들의 노고와 배려에 가슴이 먹먹해진다. 그러나 한 가지 의문만은 지울 수 없다. 그렇게도 국민들을 살뜰하게 생각해 주는 사람들이 왜 담배제조회사의 해체를 주장하지는 않는가. 아예 담배를 만들지 않는다면 피우는 사람도 확 줄어들 것이 아닌가. 국민건강의 '원흉'을 처단한다는데야, 더구나 건강에 좋다면 불원천리 보신관광을 떠나는 한국 사람들인데, 누가 반대하고 나서겠는가.

2,500원짜리 담배를 하루에 한 갑씩 피운다면 일 년에 대략 65만의 세금을 낸다. 이 만큼 세금을 내니 흡연자를 봐 줄만도 하지 않느냐고 말하려는 게 아니다. 정부와 '뜻 있는 전문가'들의 기만적인 이중플레이가 가

증스럽다는 얘기다. 담뱃값 인상이 야당의 반대로 벽에 부딪치자 담배세로 충당해야 할 예산이 줄었다며 울상을 짓는 보건복지부의 표정이야말로 양두구육羊頭狗肉을 상술로 내세우는 장사꾼의 그것과 조금도 다를 게 없다. '춤추는 천사'를 모델로 내세운 담배회사의 광고를 목빠지게 기다리는 언론매체들은 또 어떤가. 하여 나는 나의 벗이자 애인인 담배를 '공공의 적'으로 처단하려는 그들의 파렴치한 행위를 도저히 용납할 수가 없다. 나는 다시 인사동에서 산 향을 피우고 북한산 일회용 라이터로 불을 붙인다. 그뿐이다. 제발 애연가들을 범죄자로 내몰지 말라.

일본어라는 이름의 '바이러스'와 공존하는 방법

특정 언어에는 그 언어를 사용하는 사람들의 삶과 생각 그리고 기억이 깃들어 있다는 것, 상식에 속하는 말이다. 한국어는 이 땅에서 살았고 또 살고 있는 사람들의 역사를 내장하고 있다. 이른바 '순수한' 한국어에서부터 수많은 외국어와 외래어까지 우리의 언어생활에는 다양한 말들이 뒤섞여 있다. 외부의 문화나 습속과 접촉하는 과정에서 우리의 정신적 토양이 비옥해진 것만큼이나 당연하게 언어는 '잡스러움'을 생명으로 한다. 이것이 내가 '고유'하다거나 '순수'하다는 말에 거부반응을 보이는, 다시 말해 '잡스러운 것'을 제거한다는 명목으로 '청산'이나 '정화淨化'라는 말을 들이대는 사람들을 그다지 신뢰하지 못하는 이유이다.

한국 문화는 불교, 유교, 도교, 기독교 등 외래 사상들과 접속하면서 풍부한 자양분을 공급받아왔다. 어떤 종교나 사상을 받아들이려면 반드시 번역을 거쳐야 한다. 불경과 성서의 번역, 유교경전과 서양철학의 번역 등 일일이 헤아리지 않아도 좋을 것이다. 그리고 번역된 말들은 우리들의 생각과 일상생활에 깊이 '침투'하여 지금까지 이어지고 있다. 여기에다 유독

외세의 침입이 잦았던 역사인지라 몽고어에서부터 일본어까지 숱한 이국의 언어들이 우리의 언어를 '감염'시키고 있다. 특히 근대에 이르러 40년 가까이 직접적인 지배를 받았던 까닭에 일본어라는 이름의 '바이러스'는 아직껏 맹위를 떨치고 있다.

많은 사람들이 기회만 닿으면 '일본어 잔재 정화'를 말하곤 한다. 우리 사회에 만연되어 있는 일본어라는 '쇠말뚝'을 뽑아내지 않고서는 한국인의 주체성을 확립할 수 없을 것이라는 논지가 주류를 이룬다. 이렇게 말하는 사람들의 의기義氣를 이해하지 못하는 것은 아니다. 고수부지高水敷地를 둔치로, 노견路肩을 갓길로, 담합談合을 짬짜미로 바꾸거나, 와사비를 고추냉이로, 다데기를 다진양념으로, 기스를 흠집으로 고쳐 쓰는 데 반대할 사람은 없을 것이다. 잊혀진 말들을 불러내어 우리의 언어생활을 보다 윤택하게 하는 작업은 시인이나 소설가만의 몫은 아니다.

그런데 한 가지 반드시 짚고 넘어가야 할 게 있다. 산소, 질소, 탄소, 자유, 권리, 독립, 근대, 인권, 철학 등등은 과연 어느 나라 말인가. 어디 이뿐인가. 한자어로 된 행정용어와 법률용어, 수학용어와 과학용어는 과연 어느 나라 말인가. 이 말들은 일본이 서양을 배우는 과정에서, 그러니까 근대화를 추진하는 과정에서 엄청난 에너지를 투자하여 번역해낸 말들이다. 메이지 시대 일본의 지식인들이 악전고투 끝에 만들어낸 '일본식 한자어'들을 정화 내지 청산하고 난 다음에 남는 것은 무엇일까. 이런 말들을 '한국식 한자어'나 '고유의 한국어'로 바꾸어야 한다고 주장하고 나설 사람이 몇이나 있을까.

한국에서 나온 사전 어디에도 '일본식 한자어'를 일본어라고 표기하지 않는다. 그런데 한자문화권의 종주국인 중국에서 나온 『한어외래사사전漢語外來詞詞典』1985에는 이 말들을 일본에서 온 말이라고 밝히고 있다. 한자를 재구성하거나 전용轉用하여 새로운 사상을 담게 된 말을 '외래어'로 명명하고 있는 것이다. 이 사전을 편찬한 사람들은 적어도 근대 일본이 만들어낸 번역어를 '무단도용'하지 않겠다는 양심을 지니고 있다. 그러나 우리의 경우는 사정이 썩 다르다. '다꾸앙'이나 '사시미'만 일본어인 줄 알지 '개인個人'이나 '시간時間' 등이 일본의 근대가 번역한 일본말이라는 것은 알지 못한다. 왜 그럴까. 일본어라는 이름의 바이러스에 민감한 반응을 보이는 사람들의 답변이 자못 궁금하다.

'사람의 무늬'를 품는 문화

바야흐로 '국민 성공 시대'라는 구호가 판을 치는 계절이다. '실용'이라는 글자를 선명하게 박은 깃발이 곳곳에 나부낀다. 수직으로 뻗은 콘크리트 고층 빌딩이 하늘이 되어 이 깃발들을 흐뭇한 표정으로 내려다보고 있다. "성공하세요"나 "부자 되세요"라는 새로운 인사말이 "새해 복 많이 받으세요"나 "건강하세요"를 대체한 지도 꽤 지났다.

속도가 지배하는 시대에 성공의 길이나 부자의 길도 '첨단공법'으로 다져지고 있는 듯하다. 속도는 직선을 욕망하게 마련이고 직선은 획일적인 질서를 표상한다. 스피드를 욕망하는 사람들의 요구에 따라 성공의 길과 부자의 길도 파시스트적 직선을 지향한다. 에움길을 상상하는 자는 이미 시대에 뒤떨어진 자라는 자괴감을 쉽게 떨치지 못한다.

찰리 채플린이 〈모던 타임즈〉에서 보여주었던 장면, 근대의 '독재자' 시계가 눈을 부릅뜨고 있는 가운데 '공장'을 향해 숨을 헐떡이며 달려가는 양떼들처럼, 지금 여기의 많은 우리들은 '성공'과 '실용'의 깃발을 드높이 휘날리며 숨가쁘게 내달리고 있다. 그 끝이 어디인지도 묻지 않은 채. 도착

지점에 무엇이 기다리고 있는지 생각해 보지도 않은 채.

우리 시대 성공의 표지는 말할 것도 없이 돈이다. '보이는 신神' 화폐로 환산되지 않은 성공이란 이를테면 짝퉁 액세서리에 지나지 않는다. 이 신을 경배하기 위한 대열에서 탈락하지 않기 위한 몸짓들이 거리를 가득 메우고 있다. 그럴진대 사람의 무늬가 달라 보일 리 없다. 겉은 달라 보일지 몰라도 감각에서 의식에 이르기까지 사람들의 무늬는 그다지 달라 보이지 않는다.

'인문人文'이란 '사람의 무늬'를 뜻한다. '천문天文' 즉 '하늘의 무늬'가 있어 하늘이 하늘이듯이, '사람의 무늬'가 있어야 사람은 사람다울 수 있다. 그런데 이 사람의 무늬마저 화폐로 바꾸지 않고서는 견디지 못하는 우리 사회의 조급증 내지 강박증은 다양한 사람의 무늬를 쉽게 받아들이지 못한다.

'인문'이 그 다양한 향연symposium을 보여줄 수 있는 장場이 문화다. 견실한 문화는 다양한 사람의 무늬를 넉넉하게 받아들이고 그 무늬들의 변주들variations을 품어내는 울림통이다. 수많은 울림들을, 그러니까 구름과 달과 별과 들꽃과 냇물의 아우성을 하늘과 땅이 품어주듯이, 우리의 문화는 다양한 소리와 색깔과 빛을 품어줄 수 있어야 한다.

하지만 '실용'과 '성공'이 삶의 지표가 되어버린 시대에 이러한 문화의 대지를 상상하기란 난망한 일이다. 돈이 될 만한 것, 그럴싸한 말을 사용하자면 '문화콘텐츠'에만 붉은 눈을 돌릴 뿐, 삶의 다양한 무늬를 감쌀 수 있는 문화의 대지를 가꾸려는 노력은 참으로 찾아보기가 힘들다.

'적자생존' '우승열패' '생존경쟁'이라는 말이 '성공' '부자' '실용'으로 바뀌어 전성기를 구가하고 있는 시절에 우리들의 삶의 무늬는 화폐의 퇴색한 잿빛 그림자에 갇혀 가쁜 호흡을 몰아쉬고 있다. 이를 방치한 채 우리는 과연 행복한 삶을 살 수 있을까. '인문'학의 존재 이유를 다시 물어야 하는 것도 이 때문이다.

'바람난 엄마들'을 위하여

비는 좀처럼 그칠 줄 몰랐다. 저녁 무렵, 아스팔트를 뚫어버릴 듯한 기세로 내리치는 장맛비를 헤치고 우리는 묵호항에 도착했다. 빗줄기들이 뿜어내는 뿌연 물보라가 바다와 육지의 경계를 지워버렸다. 어디가 하늘인지 또 어디가 뭍인지 구분할 수 없을 만큼 내리는 비 비 비……. 우리는 고만고만한 배들이 닻을 내리고 있는 항구의 한산한 어시장에서 오징어 몇 마리와 멍게를 사들고 후줄근한 식당으로 찾아들었다.

누가 지켜보았다면 바람난 40대 아줌마 아저씨라며, 곱지 않은 눈길을 던졌을 것이다. 멀쩡하게 생긴 두 쌍의 남녀가 아무런 목적?도 없이 낯선 곳에 찾아들어, 시시껄렁한 얘기들을 두서도 없이 내뱉으며 낄낄대고 깔깔대는 모습을 누군들 '아름답게' 봐주겠는가. 그러나 우리의 용감한, 자칭 '바람난 엄마들'은 조금도 아랑곳하지 않았다. 되려 '덜떨어진 아빠들'이 슬금슬금 다른 이들의 눈치를 보아야만 했다.

우리가 처음 만난 건, 세종대왕이 나서도 해결할 수 없을 것이라고들 말하는, 바로 그 문제, 아이들 교육 때문이었다. 대한민국의 대다수 아이들과 조금 다르게 키우고 싶다는 소망이 우리 만남의 월하노인月下老人이었다. 그런데 사태가 이런 식으로 전개될지는 정말이지 미처 몰랐다. 아이들을 학교에 맡겨 버린 엄마 아빠들이 '놀아나기' 시작한 것이다. 처음 탐색전을 벌일 때만 해도 우리들을 연결하는 끈은 아이들일 수밖에 없었다. 하지만 아이들의 존재는, 나 혼자만의 생각인지는 모르겠지만, 우리들 만남에서 어느 사이에 하나의 배경으로 물러나 있었다.

아이들 흉을 보면서 즐거워하는, 아이들에게 미안한 내색도 없이 무슨 놀이를 할까 궁리하기에 바쁜, 아이들의 성적이나 장래 문제는 '지들이 알아서 할 것'이라고 생각하는, 자녀교육에 물심양면으로 여념이 없는 '모범적'인 부모들이 보기엔 한심하기 짝이 없는 엄마 아빠들. 바람났다고 할 수밖에 없을 터, 자녀를 '좋은' 대학에 보내는 일에 매진해야 할 아줌마들이 한다는 짓이라니, 자녀의 대학 진학을 '존재의 이유'로 삼고 살아가는 사람들에게 이들은 참으로 한심하게 보였을 게 분명하다.

아니, 사교육의 사슬에서 벗어나 놀이에 분주한 아이들을 우리가 닮아가는 것인지도 모른다. 누군가 이렇게 말했다. 사교육이 고학력 실업자들을 구제하는 데 혁혁한 기여하고 있을 뿐만 아니라 갈 길이 막막한 젊은 학생과 예비 학자들에게 방패막이가 되기도 한다는 것을 모르느냐고. 딴은 그렇구나라며 고개를 주억거리기도 했었다. 그러나 공교육 시스템을 마비시켜 버릴 정도로 흥성한 우리 사회의 사교육 현황은 분명 정상적이지 못하다. 차라리 광기에 가깝다고 해야 옳을 것이다. 짝꿍을 짓밟지 못하면 내가 짓밟히고 말 것이라는 공포를 퍼뜨리는 전염병균이 가득하다.

우리 사회의 '학부모'들은 자신의 뒤틀린 대리 욕망을 '다 너를 위해서'라는 주문呪文으로 은폐하면서, '좋은' 대학에 보냈다는 공로로 주어지는 훈장을 애타게 갈망하고 있는 게 아닐까? 자녀들을 키우고 가르치는 것은 우리들의 사회적 책임이다. 그러나 아이들을 위한다는 그럴듯한 명분으로 자신의 삶과 생각을 유예하는 것은 자기 존재의 존엄성을 팽개치는 것이나 다름이 없다. 아이들과 더불어 살면서 우리는 삶의 훈장을 스스로 새기고 만들어야 한다. 그렇지 않을 때 아이들은 훗날 우리들의 휑한 가슴에 깊디깊은 회한을 남길지도 모를 테니까.

빗줄기는 좀처럼 잦아들 줄 몰랐다. 아이들을 '제끼고' 오징어회를 먹자며 묵호항으로 내달려 온 '바람난 엄마들'의 목소리도 빗소리와 더불어 점점 높아졌다. "애들은 애들이고, 우리는 우리야! 같이 살아가면 되는 거지. 안 그래?" 그러나, 과연, 우리는 언제까지 이 위태로운 믿음을 이어갈 수 있을까.

‘글로벌’ 시대, ‘꿈’을 상실한 세대

얼마 전, 대학 3학년이 되는 조카와 맥주잔을 기울이며, 두서없는 이야기를 나눈 적이 있다. 불쑥 내가 물었다, 뭐 하고 사느냐고. 취직 준비하지요. 벌써 무슨 취직 준비를? 다들 1학년 때부터 취직 준비에 전력하는데 전 늦은 셈이에요. 그래서, 뭘, 어떻게 준비하는데? 학점 관리는 기본이고, 한자능력시험, 토익, 그리고 변리사 시험 대비 스터디 같은 거지요. 신문방송학을 공부하는 네가 왜 변리사를? 조카는 순간 뜨악한 표정을 짓더니 주섬주섬 말을 꺼냈다. 이런 시대에 미리 준비를 하지 않으면 어떻게 먹고살겠어요. 저뿐만 아니라 다들 난린데요, 뭘. ‘이런 시대’라⋯⋯.

바야흐로 ‘글로벌’이라는 말이 들어가지 않으면 어디 명함을 내밀기도 민망한 시대다. 글로벌 기업, 글로벌 대학, 글로벌 인재, 글로벌 리더 등등, ‘글로벌’을 머리에 인 명사名辭들의 목록이 눈에 어지러울 정도다. ‘이런 시대’를 뒷받침하는 것이 경쟁이라는 논리이며, 경쟁에서 뒤처지지 않아야 한다는 초조감은 불안과 공포라는 쌍생아를 낳는다. 그 쌍생아의 부릅뜬 눈길의 감시를 받으며 철저한 스펙 관리와 취직을 위해 젊음을 헌납하는 한국의 대학생들이 어디 나의 조카뿐일까.

그런데 언필칭 '글로벌'을 들이대는 사람들은 대개의 경우 그것이 누구를 위한, 무엇을 위한 '글로벌'인지 묻지 않는다. 나아가 '글로벌'의 정체가 무엇인가라는 물음도 애써 외면한다. 집단 최면에 걸려 '질문의 능력'을 상실했기 때문일까. 물론 '먹고사는' 문제만큼 중차대한 것도 드물다는 것쯤은 나도 잘 안다. 하지만 그 문제를 해결하기 위해 '나'의 다른 중요한 '힘'들을 포기한다는 것은 이해하기 힘들다. 혹독한 교육환경을 갓 빠져나온 대학생들이 '먹고살기' 위해 젊음의 시간을 미래에 가둬버리는 모습은 더욱 그러하다. 다른 꿈을 꿀 권리를 박탈당한 젊은이들의 미래가 다름 아닌 우리 사회의 미래라는 것에 이의를 제기하는 사람은 많지 않을 터이다.

'글로벌'이든 '유니버설'이든 출발점이 '나'라는 것은 분명하다. '주체'가 '타자'에 의해 정의되듯이, '나'는 '너'에 의해 정의된다. 그리고 '나'와 '너'의 소통을 전제하지 않는 관계는 성립하기 어렵다. 바람직한 관계를 지향하는 소통의 힘은 타자의 고통에 응답하는 능력에 비례한다. 그 응답 능력을 견인하는 동력이 바로 꿈이자 상상력이다. '글로벌'로 표상되는 21세기 초반의 시대정신이 '나'의 꿈과 상상력을 무력화하는 방향으로 작동한다면 우리는 과연 어떻게 해야 하는가. 그러한 시대정신에 저항할 것인가, 아니면 투항할 것인가. '나'의 수많은 꿈'들'을 취업을 위한 경쟁능력의 극대화로 환원해버리는 우리 대학생들의 내면풍경이야말로 우울한 잿빛 미래를 고지告知하는 신호가 아닐까.

〈스윙 키즈〉라는 영화가 있다. 히틀러의 나치즘 체제하에서 살아가는 젊은이들의 꿈과 사랑과 투항과 저항을 그린 작품이다. 각별한 사이였던 세 친구 중 하나가 먼저 히틀러청년단에 가입한다. 그는 다른 친구에게 히틀러청년단에서 받은 모터사이클을 자랑하며 나치는 우리의 꿈을 실현시

켜 줄 것이며, 우리는 나치가 제시하는 방향으로 가기만 하면 된다는 요지
의 말을 건넨다. '먹고사는' 것 해결해 준다는 데 정의正義 따위가 무슨 대수
냐는 얘기다. 과연 그럴까. 그렇게 말하는 히틀러청년단원의 모습에, 갓 스
무살을 넘긴 나이에 정체불명의 '글로벌'을 끌어안고 취업전선에서 악전
고투하는, 내 조카의 얼굴이 포개지는 것은 왜일까.

아주 오래된 시위의 기억

1898년 만민공동회와 2008년 '촛불문화제'

　　　　　　　　　대한민국의 수도 한복판에서 50일이 넘게 시위가 계속되고 있다. 시청앞 광장과 광화문을 가득 메운 시민들의 손에는 '촛불'이 들려 있고 그 '촛불'은 청와대를 포위한다. 2008년 여름에 대도시를 점령한 촛불의 파고는 좀처럼 잦아들 줄을 모른다. 어린아이를 태운 유모차가, 가방을 둘러맨 중학생들이, 넥타이를 맨 샐러리맨들이, 그리고 백발이 성성한 할아버지와 외국인들이 밤새워 도시를 걷고 또 걷는다. 그런데 어디서 봤더라, 이 놀라운 광경을? 나는 어렵지 않게 1898년 서울을 뒤흔들었던 만민공동회의 기억을 떠올린다. 놀랍게도 만민공동회의 시위와 촛불의 시위는, 110년의 세월을 가뿐히 뛰어넘어, 우리 앞에 한 장의 풍경으로 펼쳐진다.

　　'1898년 열강의 이권침탈에 대항하여 자주독립의 수호와 자유민권의 신장을 위하여 조직·개최되었던 민중대회'라고 일컬어지는 만민공동회는 민중들의 근대적 개혁을 향한 열망을 표출한 거대한 시위의 원형이자 미완의 정치 운동이었다. 1898년 3월 10일, 만민공동회라는 이름으로 외세의 배격과 의회 설립 등을 주장하며 일련의 시위를 전개했던 민중들은 10월 28일부터 11월 2일까지 6일에 걸친 관민공동회에서 자신들의 요구를 관철시킨다. 시위 현장은 충군애국의 함성이 울려 퍼지는 가운데 남녀노소와 빈부귀천을 물론하고 하나의 '대한제국의 인민'임을 확인하는 '축제'의 도가니였다. '인민people'의 힘과 그 가능성을 깨닫는 장이기도 했다.

그러나 기쁨도 잠시, 정부측에서 시위를 주도한 인물 17명을 체포함으로써 상황은 다시 급변한다. 잠깐의 기쁨과 휴식을 누릴 여유도 없이 시위 군중들은 다시 거리로 모여든다. 그리하여 1898년 11월 5일부터 12월 23일까지 황제 친유親諭 이후의 6일간을 제외한 40여 일 동안의 철야농성에 돌입한다. 경무청과 고등재판소 그리고 궁궐 앞 육조거리를 점거한 시위대는 여러 차례에 걸쳐 상소를 올리고 드디어는 고종 황제를 불러내어 '항

제1차 만민공동회

복선언'을 받아내기도 한다.

40여 일간의 철야농성투쟁, 이야말로 만민공동회 시위의 절정이었다. 실패 또는 패배 여부는 다음 문제이다. 이 40여 일에 걸친 만민공동회의 대대적인 시위는 어느 매체보다 강력한 계몽의 통로였다. 콩나물 파는 할머니에서부터 기생과 백정 그리고 철모르는 아이들에 이르기까지 계층과 신분을 떠나 모든 사람들이 '충군애국하는 조선의 인민' 자격으로 만민공동회의 시위에 직접 참가하거나 전폭적인 지지를 보냈다. 시위대를 위해 자발적으로 마련한 장터에서는 장국밥을 제공했으며, 이른바 '규찰대'를 조직하기도 했다. 바야흐로 혁명 전야의 전운이 감돌고 있었던 것이다.

할머니와 순검들이 앞을 다투어 푼돈을 털어 시위 군중을 응원하고 나섰고, 어느 '의로운 죽음'을 계기로 남대문 밖 이문골에 사는 김광태를 비롯한 아이들은 이른바 '자동의사회子童義事會'를 만들어 충군애국을 목청껏 외치기 시작했다. 이런 아이들뿐만 아니라 찬양회 부인들 및 학생들이 온갖 모임을 만들어 시내 곳곳에서 연설회를 개최했다. 새로운 '계몽의 미디어'인 연설이 강력한 호소력으로 시민들 속으로 파고들었으며, 『독립신문』 『매일신문』 『제국신문』 『황성신문』 등이 그 현장을 대대적으로 '중계'했다. 시위를 통한 계몽이 절정에 이른 순간이라 아니할 수 없다. 이제 '백성'들은 시위를 통해 타자와 자기를 동시에 발견함으로써 자신들이 하나의 '국민'임을 자각하기 시작했던 것이다.

이런 상황에서 정부 대신들과 만민공동회 사이에 수많은 논란이 오고 가지만 불신의 골이 좁혀질 기미는 좀처럼 보이지 않는다. 정부는 민원民願대로 실시하는 흔적을 보이지 않자, 약속이 하루빨리 지켜지기를 바라고 있던 독립협회 회원들과 민중들은 자신들의 의지를 관철시키기 위해 황제를 직접 압박한다. 1898년 11월 26일 오전 10시, '수만 명'의 군중이 종로

제2차 만민공동회

에 집결하여 약속 이행을 촉구하자 고종은 조칙을 내려 만민공동회측 대표 200명과 보부상측 대표 200명을 각각 오후 1시와 오후 3시에 궐문 밖으로 대령하도록 하라는 명령을 내린다. 백성을 생각하는 지도자라면 '항복'하지 않을 수 없다. 대한제국의 황제 고종은 수십 일을 궁궐을 포위한 채 물러설 줄을 모르는 민중들 앞에 선다. 『독립신문』은 그 상황을 이렇게 전한다.

　황상 폐하께서 친히 하교하사 가라사대 너희들 소원대로 말길도 열어주고 중추원도 설시하고 독립협회도 복설하여 주니 회규會規대로 시행들 하며, 조병식 등 오신五臣은 잡는 대로 재판하여 정배定配하겠고, 정부 각 대신은 새로 조직하였으니 각기 직책들을 응당 다 잘들 할지라. 아직은 허물이 없으니 더 말할 것이 없고, 소위 보부상패는 전부터 민국간에 크게 폐단 되는 줄은 이왕 통촉하겠고, 그 부상패 두목에 길영수·홍종우·박유진 셋은 불가불 용서하여야 혁파당하고 물러가는 부상패들의 마음이 억울타 아니 하겠으니 그리들 알라 하옵시며 칙어를 내리시거늘, 지사한 이백 인이 공손히 받들어 엎대어 읽고 말하여 가로되, 상정上情이 아래로 미치고 하정下情이 위로 달함은 천지개벽 이후 처음이라. 이런 희한하고 황감한 일이 어디 있으리오. 이전에는 항상 정부가 사이에 막히고 간세배가 중간을 가리우더니 오늘날은 군민간에 즉접卽接하야 화기가 융융하니 우리나라 중흥할 조증이 이에 있는지라.

황제가 친히 백성들을 탑전으로 불러들여 그들의 의견을 수용하는, 그야말로 전대미문의 사건이 벌어지고 있었던 것이다. 이 자리에서 고종은 만민공동회에서 제기한 모든 요구사항들을 들어주기로 확약한다. 그리고 칙어를 내려 자신의 잘못을 반성하면서 막힌 것을 뚫고 닫힌 것을 열어서 상하가 서로 통하는 '동혁의 세계'로 나아갈 것을 약속한다. 황제 고종은 말한다. 이제부터 임금과 신하와 위와 아래가 믿음과 의리를 지켜 어질고 능한 사람을 전국에서 고르자고. 아름다운 말을 꼴 베고 나무 하는 백성에게도 캐어 쓰자고. 서로의 의심을 풀고 새로운 길로 나아가자고. 임금이 백성이 아니라면 누구를 의지하겠느냐고.

민중의 대표들을 부른 것은 황제였지만, 정확하게 말하자면 황제를 민중들이 불러낸 것이라 해야 옳을 것이다. 압박에 못 이겨 민중들 앞에 선 황제 고종이 이 자리에서 민중들의 요구를 전폭적으로 수용하기로 약속하는 장면은 한국 근대 정치사의 맨 앞에 놓인 하나의 상징이라 할 수 있다. 하지만 너무나 짧은 순간에 사라져버린 섬광같은 희망이자 가능성만을 남겨둔 채, 황제의 목소리는 다시 기득권을 지키려 몸부림치던 세력들이 쳐놓은 장막 속에 갇혀버린다.

그리고 만민공동회 해산을 전후한 시각, 인구 17만의 서울에 구세군 냄비가 걸리고, 몇몇 교회에서는 예수 탄생을 축하하는 성탄예배가 조촐하게 열리고 있었다. 성탄절 다음 날, 어디선가 대포를 쏘는 듯 땅이 흔들리며 집이 요동을 치는 지진에 놀란 서울의 민중들은 놀라 밖으로 뛰쳐나왔다. 지진은 같은 해 6월 4일에도 있었다. 그 지진이 1898년 조선을 뒤흔들었던 격동의 시간을 예고한 지질학적 징후였다면, 12월 26일과 27일의 연이은 지진은 민중의 함성이 땅속으로 잦아드는 한숨 섞인 울림이었다고 할 수 있을 것이다.

수많은 사람들이 집결, 무력한 정부를 대신하여 만민공동회라는 이름의 대규모 시위를 통해 위기에 처한 대한제국을 구해야 한다면 목청을 높였던 자리에도 한바탕 지진이 휩쓸고 갔을 것이다. 중심을 잃고 흔들리는 정부의 책략에 밀려 민중들의 함성이 지하로 스며들고 난 뒤였다. 비슷한 시기에 지진뿐만 아니라 '월식月蝕' 현상까지 나타난 마당이어서 이 불길한 징조를 바라보는 민중들의 심사는 더욱 착잡했을 터이다. 이렇듯 정치적 지각변동 혹은 대한제국의 정치적 파탄을 알리는 불길한 지진과 함께 광무 2년 한 해가 저물어가고 있었다.

백성의 뜻을 제대로 받들지 못한 대한제국이 그 후 어떤 길을 걸었는지는 우리가 잘 아는 바와 같다. 그렇다면 2008년 대한민국의 대통령과 고위 관료들, 그리고 그들을 둘러싼 기득권층들은 어떤 선택을 할 것인가. 촛불의 소리에 응답함으로써 잃어버린 신뢰를 회복하고 새로운 길을 모색할 것인가. 아니면 서슬 퍼런 호령과 무력으로 그들의 목소리를 무질러버릴 것인가. 문제는 미국산 쇠고기가 더 이상 아니다. 우리 사회에 깊이 스며들고 있는 불신, 그것이 문제이다. '촛불의 바다'를 '개헤엄'으로 건너려 애쓰는 순간, 불신은 거센 폭풍우가 되어 우리 사회를 뒤흔들고 말 것이다. 110년 전의, 아주 오래된 시위의 기억을 떠올리면서, 다시금 나는 촛불을 켤 것이다.

두만강의 봄, 국경의 상상

식민지 시대, 두만강 국경 너머 중국 땅에 있는 만주 용정 명동촌에서 태어난 시인 윤동주는, 1936년 6월 26일에 쓴 시 「양지쪽」에서 이렇게 노래한다. "저쪽으로 황토 실은 이 땅 봄바람이 / 호인胡人의 물레바퀴처럼 돌아지나고 // 아롱진 사월 태양의 손길이 / 벽을 등진 설은 가슴마다 올올이 만진다 // 지도째기놀음에 뉘 땅인 줄 모르는 애 둘이 / 한 뼘 손가락이 짧음을 한함이여 // 아서라! 가뜩이나 엷은 평화가 / 깨여질까 근심스럽다." 황토를 머금은 봄바람이 청나라 사람들의 물레바퀴처럼 휘돌아가는 곳에서 아이 둘이서 '지도째기놀음'을 하고 있다. 윤동주가 만든 말이라는 '지도째기놀음'이란, 우리도 익히 아는 '땅따먹기놀이' 비슷한 것이다. 둥근 원을 그리고, 작은 돌멩이나 병뚜껑을 퉁긴 다음 그 거리를 손으로 재서 자기의 '영토'를 넓혀가는 놀이이다. 조금이라도 더 땅을 늘려야 하는데, 손가락이 짧으니 어쩌겠는가. 그러다보면 서로 자기 땅을 넓히려는 아이들 사이에 싸움이 벌어져 '가뜩이나 엷은 평화'가 순식간에 깨져버리곤 했을 것이다. 그랬다. 중국과 조선과 일본을 넘나들었던 윤동주를 찾아가는 길에 나를 사로잡은 것은 그의 「서시」도,

「별 헤는 밤」도, 「쉽게 씌어진 시」도, 「무서운 시간」도 아닌 「양지쪽」이었다. 순전히 '국경의 기억' 때문이었다.

후텁지근한 한여름의 공기를 실은 하늘은 뭐가 그리 마뜩찮은지 찌뿌린 표정을 좀처럼 풀지 않았다. 여기저기 2008 베이징올림픽을 환영하는 플래카드와 네온사인과 간판들이 뿌연 대기 사이로 어른거린다. 파이팅 중국加油中國! 하나의 세계, 하나의 꿈同一介世界 同一介 夢想! 그다지 낯선 풍경은 아니다. 스포츠가 정치 선전의 장이 되어버린 지 이미 오래이기 때문이다. 올림픽을 개최하기 위해 100년을 기다렸다는 그럴듯한 말놀이는 세계를 자기 중심으로 재편하고자 하는 중국의 욕망을 분명하게 보여준다. 하나의 세계, 하나의 꿈? 어림없는 소리다. 자본주의 체제 아래에서 강대국들은 자기를 중심으로 세계를 하나로 묶고, 여기에 자기의 꿈을 들이민다. 자본이라는 사나운 무기를 장착한 중국은 '하나의 꿈'을 내세워 자신의 지배 욕망을 정당화하고, 여기에 딴지를 거는 자들을 가차 없이 응징한다. 올림픽 정신 따위는 오래 전에 고어사전古語辭典에 갇혀버렸다.

신양瀋陽 공항에서 내린 나는 몇 년 전에 완공되었다는 고속도로를 달려 단동丹東에 도착했다. 이국의 풍경을 보고 설레는 가슴을 쓸어내릴 만큼 예민한 감수성을 지니지도 못한 터라, 그저 덤덤한 심정으로 차창 밖으로 펼쳐지는 풍경들을 바라보았을 따름이다. 단동 시내에서 압록강 하류를 따라 남쪽으로 내려왔다. 그곳에서 나는 국경의 '실물'을 보았다. 지난 5월 당일치기로 개성을 다녀오면서 군사분계선을 직접 본 적은 있다. 그런데 중국과 북한의 국경을 표시하는 철조망이 걸린 허름한 시멘트 말뚝을 보고는 피식 웃음이 나왔다. 이게 국경이라니. 적어도 남한과 북한을 가르는 군사분계선 정도는 되어야 그나마 국경으로서 품격?이 있는 게 아닐까라고, 뜬금없는 생각까지도 감추기 어려웠다. 그러니 '웃기는 국경'을 바라보는 심사가 편했을 리 만무하다.

'국경도시' 단동은 이름에 걸맞게 우리의 현대사를 들여다 볼 수 있는 통로이기도 했다. 투숙한 호텔 창 너머로 보이는 압록강 단교斷橋와 전쟁기념관이 그것이다. 한국전쟁 당시의 고통을 고스란히 간직하고 있는 압록강 단교는 '상품'으로 변신하여 우리 앞에 놓여 있었다. 중국 쪽의 전쟁 영웅들이 북한 쪽을 바라보고 있는 기념상을 거느린 이 끊어진 다리를 걸어보기 위해 입장료를 지불해야 했다. 그러나 몸을 가눌 수 없을 만큼 거센 비바람이 몰아치고 있었던 까닭에 나는 하릴없이 입장료를 날려버려야 했다. 전쟁기념관 역시 마찬가지였다. "미제국주의에 대항하여 조선을 돕는다抗美援朝"는 슬로건이 곳곳에서 정의로운 중화인민공화국의 자랑스러운 역사를 웅변하고 있었다. 어디 중국뿐이겠는가. 국경으로 둘러싸인 곳이라면 어디든 전쟁기념관이 사람들의 의식을 세뇌하는 장치로 군림하고 있게 마련이다. 우리가 독립기념관과 용산의 전쟁기념관을 보면서 그러하듯이, 중국인들도 그곳을 '관광'하면서 그 나라의 자랑스러운 '국민'임을 확인하곤 할 것이다.

단동을 떠나 집안集安으로 가는 길. 버스는 울퉁불퉁한 길을 하염없이 달린다. 옥수수밭이 끊임없이 펼쳐진다. 비구름 사이로 간간히 모습을 드러내는 산들을 빼고는 별다른 감흥을 자아내지 못한다. 광개토왕의 비와 능, 그리고 그의 아들 장수왕의 무덤을 돌아볼 때까지도 비는 그치지 않았다. 이곳에서 자랑스러운 조국의 역사를 되새기며 흥분할 사람도 적지 않았으련만, 비 때문인지 나는 자꾸만 으슬으슬 한기까지 느꼈다. 역사를 자기 식으로 해석하고, 또 제 좋을 대로 의미를 부여하는 것 역시 국경에 갇힌 자들에게서 쉽게 볼 수 있는 것이어서 별다른 감흥이 없다. 어색한 한국어로 "우산, 2천 원"이라는 말을 삼키는 사람들의 표정이 자꾸만 눈길에

밝힐 뿐이었다. 기억과 역사를 상품화하는, 이른 바 기억산업memory industry의 현장이면 어디서든 볼 수 있는 스산하고 씁쓸한 풍경들이다.

　집안에서 통화通化로 가 그곳에서 기차를 타고 백두산, 아니 장백산 아래 백하白河로 향했다. 허름한 침대에서 보낸 하룻밤은 하얀 몸통을 드러내는 자작나무와 함께 뒤로 밀려나고 있었다. 그리고 희붐한 새벽 안개 알갱이에 언뜻 푸르스름한 하늘이 깃드는가 싶기도 했다. 장백산＝백두산 가는 길. '민족의 영산靈山'이니 뭐니 하는 말에 다시금 차창 밖으로 무연한 눈길을 주었다. 생명이 터를 잡는 곳 치고 신령하지 않은 장소가 어디 있을까마는, 이 산이 갖는 의미가 워낙 각별한지라, 침착한 '포즈'를 취하려 애쓴 보람도 없이 발걸음은 자꾸만 다급해진다. 요란한 군중들과 한바탕 몸싸움을 치른 후, 다시 자신의 속도를 망각한 듯한 지프의 광란의 질주에 몸을 맡긴 후, 어렵사리 오른 천지天池의 옥빛 물결은 그저 바라보기만 해도 황홀했다고 말해야 한다. 색채도감에서 좀처럼 찾아보기 어려울 성 싶은 천지의 물빛, 아마도 착시 현상 때문일 것이다. 해발 2,100미터의 하늘에 떠 있는 물이 빚어내는 빛깔과 여름 햇살이 어우러진 향연을 앞에 두고 나는 잠시 망연했다. 더구나 불기둥의 흔적조차 선명한 용암이 화염의 기억을 눈에 선하게 보여주고 있음에랴.

　그러나 그곳에도 국경은 엄존했다. 압록강과 두만강의 한가운데를 기준으로 북한과 중국이 나뉘듯이 '하늘연못'의 중심을 직선으로 가로지르는, 눈에 보이지 않는 국경이 버티고 있었던 것이다. 이렇게 눈에 보이지 않는 국경을 사이에 두고 얼마나 많은 논란이 있었고, 또 앞으로 얼마나 많은 다툼이 생겨날 것인지 멀리 미루어보지 않아도 알 수 있을 터이다. 근대 국가들은 이처럼 자연이 빚은 황홀경마저도 아무런 미련 없이 절단해버린다. 그리고 각각의 경계 안에 사는 사람들은 그 절단선을 처음부터 존재했던 것처럼 '자연스럽게' 받아들인다. 이제 우리는 육지뿐만 아니라 바다와 하늘과 이 '하늘연못'에까지 그어진 국경이라는 절단선을 사이에 두고 쉽게 끝날 것 같지 않은 싸움에 돌입한다. '여기'는 우리 땅, '거기'는 너희 땅! 저 선연한 물빛은 아무 말이 없다. 하늘이 열린 이래, 몇 번 하늘로 솟구치던 불기둥의 기억이 침묵으로 서려 있을 뿐이다. 여기에 무슨 경계 따위가 있을 수 있겠는가.

국경은 두만강 강변의 허름한 도시 도문圖門에까지 이어지고 있었다. 천지에서 발원하여 동해로 흘러드는 두만강 상류, 20미터가 채 되지 않을 듯싶은 강을 굵은 대나무로 만든 뗏목이 오르내린다. 관광객을 위한 일종의 '국경 넘나들기 쇼'다. 하나에 네 명씩 태운 뗏목이 너무나 가볍게 국경을 넘나든다. 저 가뿐한 월경越境. 사람들은 북한을 넘어갔다 왔다며 희희낙락했다. 유원지로 바뀐 국경에서, 국경의 위엄은 파탄이 나버렸다. 4,500원만 주면 넘어가서 풀을 뜯어올 수도 있는 국경, 그 이상도 이하도 아닌 것이라는 사실을 드러내고 만 것이다. 그러나 '쇼'는 거기까지다. 말린 명태를 안주 삼아 마신 막걸리의 시금털털한 맛이 쉽사리 가시지 않았던 것도, 너무나 순식간에 끝나버린 쇼의 여운 때문이었을 터이다. 아니, 곳곳에 국경을 그어놓고 자신들의 배를 불리고 있는 자들의 모습이 헐벗은 산들을 뒤덮어 왔기 때문이었을 터이다.

국경을 필요로 하는 사람들은 누구일까. 우리의 근대사가 말해주듯이 이 땅의 민중들이 국경을 요구했을 리 없다. 그들은 먹을 것을 찾아, 자유롭게 살 곳을 찾아 이곳 국경을 넘었다. 그러나 국경 너머에는 또다른 국경이 있었다. 그곳에 사는 사람들의 마음에 깊디깊게 파인 국경. 시인 윤동주가 "아서라! 가뜩이나 엷은 평화가/깨여질까 근심스럽다"고 했던 '지도째기놀음'의 현장이 바로 국경이었다. 아이들이 아니라 어른들이, 그것도 국가를 책임지고 있다고 큰소리치는 이들이 땅따먹기놀이에 눈이 벌개져서 들여다보고 있는 곳이 바로 국경이었다. 그리고 '웃기지도 않는' 국경선을 그어놓고 '웃기지도 않는' 쇼를 펼치고 있었다. 압록강에서, 천지에서, 두만강에서. 그리고 사람들은 그 쇼를 진짜 현실로 받아들이며 울부짖기도 하고, 환호하기도 했다.

길림성 용정시 명동촌에 있는 윤동주의 생가生家는 뜨거운 여름 햇빛 아래 깊이 고여 있었다. 100년에 가까운 시간이 그려놓은 홀로그램이 옥수수밭에서 뿜어져 나오는 후끈한 열기 속에서 빛의 속도로 내달렸다. 환각이었을 것이다. "헌 짚신짝 끄을고" "두만강을 건너서" 온 "쓸쓸한 이 땅" 「고향집」 한 구석에 자리한 그의 옛 집터에서 나는 그가 왜 '지도째기놀음'을 노래했는지 조금은 알 것 같았다. 지도란, 지도에 그려진 국경이란 한갓 오줌싸개가 이불 위에 그려놓은 그림에 지나지 않는다. 그런데도 그 지도에 그려진 국경은 그 무엇보다 무서운 힘으로 우리를 억압하고, 감시하며, 통제한다. 그리고 국경을 사이에 둔 '엷은 평화'는 너무나도 쉽게 부서지고 만다. 누가, 언제, 왜 국경을 만들었는가. 새의 날개에, 물고기의 비늘에, 풀꽃의 꽃받침에 어떻게 국경을 그을 수 있단 말인가. 어디 국경뿐이랴. 삼라만상을 절단하고, 분할하고, 점유하지 않고서는 견디지 못하는데…… 나의 국경의 기억은 아직껏, 한겨울에도 얼음이 지지 않는다는 압록강의 흐린 물 속에 갇혀 헤어나오질 못하고 있다.

책에 미친 사내의 이상한 셈법

몇 번이고 생각을 가다듬는다. 여기까지만. 아니지, 이 책까지만. 어! 이게 여기 있었네. 이러다 보면 주섬주섬, 한 권 한 권 모은 책이 어느덧 열 권, 스무 권을 넘는다. 주머니를 슬그머니 만져본다. 조금은 떨린다. 다시 마음을 다잡는다. 이건 중독이야. 끊고 맺을 줄 알아야 해. 해서 쌓아두었던 책들을 하나씩 제자리에 놓는다. 그러자 제자리로 돌아간 책들의 아우성이 들린다. 환청일까. 여기는 내 자리가 아니야. 지금 나를 놓치면 후회할 걸. 다시금 책이 쌓인다. 조금 전에는 보이지 않던 다른 '친구'까지 함께. 얼마지요? 목소리가 조금 떨린다. 몇십만 원을 훌쩍 넘기기가 일쑤다. 이때, 아주 독특한 나만의 셈법 또는 위로법이 작동한다. 그래, 음주운전에 걸렸다 치자. 등산을 하다 다리가 부러졌다 치자. 아니야, 자동차가 심각한 고장을 일으켰다고 치자. 그 일들을 수습하려면 이까짓 몇십만 원 가지고는 어림없지. 게다가 이렇게 책을 사면 인문사회과학 출판사에 적잖은 기여를 하게 되는 셈이 아닌가. 아무리 생각해도 치유가 어려울 듯 싶은 고질병이다.

어느 날, 지루하게 이어지던 여름이 아무런 말도 없이 갑작스럽게 사라지고 난 다음날인가, 몇몇 인문사회과학 출판사가 연합해서 마련한 '야외 책방'이 연구실 앞 잔디마당에 펼쳐졌다. 적게는 10퍼센트에서 많게는 50퍼센트까지 깎아주는 파격적인 행사이다. 시내의 대형서점을 찾지 않으면 좀처럼 볼 수 없는 책들의 유혹이, 높고 푸른 가을하늘만큼이나 치명적이다. 이렇게 말하는 사람이 있을지 모른다. 그 편리한 온라인 서점에 가면 전 세계의 책들을 얼마든지 보고 살 수 있는데 웬 원시적인 생각이냐고. 그럴 것이다. 나 역시 온라인 서점에서 곧잘 책을 사곤 하니까. 그러나 그것만이 전부가 아니다. 책이 풍기는 독특한 분위기랄까 물질성物質性을 온라인 서점이 제공하는 이미지를 통해서는 느낄 수가 없다. 책의 장정과 표지, 종이의 질감과 글꼴, 그리고 무엇보다 한 권의 책이 품고 있는 체취 아니 책취冊臭까지, 직접 눈으로 보고, 손끝으로 느끼고, 코로 맡아보지 않고서는 느끼기 어려운 감각의 향연들이 오프라인 책방의 강점이다. 게다가 저토록 휘황한 가을햇살 아래 몸뚱이를 드러내놓고 있는데 더 말해 무엇 하겠는가.

그러나 더욱 즐겁고 행복한 것은 새로운 책들이 빚어내는 사유의 연쇄들이다. 이 책은 내 서재의 그 책과 만나면 멋진 앙상블을 이룰 거야. 이 녀석은 그 소설의 결말을 새롭게 설명하고 이해하는 데 결정적인 기여를 하게 될 것이야. 맞다. 책이 책을 부른다. 책의 무게가 다른 책을 끌어들이는 자석이 된다. 이 책의 목소리가 메아리가 되어 저 책의 언덕에 긴 울림을 남긴다. 책의 목소리는 다른 책의 목소리를 그리워하고, 책의 냄새는 다른 책의 향기를 부른다. 책의 촉감을 기억하고 있는 손끝은 다른 책의 느낌을 갈망한다. 그런데야 나로서도 어쩔 도리가 없다. 의지의 제어장치는 책들 앞에서 그 기능을 너무나 쉽게 망각해버리곤 한다.

땀을 흘리며 힘겹게 책을 연구실 가운데 놓인 책상에 올려놓는다. 차가운 물을 한 잔 마시고, 깊이 숨을 들이마신다. 이제 이 녀석들과 본격적으로 인사를 할 차례다. ‘야외 책방’에서 나누었던 눈인사가 아니라, 좀 더 의미 있는, 깊은 인사를 주고받을 순서다. 한 권, 한 권, 그리고 또 한 권……. 나의 손길은 그 책들의 속살을 한 꺼풀씩 더듬는다. 이 행위는 책을 읽는 것과는 다르다. 페이지 위에 펼쳐진 활자들은 드문드문 눈에 띌 따름이다. 손끝에 닿는 촉감을 즐기는 이 행위는, 따라서, 책이 전달하고자 하는 메시지를 이해하려는 시도와 거리가 멀다. 그저 책의 ‘육체’를 오감으로 느낄 따름이다. 물론 예상이나 기대에 어긋나는 것들도 있고, 미처 예상하지 못했던 깊은 울림을 전하는 것들도 있다. 그 책들을 읽는 것은 그 다음이다. 첫 느낌만을 간직한 채 앞으로도 오랫동안 읽지 못할/않을 책들이 태반일 것이다. 지금까지 그랬듯이. 어떤 ‘어리석은’ 사람들은 묻곤 한다. 당신 이 책들을 다 읽었느냐고. 의심스럽다는 표정이 역력하다. 무슨 말씀을. 이 많은 글자들을 어떻게 다 읽어내겠습니까. 어림없는 일이지요. 또 궁금한 모양이다. 그렇다면 이 많은 책들을, 그 많은 돈을 들여서 뭐하러 사느냐고 물을 태세다. 나의 대답은 이미 준비되어 있다. 액세서리지요. 누구 말마따나 조금 비싼 벽지라고나 할까요. 아니면, 말년의 양식? 다른 데 돈 쓸 줄을 모르는 모양이라며, 조금은 안쓰러운 표정을 짓는다. 흠, 그렇다고 해 두지요, 뭐.

그 중에 나의 ‘총애’를 한몸에 받는 녀석들도 적지 않다. 뿐만 아니라 까마득히 그 존재를 잊고 있다가 그야말로, 어느 날, 우연히^{accidently}, 사고^{accident}처럼 매력적으로 만나게 되는 녀석들도 제법 있다. 그들은 내게 언제든 말을 걸어올 준비를 하고 있다. 그러나 내가 다가가지 않는 한, 그들은 좀처럼 자신의 속내를 보여주질 않는다. 이때, 손끝의 촉감이 그들의 속삭

임을 기억해 내곤 한다. 때로는 꿈속에서, 때로는 나뭇가지 사이에서, 때로는 빗줄기를 뚫고, 그리고 때로는 다른 책의 호출에 따라, 그들은 나에게 말을 걸어온다. 그들의 웅성거림이 삶의 나이테를 단단하게 채운다고, 나는 믿고 싶다. 이쯤 되면, 영락없는 반쯤 정신나간 사람이나 별로 다를 게 없다. 이 경우에도 변명은 얼마든지 준비되어 있다. 정확하게 말하자면 변명을 대신해줄 사람들이 있다. 책에서 주은 말이니 책을 위한 책의 변명인 셈이다. 명나라 말기에 장대張岱라는 사람이 있었단다. 그 사람은 「오이인전五異人傳」에서 이렇게 쓴다. "벽이 없는 사람과는 사귀지 말라. 깊은 정이 없기 때문이다. 흠이 없는 사람과는 사귀지 말라. 진실한 기운이 없기 때문이다人無癖不可與交, 以其無深情也. 人無疵不可與交, 以其無眞氣也." '벽癖'이나 '자疵'는 평균적인 사람의 시선으로 보자면 '이상한 놈들'이 지니는 속성이다.

편벽되고 흠투성이인 인간들을 좋아할 동시대의 사람들은 많지 않을 터, 그래서 이 보통인간에 미달하는 미치광이들은 죽은 사람들과 교통하기를 좋아한다. 그럴 수밖에. 죽은 사람은 말이 없으니까. 책이라는 관棺에 갇힌 죽은 사람들은 내가 말을 거는 방식이나 태도나 취향에 따라 얼마든지 다양한 목소리로 나에게 수많은 이야기를 들려준다. 프랑스의 작가이자 사상가인 장 폴 사르트르는 1947년에 간행한 그의 책 『문학이란 무엇인가』에서 이렇게 말한다. "우선 상기해 두어야 할 것이 있다. 그것은 대부분의 비평가는 별로 재수가 없었던 사람들, 그래서 절망하려던 순간에 용케 묘지기라는 조용하고 조촐한 일자리를 얻은 사람들이라는 사실이다. 묘지가 정말 평화로운 곳인지 아닌지는 모를 일이지만, 서재만큼 기분 좋은 묘지는 달리 없을 것이다. 거기에는 죽은 사람들이 있다. 그들은 평생 글만 썼고 이미 오래전부터 산다는 죄를 씻어냈으며, 더구나 그들의 인생은 다만 다른 사자死者들이 그들에 관해서 써놓은 다른 책들을 통해서만 알려져 있을 뿐이다. 랭보도 죽었다. 그리고 파테른 베리숑도 이자벨 랭보도 죽었다. 다시 말해서 귀찮은 자들이 사라진 것이다. 그래서 이제 남은 것은 마치 납골당의 항아리들처럼 벽을 따라 널빤지 위에 늘어놓은 작은 관들 뿐이다.” 얼마 전, 이 구절을 다시 읽었을 때, 뭐랄까, 비밀을 들켜버린 사람처럼 화들짝 놀랐다. 별다른 재주도 없고, 재수도 없는 내가, 용케 ‘묘지기’라는 조용하고 조촐한 일자리를 얻어, 납골당의 항아리들처럼 벽을 따라 널빤지 위에 늘어놓은 작은 관들로 가득한 서재에서 죽은 자들을 만나고 있다! 살아간다는 죄를 씻어버린 저 수많은 사자死者들의 목소리에 나를 맡기고, 그 안에서 가슴을 조이고, 웃음을 흘리고, 눈물을 훔치고, 분노를 되씹는다.

　사르트르는 비평가를 예로 들어 설명하고 있지만, 어디 비평가뿐이겠는가. 모름지기 책을 좋아하는 작자들은 생계가 어려운 족속인 경우가 허다하다. 연암 박지원의 아내가 그랬다고 하듯 “그의 아내는 그를 제대로 존중해 주지 않고”, 남들처럼 알뜰하게 자신을 챙겨주지 못하는 아비를 자식들은 못마땅해하기 일쑤다. 세상 물정을 제대로 알 리 없는 그를 돈이 기다려 줄 턱이 없다. “그러나”, 사르트르는 말한다, “그는 늘 서재에 들어가서, 책장에서 한 권의 책을 펼쳐볼 수가 있다. 그 책에서는 약간 퀴퀴한 냄새가 나는데, 그가 ‘읽기’라고 부르기로 결정한 야릇한 작업이 이제 시작된다. 그것은 어떤 면에서 보면 통령通靈이다. 사자들이 다시 살아날 수 있도록 제 육체를 빌려주는 것이다. 그리고 또 다른 면에서 보면, 그것은 저승과의 접촉이다.” 서재는 묘지다. 동서고금의 수많은 사자들이 영혼의 교통을 기다리고 있는 ‘통령’의 시공간. 그래서일까, 오래된 책들이 뿜어내는 냄새는 어쩐지 시취屍臭와도 흡사하다. 그 시취를 향기로 받아들이는 순간부터 우리는 서서히 미치광이가 되어간다.

하수상한 계절이다. 우리들이 미래의 사자死者라는 것을 망각한 채, 죽은 자들이 들려주는 목소리에 귀를 기울일 짬마저도 모조리 화폐의 신전에 헌납해버리고, 휘황찬란한 쇼윈도의 유리창에 머리를 들이박는다. 머리에서, 심장에서 생명이 한 올씩 빠져나가는 것도 모른 채, 무모하게도 현재의 생명이 영원하리라는 믿음을 새겨 넣는다. 죽은 자들에게 응답할 능력, 죽은 자들의 토하는 깊은 울림에 공감할 능력을 상실하는 순간부터 우리의 삶과 생각은 앙상해질 수밖에 없을 터, 책을 만지고, 책을 느끼며, 책을 사랑한다는 것은, 삶과 생각을 아끼고 귀하게 여긴다는 증좌가 아니고 무엇이랴. 여기에서 말하는 책은, 말할 것도 없이, 그저그런 '책'이 아니라 사자들의 영혼과 생명이 붉은 피와 푸른 숨결로 살아오는 그런 '책'이어야 한다. 상허 이태준이 '冊'은 '책'이 아니라 '冊'이라 써야 한다고 한 말의 의미도 조금은 알 것 같다.

그래서 하는 말이다. 인문사회과학출판사들이여, 초조해하지 말라. 지금은 아니라고들 하지만, 얼마 후, 자신의 삶이 이렇게 황폐할 줄 몰랐다는 것을 알아차린 사람들이, 책에 미쳐, 집집마다 '묘지'를 마련할 터이니. 그러지 않고서야, 저곳에서 타전하는 신호에 응답하지 못할진대, 그를 어떻게 온전하다 할 수 있겠는가. 책들이여, 나를 미치도록 유혹해달라고, 이 지적 허영의 끝을 채워달라고 몸부림치는 미치광이 아닌 미치광이들이 스크럼을 짜고 그대들 앞에 포진할 것이니. 그러지 않을 경우 우리에게는, 영화 〈열두 마리 원숭이들12 Monkeys〉이 그린 황량한 땅에서, 원숭이가 되어 괴성을 지르며 날뛰는 일만 남지 않겠는가.